T0349393

LA MEMORIA DE LOS ANIMALES

IMPEDIMENTA NARRATIVA, 286

CLAIRE FULLER
LA MEMORIA
DE LOS ANIMALES

Traducción del inglés de Eva Cosculluela

IMPEDIMENTA

Título original: *The Memory of Animals*

Primera edición en Impedimenta: mayo de 2024

Copyright © Claire Fuller, 2023
Publicado originalmente en 2023, en Gran Bretaña, por Fig Tree, un sello de Penguin Books.
Copyright de la traducción © Eva Cosculluela, 2024
Imagen de cubierta: ©Lisa Ericson, *Anchor,* 2023
Copyright de la presente edición © Editorial Impedimenta, 2024
Juan Álvarez Mendizábal, 27. 28008 Madrid

http://www.impedimenta.es

ISBN: 978-84-19581-35-8
Depósito Legal: M-917-2024
IBIC: FA

Impresión y encuadernación: Kadmos
P. I. El Tormes. Río Ubierna 12-14. 37003 Salamanca

Impreso en España

Impreso en papel 100 % procedente de bosques gestionados de acuerdo con
criterios de sostenibilidad.

Para Jane Finigan

Queridísima H:

¿Es posible enamorarse a los doce? ¿Y de un pulpo? Lo conocí en el mar Jónico buceando en la playa donde mi padre tenía el hotel. Me gusta pensar que me correspondía, igual que tú, quizá. A menudo me pregunto dónde estás y cómo te va. ¿Estás viva o muerta? ¿Estuvo mal lo que hice? Y ¿qué es mejor, llevar una vida pequeña, contenida y encerrada donde tienes de todo y casi nunca pasa nada inesperado, una vida segura, o una en la que te lanzas a lo desconocido y lo arriesgas todo? Elegí por ti, ya que tú no podías tomar la decisión. Pero quería escribirte ~~para disculparme para pedirte perdón~~ para explicarme.

Neffy

DÍA CERO MENOS DOS

Una enfermera me recoge en el vestíbulo de la planta baja y nos acompaña a mi maleta con ruedas y a mí al ascensor. Puedo oler el familiar aroma a desinfectante y limpiador industrial mezclado con una especie de esperanza desesperanzada. La enfermera, que me llega al pecho, lleva la omnipresente camisola de hospital y pantalones anchos; lo mismo que llevaban en la clínica de las colinas, en Big Sur, y en el hospital de Atenas. También lleva una mascarilla quirúrgica, igual que yo, pero encima de sus ojos marrones lleva el arco de las cejas perfectamente delineado. Me pregunta si he tenido buen viaje, aunque sabe de sobra que me mandaron un coche y que me senté atrás, con una mampara de plástico entre el conductor y yo. Lo que no sabe es que yo estaba dolida por la discusión con Justin y que el teléfono me vibraba en el bolsillo con mensajes suyos y de Mamá: al principio disculpas, que se iban convirtiendo en advertencias para acabar en airadas exigencias de que diera la vuelta ya. Una parte de mí temía que hubiera vuelto a tomar una mala decisión, pero cuanto más vibraba el teléfono, más convencida estaba. Intenté calmarme viendo pasar las calles vacías del centro de Londres y contando los peatones con los que nos cruzábamos. Cuando el coche se detuvo frente al centro, iba por treinta y tres.

La enfermera tiene acento; tailandés, me parece. El ascensor se para en la segunda planta, la más alta. Me dice que otros dieciséis voluntarios están a punto de llegar, soy la primera. «Voluntarios» es la palabra que utiliza, a pesar de que nos pagan. Para mí, eso es lo que importa.

—Vas a estar como en casa —dice—. No estés nerviosa.

—Estoy bien —contesto, aunque no estoy segura de que sea cierto.

La puerta del ascensor se abre a una recepción sin ventanas con un largo mostrador en el que se sienta una joven con uniforme blanco. En la pared se lee BIOPHARM VACUNAS escrito con grandes letras, y debajo TUS SUEÑOS, NUESTRA REALIDAD. En un extremo de la mesa, un estrafalario arreglo floral con una docena de flores naranjas de largos tallos en un jarrón de cristal; junto al ascensor, unos sofás mullidos y una mesa baja con revistas del corazón dispuestas en forma de abanico. Este sitio parece una agencia de publicidad de alguna serie de televisión americana.

—Buenas tardes —dice la recepcionista tras la mascarilla.

—Esta es Nefeli —dice la enfermera.

—Hola, Nefeli. —La recepcionista habla en un tono demasiado animado, como si fuera la presentadora de un programa infantil de televisión.

—Neffy —contesto—. Hola.

Las uñas de la recepcionista golpean el teclado mientras hace el registro.

—¿Habitación uno? —pregunta la enfermera.

—Habitación uno —contesta la recepcionista, como si fuera la mejor habitación.

La enfermera me lleva por un pasillo ancho con puertas cerradas y lámparas encastradas, un puesto de enfermería, módulos de higiene de manos dispuestos junto a la pared a intervalos regulares y dispensadores de guantes. Los zapatos chirrían en el suelo de vinilo, decorado con un trazo de otro color que parece marcarnos el camino. Mi nombre de pila ya está escrito en la pizarra blanca que hay en la puerta de la habitación uno.

—Lo cambiaré por Neffy —dice la enfermera mientras abre la puerta y me deja pasar primero, como si fuera un agente inmobiliario. Es uno de esos trucos para asegurarse de que me impresiona. Me alivia ver un ventanal que ocupa toda la pared del fondo, más allá de la cama. Tres semanas no son para tanto si puedo ver algo más que cuatro paredes. Lo soportaré. Fuera, un paisaje de tejados se extiende hacia el este, y enfrente hay un viejo edificio de ladrillo rojo reconvertido en apartamentos. Detrás de una hilera de ventanas de marco cuadrado —¿cuál era el término que se utiliza en arquitectura para esto? Justin me lo dijo una vez—, una mujer se arrebuja en un impermeable y desaparece en las profundidades de su piso. Nos separa una callejuela, y si miro a la derecha puedo ver un trocito de la carretera principal con un bolardo que impide el paso del tráfico. A la izquierda, más allá de este edificio, la callejuela desemboca en una calle sin salida que dobla la esquina de enfrente y se pierde de vista.

En mi habitación, todo parece una réplica de un catálogo de mobiliario para hospitales de lujo. No me cabe duda de que el resto de las habitaciones están amuebladas igual: una cama de hospital, un armario con espejo de cuerpo entero, un escritorio, una tele con pantalla grande pegada a la pared y dos sillones enfrentados delante del ventanal, como si me permitieran recibir visitas y ofrecerles café. A mi derecha, una puerta lleva a una ducha embaldosada.

—Necesito repasar contigo un par de cosas —dice la enfermera. Sin darse cuenta, hace girar su anillo de oro en el dedo anular—. Y luego ya te dejo deshacer la maleta. Puedes quitarte la mascarilla si quieres. Los voluntarios no tienen que llevarla.

—Vale. —He revisado el correo electrónico titulado «Qué esperar» varias veces. Mientras me quito la mascarilla, me vuelve a sonar el móvil con una notificación.

—¿Quieres mirarlo? —Como si de repente se hubiera dado cuenta de su manía, deja de girar la alianza.

—No, no hace falta. —Estoy aquí, y no me importa lo que Justin y Mamá me digan que haga o deje de hacer.

—¿Solo tienes una maleta? —En la placa identificativa de la enfermera puede leerse «Boosri», y cuando ve que la estoy mirando me dice—: Llámame Boo.

—No necesito gran cosa.

La maleta de ruedas es vieja, me la compró Mamá la primera vez que viajé sola a Grecia para visitar a mi padre, Baba, el verano que cumplí los doce. Otras veces, Baba compraba billetes de avión para ella y para mí, y Mamá viajaba conmigo para entregarme con una de sus maletas viejas a Margot en la zona de llegadas de Corfú, sin apenas dirigirle la palabra. Mamá me hacía sentir vergüenza ajena: esperaba impaciente a que acabara de darme besos y abrazos y alisarme el cuello de la camisa, que no estaba arrugado. Nunca me giraba para mirarla cuando cruzaba con Margot el muro de calor de Grecia. Nunca, ni una sola vez, pensé lo que debía de ser para ella dar la vuelta hacia la zona de salidas y coger sola el siguiente avión de vuelta a Inglaterra. Cuando cumplí los doce, o bien Mamá decidió que podía viajar sola, vigilada por la azafata, o bien Baba empezó a preguntarse por qué iba a comprar dos billetes si con uno bastaba.

Boo saca una tableta de un bolsillo ancho de su uniforme y la golpea con el dedo para que despierte.

—A ver, tengo que comprobar un par de cosas: ¿llevas alcohol en la maleta?

Niego con la cabeza.

—¿Cigarrillos, tabaco?

—No.

—¿Medicamentos con o sin receta, excepto píldoras anticonceptivas? ¿Comida de alguna clase? ¿Dulces, algo para picar? ¿Café, té?

Niego con la cabeza en cada pregunta.

Me pide que vuelva a leer el descargo de responsabilidad una última vez y me indica dónde debo firmar con el lápiz óptico. Leo la información por encima y garabateo una firma. Escanea el código de barras de una pulsera blanca, me pide que confirme mi nombre y fecha de nacimiento y me la pone en la muñeca derecha. Me pregunta si he tenido algún síntoma en los últimos cinco días y los enumera. Contesto a cada uno que no. ¿He estado aislada, salvo de mis convivientes, estos últimos siete días? Sí. No he estado cerca de nadie que no fuese Justin desde hace más de una semana.

Boo se coloca con un chasquido un par de guantes de goma azul y me hurga al fondo de la nariz con un hisopo. No puedo evitar echar la cabeza hacia atrás y me pide disculpas.

—Lo analizarán esta noche para estar seguros de que no eres asintomática. —Lo introduce en un tubo de plástico, lo etiqueta y se lo vuelve a meter en el bolsillo—. Las dosis de la vacuna se administrarán en un horario escalonado —explica—. Tú estás en el primer grupo, mañana por la mañana, ¿vale?

Me enseña a encender la televisión y a subir y bajar las persianas que hay fuera del ventanal con un asistente de voz; me explica que la persiana veneciana de la ventana interior que da al pasillo tiene que estar siempre subida, incluso por la noche, y me dice cómo activar el timbre de emergencia del dormitorio y la ducha.

—Mike te traerá la cena a las siete. Vegetariana, ¿verdad? —Está dándole vueltas a la alianza incluso con los guantes puestos.

—Sí, gracias.

—Si necesitas cualquier otra cosa, avísame. —Me doy cuenta de que no ha tocado nada de la habitación—. Te veo por la mañana.

—Un poco de papel.

—¿Disculpa?

—¿Puedes traerme un poco de papel, por favor? Se me ha roto el portátil y pensaba traer un cuaderno, pero se me ha hecho tarde.

Esta mañana, mientras Justin y yo discutíamos, he pisado el portátil con todo mi peso. Lo había dejado en el suelo, al lado de la cama. Justin siempre me decía que lo guardara, pero nunca le hacía caso. Vivía con él en el piso del oeste de Londres que le pagaba su padre, Clive, y trabajaba de lo que podía —en bares, cafeterías—, empeñada en pagarme los gastos. Pero entonces el virus arrasó la ciudad, lo arrasó todo, y los cafés y los bares cerraron. Estaba en el piso de Justin, comiéndome su comida y gastando su electricidad. Me dijo, por supuesto, que no importaba, pero mis contratos precarios de cero horas no me daban derecho a ningún tipo de baja, y tenía deudas que pagar. O, al menos, una gran deuda. Justin me dijo que él la pagaría y que debería irme con él a Dorset, pero ya me había inscrito en el ensayo clínico. De ahí nuestra discusión de esta mañana y todas las que habíamos tenido últimamente. Me enteré por la radio de que buscaban voluntarios pagados, rellené un formulario *online* y superé todas las pruebas antes siquiera de contarle que había aceptado que me administraran una vacuna que no estaba testada en humanos, que me contagiaran el virus que tenía a todo el mundo aterrorizado, y que me aislaran en una habitación durante tres semanas. «Estaré bien, no es tan diferente de estar metida en tu piso, solo que esta vez me van a pagar por no hacer nada.» A él no le había hecho gracia.

La de esta mañana debería haber sido una despedida cariñosa. Los dos nos íbamos: Justin a casa de su padre en Dorset, en una furgoneta que había alquilado; yo a este centro al este de Londres. Me suplicó otra vez que me fuera con él, pero le contesté que dejara de decirme cómo vivir mi vida, que podía tomar mis propias decisiones.

—¿Un cuaderno? —pregunta Boo.

—Sí, por favor. Y un boli, si puede ser.

—No hay problema. —Al llegar a la puerta se detiene—. Quiero darte las gracias por ofrecerte voluntaria. Es muy generoso por tu parte.

Me pregunto si sus palabras forman parte de un guion, si es la frase que le han pedido que diga a todos los voluntarios, pero aun así suena sincera.

Sola en mi habitación miro el móvil. El último mensaje es de Justin: *Estoy en Dorset. Aquí te estaré esperando cuando cambies de opinión.* Vuelvo a meterme el móvil en el bolsillo y veo a otra enfermera acompañar a una mujer a la habitación siguiente a la mía. No llegué a ver su nombre en la puerta, pero veo de reojo su pelo rubio y fino y la piel llena de pecas antes de que la enorme mochila que lleva le tape la cara. Su habitación debe de ser el reflejo de esta, con el cabecero de su cama pegado al de la mía, porque en cuanto la enfermera se va puedo oírla hablando por teléfono a través de la pared. Suena irlandesa y su voz es alegre, se ríe mucho. Van llegando otros voluntarios, y uno de ellos ocupa la habitación de enfrente. El cartel de su puerta dice «Yahiko». Más tarde veo el parpadeo azul de una pantalla por la ventana interior de su habitación.

Por la noche, Mike me trae la cena —curry de berenjena y boniato con arroz al limón— en un carro que aparca en el pasillo. Ronda los cincuenta y se está quedando calvo.

—Acuérdate de pedir una ración extra para mañana —dice mientras me entrega la carta—. Todo el mundo se queja de que no dan suficiente comida. Como estáis todo el día sin hacer nada, los de Administración creen que no tendréis hambre, pero, por experiencia, es al revés. Cuando estás aburrido solo quieres comer. —Mike es alto y un poco fofo—. Te recojo la carta cuando haya dejado el resto de las cenas.

Siento curiosidad por los otros voluntarios, me pregunto quiénes serán y por qué se habrán apuntado. Aunque le pregunte, sé que a Mike no le permiten decirme nada. Las opciones para desayunar son gachas de avena o yogur con granola, para comer sándwiches con patatas fritas y fruta y, para cenar, puedo elegir entre lasaña vegetal y risotto de champiñones. Marco dos tipos de sándwiches y las dos opciones vegetarianas.

Mientras estoy comiendo recibo otro mensaje de Mamá.

Por favor, no hagas lo mismo otra vez. Sé que crees que debes hacerlo por lo que ocurrió con tu padre, pero nada de aquello fue culpa tuya. No decepcionarás a nadie si cambias de opinión y te vas. Por favor, cariño, piénsatelo.

Ha escrito más, pero apago la pantalla y pongo el móvil bocabajo en la mesilla. Quiero que el ensayo empiece ya y no tener tiempo para pensármelo de nuevo o analizar más mi decisión. He barnizado la idea de que quizá me esté equivocando con una fina capa de confianza en mí misma, quebradiza y descascarillada en las zonas en las que he rascado y frotado, así que sé que si leo el resto del mensaje el barniz se caerá, y si respondo a Justin se ofrecerá a venir a buscarme y le diré que sí.

Acabo de cenar, y sigo hambrienta, cuando Mike vuelve a entrar.

—Casi se me olvida. De parte de Boo.

Deja sobre la cama un boli y dos cuadernos de espiral.

Por la noche, abro uno y cojo el bolígrafo.

Queridísima H:

DÍA CERO MENOS UNO

Junto a la ventana, temprano, me siento con más fuerzas que anoche y escribo una respuesta a Justin en el teléfono que, cuando la vuelvo a leer, suena como una disculpa airada. Antes de pulsar *enviar*, me distraigo con la mujer del edificio de enfrente, que cruza la callejuela con una gabardina de anchas solapas ceñida con un cinturón. Es como un personaje de película rollo *noir*, quizá una historia de detectives francesa en blanco y negro. Acaba de amanecer, así que ¿de dónde viene? ¿Ha pasado la noche con su amante? ¿Ha estado espiando a alguien? Abre la puerta de la calle con una llave y entra. Espero a que aparezca en la planta de arriba y, cuando lo hace, se acerca a la ventana que está frente a la mía, de forma que estamos a unos pocos pies de distancia. Si las dos abriéramos la ventana —si mi ventana se pudiera abrir— y nos inc, lináramos todo lo posible alargando las manos, podríamos tocarnos con la punta de los dedos. Puedo ver los cojines del alféizar de su ventana y una radio Roberts azul. Mientras habla por teléfono su figura está en el centro de uno de los cristales cuadrados con marco negro. Ventanas Crittall, así se llamaban. Vuelvo a leer la respuesta que he escrito para Justin y la borro. Con una sola mano, la mujer se desata el cinturón y se cambia el teléfono a la izquierda para quitarse el abrigo. Debajo lleva lo que parece ropa de hospital, como la de Boo. Ahí está la respuesta. Termina de hablar y tira el teléfono detrás de ella, sobre una silla o un sofá. Me ve mirándola y levanta la mano en un saludo rápido y desanimado, un reconocimiento de cómo está el mundo ahí fuera.

—¿No te has bajado la persiana para dormir? —pregunta Boo, girando su alianza.

—No he conseguido que funcione —le contesto sentada en una de las sillas junto a la ventana, aún en pijama y con una bata blanca que nos proporciona el centro. No menciono que tener la persiana subida en la ventana interior es lo que me ha mantenido despierta incluso cuando han atenuado las luces del pasillo por la noche.

—Persianas abajo —dice Boo, y el mecanismo se pone en marcha—. Persianas arriba. —Cambian de dirección—. ¿Qué tal has dormido?

Dudo. Me parece de mala educación decirle que no he dormido bien, como si esto fuera su casa y yo una invitada.

—Nadie duerme bien la primera noche. Extrañas la cama. Los nervios. Es normal. No te preocupes. —Se pone un delantal de plástico y los chasquidos que hace al ponerse los guantes parecen disparos—. Has dado negativo, eso está bien. —Me tranquiliza solo a medias. Tal vez habría sido mejor tener una excusa fácil para marcharme—. Necesito comprobar un par de cosas y sacarte sangre.

Me pregunta mi nombre y mi fecha de nacimiento, me pesa y me mide en una plataforma con ruedas que ha traído y anota todos los datos en su tableta. Me toma la tensión y luego miro para otro lado y aprieto los ojos con fuerza mientras me encuentra la vena, inserta una aguja en la sangradura y extrae un tubo de sangre. Me introduce otro largo hisopo en la nariz y me lloran los ojos de nuevo.

—Lo siento, no es agradable, pero tengo que hacerlo todos los días.

Me entrega una tablilla con varias hojas sujetas por una pinza donde tengo que anotar tres veces al día cómo estoy. Hay columnas para el ánimo, el dolor y su localización, las deposiciones, la orina, el sueño, la energía, el apetito, el olfato, el gusto y otros. Soy científica o, mejor dicho, lo era. Sé que estamos aquí para que nos observen y registren nuestra información. Boo termina de etiquetar todo lo que me ha sacado y de recoger los bártulos, y cuando ya está saliendo me dice que Mike me traerá enseguida el desayuno.

Las persianas están bajadas en el apartamento de enfrente, en lo que imagino que es el salón de la mujer. Decido ponerle un nombre: Sophia. Solo he conocido a una Sophia y se habría convertido, creo, en alguien fuerte y valiente.

Escribo un poco más a H y cuando veo que suben las persianas en el apartamento de Sophia arranco cuatro páginas de mi cuaderno y escribo en letras mayúsculas, repasando las letras con el boli varias veces: HOLA, LO ESTÁIS HACIENDO GE-NIAL. Pego los papeles a la ventana poniendo puntos de pasta de dientes en las esquinas.

Me siento en la cama con mi cuaderno nuevo y pienso en H y en qué decirle, cómo explicarle mis acciones. Cuando levanto la vista, veo que Sophia ha respondido y aplaudo encantada. En la tele ponen un programa sobre una carrera alrededor del mundo que debieron de grabar el año pasado, antes del confinamiento. Con rotulador negro, Sophia ha escrito: ¡GRACIAS! VOSOTROS TB. ¿CÓMO ESTÁS?

¿Cómo sabe lo que estoy haciendo? No, claro que lo sabe, todo el mundo lo sabe, y como vive enfrente del centro se habrá dado cuenta de lo que está pasando aquí. ¿Qué debo responder? ¿Que me estoy arrepintiendo y que echo de menos mi casa, aunque no sé a qué casa me refiero? ¿Que estoy aquí porque solo soy decidida cuando alguien me dice que no haga algo, y eso es una estupidez?

—Apágate —le digo a la tele, pero no cambia. Me pregunto si estará configurada para la voz de Boo—. Apagar televisión —digo, pero no me obedece.

Están poniendo un telediario con un *scroll* con noticias que van pasando en la parte inferior de la pantalla y cuando presto atención me doy cuenta de que están hablando de este ensayo farmacológico. Mientras aparecen imágenes de archivo con el logo de BioPharm, el presentador dice: «Hoy asistimos al comienzo del primer ensayo clínico con humanos para encontrar la vacuna contra el virus conocido como Dropsy,[1] responsable de la pandemia actual, que provoca, entre otros síntomas, la inflamación de algunos órganos. En el ensayo, voluntarios jóvenes y sanos con edades comprendidas entre los dieciocho y los treinta años serán expuestos al virus en un entorno seguro y controlado en un lugar secreto, mientras los médicos vigilan su salud las veinticuatro horas del día». Dropsy. Qué nombre más estúpido. No entiendo por qué no pueden usar su nombre científico. Esto se lo inventó un periódico sensacionalista y así se ha quedado. Parece un personaje de Disney y, como para confirmarlo, en una pantalla gigante detrás del presentador aparecen unos virus de dibujos animados como si fueran alienígenas fluorescentes, que laten y chocan entre sí. «El ensayo clínico, que debería durar tres semanas, lo está llevando a cabo una empresa farmacéutica privada. Hablamos ahora con Lawrence Barrett, CEO de BioPharm.»

---

1. *Dropsy* en inglés significa edema o inflamación por retención de líquidos. *(Todas las notas son de la traductora.)*

Aparece un hombre con el logo de la empresa tras él, como si estuviera sentado en la recepción, solo que cada vez que mueve la cabeza se entrevé lo que parece una habitación infantil. Lawrence Barrett es un americano con papada, lleva traje y una corbata verde y sus ojos reflejan los molestos destellos circulares de un aro de luz. Habla de lo seguro que es este ensayo clínico, de que BioPharm considera prioritaria la salud de los voluntarios, y nos elogia por nuestro altruismo. Me acuerdo de todo esto de los ensayos clínicos por una conferencia a la que asistí en mi único año de Medicina. Nada de placebos, nada de ensayos doble ciego: en este caso, todos recibiremos la vacuna y todos recibiremos el virus. Todo o nada. Por eso nos pagan tanto dinero. El presentador sigue hablando del consentimiento informado, la mitigación de riesgos, si la probabilidad de éxito es lo suficientemente alta y si los posibles resultados compensan el peligro.

Durante las pruebas previas me dijeron una y otra vez, y Boo me lo dijo una vez más, que podía marcharme en cualquier momento antes de que me inocularan el virus. Pero algo en su forma de decirlo me hizo sentir una sutil presión para quedarme. Y, por supuesto, eso quería decir que no me permitirán salir una vez que me lo administren; tengo que pasar los veintiún días en mi habitación. Me pregunto cómo nos retendrían si amenazáramos con salir: ¿nos encerrarían? ¿Eso sería ético? En cualquier caso, voy a dejar que me administren tanto la vacuna como el virus y voy a quedarme. Puedo engañarme a mí misma diciendo que lo hago para salvar a la humanidad, pero ¿sinceramente? Lo hago por el dinero. El dinero que le debo al acuario por su pulpo.

Mientras intento apagar la tele de nuevo, suena una notificación en el móvil. Es Justin, y me invade una sensación de alivio al ver que no me ha dejado por imposible. Ahora me volverá a decir que no debería seguir adelante con el ensayo, y yo podré ceder.

Justin: *¿Has llegado bien? ¿Ya instalada?*

Yo: *Aquí estoy, todo bien.*

Estamos siendo educados tras la discusión de ayer, midiéndonos con cuidado el uno al otro antes de disculparnos. Otra notificación. Otro mensaje. Por favor, dime que vienes a por mí, pienso.

Justin: *¿Has utilizado ya el servicio de habitaciones?*

Yo: *Solo los canales porno.*

Demasiado tarde, ya nadie me puede rescatar. Hemos entrado en el terreno de las bromitas.

Justin: *No te vayas a volver adicta. Sé lo fácil que es. ¿Has visto que has salido en las noticias?*

Yo: *Estaba saludando, pero lo han debido de cortar. ¿Me habrías devuelto el saludo?*

Justin: *Apasionadamente.*

Justin: *Siento lo de tu portátil.*

Justin: *Siento que no pudiéramos despedirnos bien.*

Yo: *Yo también.*

Justin: *Sé que lo que estás haciendo es importante para ti. Ahora lo entiendo.*

Estoy sentada en la cama con las piernas cruzadas, abatida. La chica de la habitación de al lado se está riendo de nuevo.

Yo: *Está bien.*

Justin: *Vas a salvar a la humanidad* 🐾

Yo: *Casi casi. ¿Y quién necesita un portátil? He vuelto al lápiz y al papel.*

Justin: *¿Ya has decidido sobre qué vas a escribir?*

Yo: *Más o menos.*

Justin: *Escribe borracha, edita sobria.*

Yo: *El alcohol está prohibido.*

Justin: *Pues pon la tele.*

Antes de que pueda responderle que la tele está siempre puesta porque tiene vida propia, me distraigo cuando en el programa hablan de una nueva variante. Mutación, pienso. Así es como lo llamaban los libros y las películas de ciencia ficción. Tal vez *mutación* suena demasiado alarmante, o no es políticamente correcto, o quizá sea científicamente incorrecto. Tendré que buscarlo en Google. Vuelvo a prestar atención al programa. Hasta ahora solo se han identificado unos pocos casos en el Reino Unido, pero parece que esta nueva variante afecta al cerebro además de otros órganos. Un científico habla de inflamación del cerebro o de edema cerebral, y de síntomas que van desde un fuerte dolor de cabeza hasta fiebre, confusión y pérdida de la memoria.

Soy consciente de que Justin estará mirando el teléfono, esperando mi respuesta y resistiéndose a enviarme un nuevo mensaje hasta que no le haya contestado. En una ocasión admitió que a veces se masturbaba con mis mensajes más corrientes.

Me pregunto por milmillonésima vez si estoy tomando la decisión correcta, si no debería levantarme e irme.

Yo: *¿Has oído lo de la nueva variante? No me acuerdo de cuáles eran los síntomas.*

Me gustaría que su respuesta fuera un chiste, algo frívolo, una imagen con unos ojos saltones de plástico, pero escribe: *Tiene mala pinta. En serio. Papá quiere que me vaya a Dinamarca. Cree que allí hay menos peligro.*

—Apagar televisión —ladro, pero sigue. Un científico afirma que la nueva cepa es más contagiosa de lo que se pensaba y puede causar convulsiones e incluso el coma en cuestión de horas. Recomienda un mínimo de cuatro días de aislamiento para cualquiera que tenga síntomas o que dé positivo—. ¡Apágate!

—El presentador le pregunta si recomendaría que el Gobierno impusiera un toque de queda nacional—. ¡Que te apagues, joder! —le grito, y la tele guarda silencio, como si hubiera herido sus sentimientos. Las imágenes de las estanterías vacías de un supermercado continúan.

Leo dos veces el mensaje de Justin para estar segura de que lo he entendido. No me puedo creer que sea capaz de marcharse y dejarme aquí. Escribo tres respuestas y las borro todas.

Guau. ¿En serio?

¿Y te vas a ir de verdad?

Si es lo que quieres.

Siempre he dado por hecho que él estaría esperándome en Dorset cuando el ensayo acabara, tal como me dijo. La vacuna funcionará, el mundo entero se curará y todo volverá a la normalidad. Justin seguirá dedicándose a la arquitectura y yo pagaré mis deudas y trabajaré de lo primero que encuentre. Por primera vez se me ocurre pensar que tal vez esta pandemia no acabe así, pero mi cerebro no puede imaginar qué clase de mundo nos quedará. La televisión parpadea en una esquina de mi ángulo de visión. Me distrae, me molesta. Salgo de la cama y palpo el borde de la pantalla buscando un botón de apagado o un cable que lleve a un enchufe, pero el cable que encuentro desaparece dentro del armazón del que cuelga el aparato. Me siento en la cama de espaldas a la pantalla y leo el mensaje de Justin una vez más.

Seis minutos más tarde escribe: *Creo que no deberías participar en ese ensayo. Ya sé que te lo he dicho antes. Porfa porfa porfa piénsatelo. No es demasiado tarde para marcharte.*

Deberías irte a Dinamarca, tecleo rápido. *Cuídate. Da recuerdos a Mamá y a Clive.* Veo la pantalla borrosa por las lágrimas y parpadeo fuerte para que se vayan.

No puedes salvar a todo el mundo, escribe, aunque me acaba de decir que sí que puedo. *Te quiero.*

Yo también te quiero, tecleo y le envío a Justin, a mi hermanastro, una carita amarilla lanzando un beso.

Queridísima H:

El agua que rodea Paxos se vuelve de color cobalto cuando se pone el sol —el mejor momento para ver un pulpo— y en verano el mar es cálido. El primero que vi fue un *Octopus vulgaris,* un pulpo común, que vivía en la grieta de una roca con una desordenada colección de conchas vacías delante que revelaban su escondite. Un pulpo, como sabes, puede apretujarse hasta ocupar un espacio tan pequeño como su pico; se lleva la comida a su guarida para comérsela y utiliza después las conchas como barricada. Volví a la grieta al día siguiente. El pulpo estiró un brazo, yo extendí un dedo y él me palpó con las ventosas y me atrajo hacia sí para ver si era comestible. Podría haberme ido con la criatura, haberme encogido hasta alcanzar el tamaño de un puño para meterme en su madriguera, pero quería decirle a Baba lo que había encontrado. Cada día le llevaba un regalo al pulpo: un trozo de comida, una cuchara de plata, un espejito que robé del bolso de Margot. El pulpo las examinaba brevemente y las rechazaba, me prefería a mí. Era como conocer a un alienígena, a uno inteligente, inquisitivo y en quien se podía confiar. Él —estoy segurísima de que era macho— salía de su guarida cuando yo llegaba cada tarde como si ya supiera que iba a ir, como si me estuviera esperando, y le dejaba saborearme con las ventosas. Jugábamos con las conchas vacías, pero un día, al llegar, vi que estaban desperdigadas y él no salió de la grieta. ¿Le había hecho volverse demasiado confiado y algo se lo llevó, una anguila, un pájaro, un humano? Fuera lo que fuera, el pulpo se había ido. Igual que tú te fuiste.

Neffy

—¿Nombre? ¿Fecha de nacimiento?

Me preguntan esas dos cosas antes de hacerme nada, antes de darme o quitarme cualquier cosa, antes de pedirme que haga lo que sea. Al menos eso es fácil: doy mi nombre griego completo, los nombres que me puso mi padre. Después de las preguntas y las comprobaciones, Boo me pregunta si he almorzado, cómo me siento, y comprueba que he ido rellenando mi diario de síntomas, aunque no tengo síntomas. He escrito «Bien» a las 7:00 y a las 12:00.

¿Cómo me siento? Le digo que bien y sonrío. Ella ladea la cabeza y entorna un poco los ojos como si fuera un pájaro que tratara de reconocerme. ¿Cómo me siento realmente? Como si me hubieran abandonado, como si toda mi familia se hubiera ido a un lugar seguro, como si todo esto fuera culpa mía por estúpida, como si debiera levantarme e irme, pero estoy enfadada y triste y no tengo donde ir.

—¿Estás segura?

—Sí. —Intento adivinar qué espera que yo sienta y cómo puedo hacer que esa emoción me venga a la cara para tranquilizarla. ¿Orgullo? ¿Terror? Todo lo que puedo hacer es sonreír con más ímpetu.

—¿Estás nerviosa? Es normal estarlo. Todo va a ir bien.

Es curioso ese uso de la palabra «normal», como si este ensayo clínico, con este virus y esta vacuna, ya se hubiera llevado a cabo antes y todo saliera bien. Bien.

Boo me inserta sendas vías en las sangraduras, les inyecta suero salino y me engancha el brazo izquierdo a un gotero. Dentro está la vacuna, pero no parece nada importante. Boo charla mientras trabaja: sobre el tiempo, sobre su hija, a la que siempre le ha gustado la lluvia, que se casó el año pasado y está esperando un bebé. Le pregunto para qué es la segunda vía.

—Protocolo —dice. No es una palabra de Boo, sino del manual que tuvo que leer durante la formación—. No te preocupes.

—Vale, pero ¿para qué es?

—Es por si sucede algún imprevisto —responde, y la sonrisa tras la mascarilla le llega hasta los ojos.

—¿A la chica del cuarto de al lado también le vais a poner dos vías? ¿La vais a vacunar también ahora? —Señalo la pared—. A la irlandesa.

—No puedo darte detalles de los otros voluntarios —responde. Ya lo sabía, pero esperaba pillarla desprevenida, al menos enterarme del nombre de la chica.

Me paso dos horas y media tumbada en la cama, escribo a H y miro cómo un medicamento —una vacuna que no ha sido probada en humanos— entra gota a gota en mis venas. Me quedo dormida y no me despierto hasta que una enfermera distinta entra para quitarme el gotero. Hay algo de alboroto en el pasillo y la enfermera se asoma. Una de sus compañeras pasa con un ligero trote y ella la llama golpeando la ventana, pero seguramente no la necesitan, porque vuelve a ocuparse de mí y continúa con su trabajo. No me diría lo que está pasando aunque se lo preguntara.

Escribo y preparo mi respuesta a Sophia:
BIEN. ¿CÓMO VA TODO AHÍ FUERA?

Queridísima H:

Tradicionalmente, en Grecia los pulpos se capturan en vasijas de barro cocido que se colocan en el fondo del mar. Los matan clavándoles un cuchillo entre los ojos. Se retuercen un poco, a veces sueltan algo de tinta, se agitan y enturbian el agua, parece que el mar se llenara de sangre. Poco a poco, les cambia el color, se vuelven blancos y los brazos se quedan flácidos. Siento ser tan gráfica, pero estoy pidiendo disculpas en nombre de todos los humanos. Prepárate, lo peor aún no ha llegado.

Neffy

DÍA CERO

Escribo hasta llenar la cuarta parte de mi cuaderno. Me como el bol de yogur, compota y granola mirando por la ventana. Parece que hace buen tiempo, es una de esas mañanas frescas que sabes que en un par de horas será sofocante. Agradezco tener aire acondicionado, tal vez me esté subiendo la fiebre. Dejo el bol y me pongo la palma de la mano en la frente. Imposible saberlo. Me pregunto si Justin habrá salido ya para Dinamarca, si se habrá acordado de dónde puso el pasaporte. Pienso en su foto del pasaporte, tan serio, tan dulce.

Una mujer —que no es Sophia— baja por la callejuela. Incluso desde aquí puedo ver que es una anciana que anda pesadamente; camina igual que mi abuela cuando yo era niña, recuerdo ese movimiento oscilante antes de que la operaran de la cadera. Cuando se acerca, casi a la altura de mi ventana dos pisos más abajo, veo que lleva una chaqueta de punto y zapatos cómodos, pero entre la chaqueta y los zapatos solo lleva unas medias. Las medias son de color tostado claro. Mientras pasa puedo ver la forma y el color, apenas sugerido, de sus grandes bragas. Y cuando se dirige tambaleante hacia la carretera, me doy cuenta de que hay algo que falla en el tamaño de sus piernas: no se estrechan en las rodillas ni en los tobillos, sino que son igual de gruesas de arriba abajo, como patas de elefante. Levanto la mano para golpear en el cristal, pero no sé de qué serviría, así que me detengo y me quedo mirando hasta que la mujer vuelve la esquina hacia la calle principal.

Más tarde, después de comer, echo un vistazo al pasillo del centro. Puedo ver la habitación de Yahiko, pero no lo veo a él, solo el parpadeo de su televisor. Más allá, tres enfermeras se están riendo en sus escritorios. Una da una palmadita en la espalda a Boo, como si le hubiera hecho gracia un chiste suyo. Me da la impresión de estar viéndolas en una pantalla con el volumen bajado. Si pulsara el botón de rebobinar, podría hacer que sucediera de nuevo una y otra vez. La sensación de irrealidad, de estar en una caja dentro de una planta entera de cajas dentro de un edificio de cajas, me hace ir a la ventana exterior y apretar las palmas de las manos contra el frío cristal.

Sophia ha contestado:

VA MAL.

ESPERO QUE VUESTRA VACUNA FUNCIONE.

En un programa de televisión matinal, dos presentadores, un hombre y una mujer, están recostados en los extremos de un sofá largo y curvado. La tele se ha vuelto a encender a última hora de la mañana, después de que Boo hiciera sus comprobaciones y se fuera. He debido de toser, o hacer ruido con el cuaderno. He hecho todo lo posible por apagarla, pero no me escucha, así que la he dejado encendida mientras preparo mi respuesta a Sophia: NO PUEDES SALVAR A TODO EL MUNDO. Me cuesta mucho rato hacer que las letras sean lo suficientemente gruesas con el boli. Quito las hojas anteriores y coloco las nuevas. Estoy gastando muchas páginas del cuaderno en escribirle, pero tengo otro.

Mike entra con la comida y se ríe cuando le digo que la tele no me obedece.

—Apagar televisión —dice, y aunque ha hablado a través de la mascarilla, la tele se apaga.

—En realidad, creo que me gustaría dejarla puesta mientras como.

—Encender televisión —dice.

Me siento en la cama con el plato de sándwiches en el regazo. Detrás de los dos presentadores está el logo de la Organización Mundial de la Salud. La presentadora dice que la OMS ha confirmado que la nueva variante causa desorientación, pérdida de la memoria, convulsiones y el coma. El ministro de Sanidad tiene previsto ofrecer una rueda de prensa en breve y el primer ministro comparecerá después. Hablan sobre los rumores de que el Reino Unido va a cerrar sus fronteras, probablemente otros países también lo harán.

Cojo el teléfono y escribo a Justin: *¿Cuándo tienes el vuelo, si es que has decidido irte?* Tal vez, espero, cierren las fronteras antes de que pueda salir.

Debería intentar apagar la tele otra vez, pero estoy bloqueada, inclinada hacia delante, incapaz de apartar los ojos de la pantalla. Están poniendo imágenes de gente empujándose con violencia en lo que parece una terminal de ferri, con los vigilantes de seguridad vestidos de arriba abajo con ropa de protección química, y después una vista aérea de un atasco kilométrico en lo que según la voz en *off* es la entrada a Dover: los coches y las caravanas hacen fila mientras un dron —supongo— los sobrevuela. La voz dice que la fila no se ha movido en tres días y que preocupan las condiciones de insalubridad y la deshidratación. Ni las ambulancias ni ningún tipo de ayuda han conseguido llegar hasta allí. El dron se eleva y muestra el tráfico que se extiende a lo largo de kilómetros, y a un lado de la carretera, unos cuantos puntitos se mueven y otros permanecen inmóviles. Uno o dos levantan las manos para saludar, y se ve que hay gente que ha abandonado su coche y va caminando, una lenta caminata por el arcén. Algunas de esas formas se convierten en gente sentada o tumbada de costado. Me acerco más. ¿Son cadáveres?

—Dios mío —digo en voz alta.

Las imágenes cambian y vuelven al estudio.

—Un portavoz del servicio de ambulancias ha calificado la situación de crisis humanitaria —dice la presentadora—. Y ahora, me gustaría presentarles a… —Hace una pausa, echa un vistazo a las notas que tiene al lado en el sofá, pero da la impresión de que se ha perdido. Levanta la cabeza y mira a cámara, después mira detrás, a la pantalla que muestra una foto fija de la fila de coches, como si le sorprendiera estar allí—. Tenemos con nosotros… —Tiene los ojos como platos, se ha quedado en blanco en directo.

—Venga ya, esto es serio —le grito a la pantalla con la boca llena de sándwich de queso fresco y verduras asadas.

La tele se apaga.

—¡Enciéndete! —le grito—. ¡Encender televisión!

La imagen vuelve a regañadientes. El presentador está entrevistando a alguien en su casa, sentado delante de una imagen de un bosque de campanillas. La presentadora ya no está en el sofá y Justin no ha respondido.

Estoy tumbada en la cama, con la cara y las manos desinfectadas, esperando a la doctora, cuando oigo que me llega un mensaje al móvil. Me han dicho que no lo use, para evitar cualquier posible contaminación o algo así. Pero lo saco del bolsillo y leo.

Justin: *Avión desviado a Malmö, Suecia. No nos dejan salir. Ahora sentados fuera de la terminal, esperando info. Mala pinta.*

No me puedo creer que ya se haya ido, que no siga en el país, pero en un rapto de esperanza me pregunto si el hecho de que no les dejen entrar significa que el avión va a dar la vuelta y que van a tener que regresar a Inglaterra. Antes de que me dé tiempo a responder, llega otro mensaje.

Justin: *Muy mala.*

Yo: *¿Cómo de mala?*

Espero su respuesta, pero no llega. Agito el teléfono desesperada, abro Google y, mientras pienso qué buscar —*¿Qué pasa en el aeropuerto de Malmö? ¿Problemas en Suecia?*—, entran la doctora Tyler y Boo, las dos con trajes de protección química, y escondo el móvil debajo de la almohada. Las compañeras de Boo han movido mi cama para que la cabecera esté pegada a la ventana interior, me han puesto una almohada debajo del cuello para que tenga la cabeza inclinada hacia atrás y han montado una especie de vestíbulo de plástico en la puerta de mi habitación. Por la ventana veo el pasillo al revés, los focos y el techo con una mancha amarillenta que tiene la misma forma que Antípaxos: una bota vieja, arrugada y ancha, que da un puntapié hacia el oeste en el mar Jónico. Aparecen, también bocabajo, cuatro caras con mascarillas y gafas de protección. Oigo el zumbido de los motores que llevan enganchados al cinturón de los trajes de protección, que hacen que fluya el aire y las capuchas se mantengan infladas.

—Hola de nuevo, Neffy —dice la doctora Tyler. Su voz llega como si estuviera debajo del agua.

Me visitó ayer para explicarme lo que iba a pasar hoy. Me sonríe igual que un cuidador del zoo tranquilizando a un tigre mientras se asegura de que los barrotes de seguridad lo protegen. Le devuelvo la sonrisa y me pregunto si creerá que estoy loca por permitirles hacerme todo esto y si lo estoy de verdad, y qué tipo de cháchara debe mantener una cuando le han inoculado un virus que o bien puede matarla o con el que quizá hasta salve el mundo. Casi se me escapa la risa, pero Boo me pregunta mi nombre y la fecha de nacimiento. Los digo, las respuestas me vienen sin pensar. Me pregunta si me han explicado el procedimiento para administrarme el virus. Le digo que sí y me pone las gafas de protección.

Unas manos azules me colocan bien la cabeza. La doctora Tyler y Boo están encogidas, con un torso enorme y la cabeza muy pequeña incluso con la capucha. Boo dice el nombre del ensayo clínico, lee en voz alta el nombre del virus y lo anota todo en su tableta. Cuando se pasan de una a otra los objetos siguen un protocolo. Me gustan los protocolos, los métodos, las casillas marcadas. La doctora Tyler pone una pipeta llena de un líquido transparente encima —¿o es debajo?— de una de mis fosas nasales. Dos gotas, me dicen, pero no sabría decir. Está frío y es molesto, como cuando te entra agua del mar en las gafas de esnórquel. Dos gotas en la otra fosa nasal. Estoy oyendo a Mamá reprendiéndome: ¿tan poco vale tu cuerpo que lo vendes por unos miles de libras? ¿Eres tan corta de miras que vas a hacer esto otra vez? ¿Vas a dejar que te conviertan en un laboratorio? ¿En una placa de Petri? Lo que de verdad quiere decir es: ¿no te acuerdas de lo que pasó la última vez? Recuerdo lo que pasó en California, le contesto en mi cabeza, y mi madre se desvanece.

Quiero estornudar, expulsar el líquido, pero Boo me coloca una pinza blanca gigante en la nariz y me dice que debo tumbarme boca arriba diez minutos y luego dejarme la pinza puesta otra media hora. Anota la hora, pone en marcha un cronómetro que me deja y me quita las gafas. Se me enredan en el pelo y el tirón me duele. Boo se disculpa. Por la ventana interior veo a la doctora y a Boo entrando por turnos en el vestíbulo provisional, quitándose los monos de protección en un orden determinado y metiéndolos en una bolsa mientras otra enfermera observa cada movimiento para asegurarse de que siguen el protocolo correcto. ¿Qué acabo de hacer? ¿Será ahora el turno de la irlandesa de al lado? ¿Se pondrán nuevos trajes para administrárselo?

Cuando suena el primer timbre del cronómetro, me incorporo y levo las piernas al borde de la cama. Me llevo el móvil al baño para mirarme en el espejo del lavabo. La pinza es como un cepo con discos de goma que presionan la nariz para mantenerla cerrada. Parezco un payaso que lleva una pinza sujetapapeles.

Me hago un *selfie* en el espejo y no me disgusta demasiado ni siquiera con la pinza: cara redonda, ojos marrones y cejas oscuras y rebeldes que por fin están de moda. Pero ¿a quién se lo mando? ¿A Justin? No le haría ninguna gracia y, además, no me ha contestado a lo que le preguntaba sobre el retraso. Seguro que no hacen esperar demasiado al avión. No sé por qué, pero al final se lo mando a Margot.

Vuelvo a colocar mi cama en su posición habitual, contra la pared de la irlandesa. Su habitación todavía está tranquila, pero por la ventana interior veo por primera vez al tipo de enfrente. Yahiko. Lleva el pelo teñido de rubio con las raíces muy oscuras y unas gafas enormes de gruesa montura azul. Las enfermeras charlan animadamente en el pasillo; no parece que hayan entrado aún a la habitación de al lado, donde la irlandesa debe de estar tumbada en la cama, esperando con la cabeza hacia atrás. A menos que se haya asustado tanto como para marcharse; tenía pinta de ser asustadiza. Siento presión en la parte de arriba de la nariz, debajo de los ojos. Yahiko y yo nos sonreímos y agito la bolsa de plástico que me han dado para tirar los pañuelos usados. La estudiarán, supongo, la analizarán de alguna manera. Me devuelve el saludo, los dos sonreímos y nos echamos a reír. No lo puedo oír a través de la ventana, del pasillo, de su ventana, pero puedo verle el interior rosa de la boca y la forma en que cierra todo el rato los ojos, y me río tanto que me duelen los riñones y tengo que inclinarme, y cada vez que me incorporo ahí está él, con la boca abierta y los ojos llorosos. No estoy muy segura de por qué me hace gracia, pero me río tanto que tengo que sujetarme la pinza para que no se mueva, por si se suelta y tienen que volver a infectarme. La risa hace que me duela el pecho y que empeore la presión que noto en los ojos. Quiero ir a mirarme al espejo, verme de nuevo la cara, pero, de repente, la idea de dar un solo paso me parece demasiado y todo lo que puedo hacer es agarrarme al alféizar de la ventana. Yahiko ya no se ríe. No puedo verlo muy bien, pero creo que trata de preguntarme algo, o tal vez esté gritando. Golpea la ventana con los nudillos y pienso que necesito tumbarme un momento, me retiro y me subo a la cama. La presión de los ojos se ha extendido al pecho.

El teléfono, que aún tengo en la mano, vibra. Esperaba la respuesta de Margot, pero no es ella, es un vídeo de Justin. Me pongo de lado y le doy al *play*. Tengo que acercármelo a la cara para verlo bien. La imagen es oscura y hay destellos, formas que se mueven; se oye ruido, hombres gritando y un bebé que llora. La calidad es mala, granulada, la imagen borrosa. Un grupo de tres o cuatro hombres están en lo que parece el pasillo de un avión, discutiendo con un miembro de la tripulación. Se empujan, se apartan agresivos, alguien se cae. Los gritos se hacen más fuertes. La cámara gira bruscamente a la ventanilla y le cuesta un poco adaptarse a la luz. Justin limpia el cristal empañado con la mano. Hay gente fuera, en la pista, pero está demasiado borroso para distinguir lo que está pasando. Sin embargo, lo oigo: «No nos dejan irnos. No podemos salir y tampoco podemos volver. Tienen armas». El ruido de fondo aumenta y apenas puedo oír lo que dice. La cámara gira de nuevo, pasa rápido por su cara hasta llegar a los asientos de atrás, y de nuevo le cuesta un poco enfocar la imagen. Pero veo dos o tres personas desplomadas, una con medio cuerpo en el pasillo. Ninguna se mueve. «No...», empieza, pero las siguientes palabras son confusas. Solo distingo «el virus» antes de que el vídeo se corte. Intento encontrar su número, pero no consigo que mis dedos pulsen los botones adecuados y lo que digo en voz alta —«llamar a Justin, llamar a Justin»— suena como si tuviera la lengua demasiado grande para la boca. Nada funciona. Si finalmente llamo a Justin, no contesta.

Queridísima H:

Un pulpo tiene quinientos millones de neuronas que no solo están en su cerebro, sino repartidas por todo el cuerpo. Este nivel de inteligencia pone a los pulpos a la altura de los perros o de un ser humano de tres años. Leyendo sobre el tema, he descubierto que no está demostrado que los cefalópodos tengan nociceptores, es decir, que puedan sentir dolor, incluso en el laboratorio. Hace falta investigar más, qué ironía.

Neffy

DÍA UNO

Boo entra en mi habitación con su traje de protección. Creo que es ella. Oigo ruido en el pasillo, algo que se cae, alguien que grita. La puerta está abierta y Boo responde a gritos, sin capucha, con el pelo revuelto. El inglés se mezcla con el tailandés. La puerta se cierra. Boo se ha ido. Boo me sujeta el brazo, se afana con una jeringuilla, demasiado rápido, pellizca la piel y me pincha. Me estoy expandiendo, la lengua me llena la boca, choca con la parte de atrás de los dientes, el pantalón corto del pijama me aprieta los muslos y la cintura, me atan a la cama. Mi sangre baila con un movimiento browniano.

—¿Ha sucedido algún imprevisto?

—¿Qué? —Boo se inclina para acercarse, ya no lleva el traje. Quiero decirle que vaya a por él y forcejeo, doy un tirón y retiro el brazo de sus manos—. Sí, un imprevisto —dice, y siento su aliento en la cara. Sigue dando vueltas a su alianza sin parar.

Me duermo.

Tengo ocho o nueve años y me han regalado unas cangrejeras. Son de goma transparente con una hebilla a un lado. Estoy metida en el mar hasta las rodillas y sé que el hotel de Baba, el Hotel

Ammos, está detrás de mí, en la ladera, y que él y Margot están descansando del calor de la tarde. El Jónico se extiende ante mí, azul hasta el horizonte, donde una línea lechosa lo separa del cielo. Cuando miro hacia abajo veo a través del agua mis pies descalzos ondulando con la luz, que los distorsiona. Las cangrejeras están en una roca que sobresale del agua y cuando empiezan a moverse entiendo por qué son tan especiales: las suelas llevan dentro las partes de un pulpo, sus tres corazones, su pico, ovario, buche y sifón —palabras que conozco y entiendo, aunque soy una niña—, aún conectados a través de la vena cefálica, los conductos y los intestinos, de forma que el pulpo, sin manto, piel ni brazos, aún vive. Entiendo que es una prueba, un experimento para combinar unos zapatos con las partes de un pulpo y crear un nuevo tipo de locomoción submarina. Que hayan separado así las partes de un pulpo para nuestro beneficio es abominable, me sobrecoge el horror de ver de lo que son capaces los humanos. Me deslizo por un lado de la cama y me tambaleo hasta el baño para vomitar agua salada.

Las paredes son demasiado blancas, demasiado brillantes. Se me contraen las pupilas hasta convertirse en una estrecha rendija, y saltan incontrolables hacia los rincones más oscuros de la habitación. El lento cierre de una puerta y el sonido neumático al acabar de cerrarse. Temblar de frío. Quitarme las mantas porque me dan calor. Píldoras en la lengua.

—Traga, Neffy —dice Boo, sujetándome la nuca con la mano fría y sin guantes.

El tacto de un ser humano. Mi cabeza se alza sobre las olas para tomar una bocanada de aire. El mar me mece, primero a un lado y luego al otro, alguien tira de la sábana bajera, que apesta, la arranca de debajo de mí y la cambia por otra. La persiana interior está bajada, como una cortina corrida alrededor de un lecho de muerte.

—Tengo que marcharme, Neffy. Lo siento —me susurra Boo al oído. Yo también, pienso. Yo también—. Tómate estas, pero no demasiadas. Cómete esto cuando puedas. Bebe. —Los ojos marrones sobre una boca de tela azul. En el lateral de una taza de BioPharm Vacunas veo las palabras moverse.

BANCO   PÍCNIC   CÓMICO
VIBRACIÓN
MASCAR
BRUMAS
BÁRBARO PANORÁMICO
SAPOS ONÍRICOS

—Pronto vendrá alguien —dice Boo, sacándome del trance—. Alguien.

Mira por encima del hombro hacia la puerta, no está segura de quién será ese alguien. La persiana interior sigue bajada. Cierro los ojos. No le doy las gracias. No puedo hablar. No la veo marcharse. No veo. Las palabras en la taza bailan y saltan: *imp, ob, cam.* Suena una alarma, pero no es la mía. Hay griterío en la calle, chillidos; una luz azul da vueltas y vueltas en el techo de mi habitación.

Por la noche vuelvo a deslizarme por un lado de la cama y me arrastro hasta el retrete. No llego a tiempo y me tumbo en el suelo a llorar. Quiero que Mamá venga a cuidarme, quiero que un adulto tome el control y me diga qué hacer, aunque yo ya sea adulta. Mojo una toalla en agua del váter y me limpio lo mejor que puedo. Me van a reñir por no anotar mis deposiciones. Es importante ser preciso en la recogida de datos. Observar, registrar. El timbre de emergencia, ese cordón con un triángulo rojo en un extremo, que dejé atado fuera de mi alcance el primer día porque no paraba de darme golpecitos molestos en la espalda, se burla de mí desde lo alto.

La pulpo tira de mí. Me arrastra hasta la cama. ¡Cada ventosa puede levantar más de dos kilos! ¿O eran veinte? Me extiende uno de sus brazos en la frente, húmedo, pegajoso, refrescante.

No debería estar aquí, en la cama conmigo. Solo puede sobrevivir veinte minutos fuera del agua, treinta como mucho. Y, además, en mi balsa solo cabe uno. Presiono su manto y empieza a lanzar destellos de luz azul, azul, azul, la luz recorre su piel y su ojo parpadea, una rayita negra en una canica iridiscente, que sabe, que recuerda. Bebe, me dice. Tómate estas, dice. Abro la boca, trago. Nunca te había oído hablar, le digo. Dime lo que ves. Pero ella se escabulle por un lateral de la balsa, se sumerge en las oscuras aguas bajo la cama y se marcha.

Vuelve más tarde y me deja las sábanas mojadas y saladas. Me sujeta la cabeza, me mete algo en la boca, agua y un trocito minúsculo de cangrejo, su favorito. Qué amable por su parte compartirlo conmigo, pienso. Me quito el edredón de un tirón, tengo el pantalón y la camiseta empapados. La pulpo me envuelve la muñeca con uno de sus brazos, recorre mi piel con las ventosas, me saborea, me abraza. Su agarre se estrecha, otro en la parte de arriba de mi muslo, un tercero en el tobillo. «No os acerquéis», les digo a los niños reunidos alrededor del tanque. «Un pulpo común adulto puede aplastar el caparazón de los cangrejos y partir por la mitad la espina dorsal de un tiburón.» Puede que me haya inventado esto último, pero están impresionados. «No os acerquéis. ¡Mirad!», digo, y ella tira de mí por encima del borde, me mete de cabeza en el agua verde, y voy encantada, me deslizo hacia abajo, el agua maravillosamente fresca fluye contra mi cara, contra mi cuerpo. Bajamos, ella y yo, hasta el fondo, donde la luz cae en haces y todo es de jade. Nuestra piel es del color y la textura de la arena y las rocas. Somos invisibles.

No me pregunta mi nombre, no tengo fecha de nacimiento. Soy un aro de papel blanco alrededor de una muñeca, una X marcada con rotulador sobre un riñón ausente, una etiqueta en un dedo del pie. Tan maravillosamente fría.

DÍA ¿?

Me bebo de un trago lo que queda de agua en el vaso. Me estiro despacio para intentar llenarlo con la jarra de plástico. No acierto y el agua cae al suelo chorreando por el lateral del armarito. Con las dos manos, me acerco la jarra a la boca, la inclino y bebo. La habitación está demasiado fría. En la mesilla hay un plato con una tostada. No recuerdo que Boo lo dejara. Una rebanada de pan blanco, margarina. Me como un cuarto, lleva tiempo hecha y el pan se ha aplastado al pasar el cuchillo. Se despega del paladar como la cola de carpintero después de haberse quedado pegada en la mano. No huele a nada, sabe todavía menos. Al lado del plato hay un pastillero de plástico con pastillas en cada compartimento. Cojo dos, me las trago con media taza de té frío —la leche ha formado una capa espesa en la parte superior— y me tumbo de nuevo. El aire acondicionado emite un zumbido. Estoy segura de que hay algo que debería preocuparme, pero el esfuerzo por recordarlo es demasiado grande. El pasillo está en silencio, la persiana interior sigue bajada, la habitación está oscura. Oigo lejanos los ruidos de la ciudad: las bocinas de los coches, una sirena de policía, gritos; y más cerca, o dentro de mi cabeza, un golpeteo persistente. Duermo. Horas, un día, una semana. Cuando me despierto, la tostada no se ha movido. Me como otros dos cuartos igual de insípidos, me acabo el té y me vuelvo a dormir. Ahora hay gente en el pasillo, una discusión, palabrotas y un portazo, otro más. Me doy la vuelta, cierro los ojos y me sumerjo una vez más.

El teléfono se ha quedado sin batería. Me estiro hasta casi caerme de la cama, siguiendo el cable para enchufarlo. Descanso. Balanceo las piernas al borde de la cama y busco a mi alrededor el mando de la tele, palpo las sábanas, recuerdo que no hay ninguno. Veo un trocito de mi piel, entre la camiseta y el pantalón, llena de hematomas morados en los costados y el vientre, como si me hubieran pateado una y otra vez. Me duele cuando la toco. Tengo los pantalones mojados, la sábana también lo está, pero no huelo nada. Aparto la sábana de un tirón, descansando después de cada movimiento, y la empujo debajo de la cama con los pies. El plástico del colchón está húmedo. Es lo que hay. Me siento.

—Encender televisión —digo, y me sale como un graznido, pero la pantalla de la pared se despierta milagrosamente, tal vez solo por cortesía. Están poniendo una comedia con risas enlatadas—. Canal uno —digo. El botón de encendido de la tele parpadea, pero el canal no cambia—. Canal tres —digo, y la imagen cambia a otra comedia casi idéntica, solo que los personajes son negros y americanos.

En el canal cuatro ponen caballos, esos blancos de la Camarga que cabalgan por el agua. Voy saltando de canal en canal, Sky e incluso la CNN, que muestra una imagen fija de un edificio de la cadena con un *scroll* de texto que dice: *En breve actualizaremos la información*. La dejo aquí.

Las persianas de la ventana exterior siguen levantadas y fuera es de día. ¿Es por la mañana o por la tarde? Alguien se ha comido la tostada y se ha bebido el té, aunque no recuerdo habérmelos acabado, y el plato y la taza todavía están ahí. Paro un momento en el borde de la cama para coger fuerzas, después me levanto y voy hasta la ventana. Cuando miro al este el sol está saliendo sobre Londres. Hay movimiento al fondo de la callejuela y me tenso por lo que pueda encontrarme, pero lo que veo es un cervatillo doblando la esquina. Es joven, con patas largas y manchas llamativas en su pelaje naranja. Se detiene debajo de mi ventana y mira a su alrededor, se rasca detrás de la oreja con la pezuña trasera y algo debe de asustarlo, porque da una sacudida con la cola y se larga. Al otro lado de la callejuela, Sophia tiene las persianas levantadas, pero su apartamento está en penumbra. Me ha dejado un mensaje: SÍ, ESTOY AQÍ. Más allá de la falta de ortografía, me resulta confuso lo que ha escrito hasta que leo lo último que pegué y que no recuerdo haber escrito: ¿ESTÁS AHÍ? Me apoyo en la pared para descansar, con las piernas débiles y temblorosas, y me vuelvo hacia la habitación para ver el edredón revuelto, una almohada debajo de la cama con la sábana sucia, la jarra de agua vacía. En el suelo del baño hay una toalla tirada, y a su lado mi cepillo de dientes. No ha entrado nadie a limpiar, a tomarme el pulso o sacarme sangre, a traerme comida, a preguntarme mi nombre y mi fecha de nacimiento.

Queridísima H:

Margot sigue sirviendo pulpo en el restaurante pese a que le rogué que no lo hiciera. Dicen que hay que ablandar el pulpo antes de cocinarlo y comerlo. Los pescadores griegos golpean a las criaturas contra las piedras del puerto más de cien veces para hacerlas comestibles. También hay restaurantes que meten los pulpos muertos en una lavadora que usan solo para ablandarlos. No sé qué programa utilizarán.

En Corea del Sur tienen una receta —*sannakji*— que consiste en servir el pulpo vivo, entero o fileteado, con los brazos aún

47

retorciéndose en el plato. Los brazos de un pulpo siguen activos después de ser amputados, como descubrí más tarde. Ha habido varios casos de muerte por asfixia al comer *sannakji* porque las ventosas se pegan a la garganta del comensal. Seguro que puedes imaginarte mi opinión al respecto.

Neffy

DÍA ¿?

Cuando me despierto de verdad, por segunda vez, me siento mejor: más fresca, más descansada. De hecho, hace frío en la habitación y me subo el edredón hasta la barbilla. Lo que había en la mesilla no ha cambiado de posición: la jarra de agua vacía, el plato, la taza donde pone BioPharm Vacunas. El pastillero está ahí y la persiana interior sigue bajada. La imagen del edificio de la CNN ha desaparecido de la pantalla y ahora solo se ven unas letras blancas sobre fondo negro: *Lo sentimos, algo ha salido mal.* Me bajo de la cama y me acerco a la ventana exterior arrastrando el edredón conmigo. El aire acondicionado suelta ráfagas de aire fresco, pero fuera hace sol, debe de ser mediodía, y cuando miro de nuevo hacia el este el sol sigue subiendo, aunque ahora tiene una nube de humo oscuro encima. Miro y miro, pero no hay nada más que ver y no hay nadie en la callejuela —ni siquiera otro ciervo—, no hay coches ni gente al final de la calle, no suena ninguna sirena. Ni las persianas de Sophia ni su mensaje han cambiado. Tomo impulso en la pared y voy hasta el baño, meto la cabeza bajo el grifo y bebo, trago aire y agua, paro para eructar y sigo bebiendo. Me agarro al borde del lavabo y me miro al espejo. Me sorprende ver un ser humano entero, real, como si ya no esperara tener una estructura, tener piel y huesos, sino ser algo más fluido, resbaladizo; un cuerpo líquido que pudiera escurrirse a un rincón oscuro, al cajón de un escritorio, dentro de un zapato, por un desagüe.

Tengo la cara aún más redonda que de costumbre y la piel seca. Me han salido ojeras, noto la carne blanda alrededor de los ojos hinchados y cuando me levanto la camiseta veo que tengo el pecho de un verde amarillento, y el vientre también, como si fueran los últimos rastros de los moratones de una pelea que ya he olvidado y que me cubrían todo el cuerpo. De vuelta en el dormitorio pego la oreja a la pared para ver si oigo la risa de la irlandesa o el sonido de su tele. Pero no se oye nada.

¿Cuánto hace que no salgo de esta habitación o que no entra nadie? El tiempo se ha plegado sobre sí mismo, las esquinas y los triángulos se han superpuesto formando bolsillos oscuros, y ahora que intento alisarlo se aplana, pero con una forma diferente. Rodeo la cama y me dirijo a la puerta, tiro de la manilla hacia abajo despacio, sin hacer ruido. No sé qué espero encontrar al otro lado, solo sé que todo tiene muy mala pinta: no hay ruido en el pasillo, no se oye la charla de las enfermeras en el control ni el traqueteo del carro de Mike. La manilla baja, pero la puerta no se abre. Giro el pestillo y se oye un débil ruido, pero sigue sin abrirse. Le doy un último tirón y lo dejo estar. Intento acordarme de cómo se abría la puerta desde fuera. Parece tan lejana mi llegada aquí con Boo... ¿Tenía una tarjeta que acercaba a un lector o introducía en una ranura? ¿Me han encerrado porque me administraron el virus e intenté salir? No puede ser. Me darían de comer, vendrían a ver cómo estoy.

—¿Hola? —digo, apretando la mejilla contra la puerta, demasiado bajo como para que alguien me oiga. No hay respuesta.

Me pongo el edredón alrededor del cuello y lo sujeto fuerte, me planteo pulsar el timbre de emergencia que hay encima de la cama o gritar y golpear la puerta. Levanto el puño y estoy a punto de golpear cuando me asalta un pensamiento: no me inquieta quién pueda venir, sino que nadie lo haga. Bajo el puño. Tiro de una de las lamas de la persiana interior y echo un vistazo al pasillo. Desde aquí solo puedo ver en una dirección y todo parece normal, aunque tampoco se ve gran cosa. No hay nadie. La persiana de Yahiko, enfrente, también está bajada. ¿Miré por esta ventana y me estuve riendo con él o lo he soñado? Sigo llevando puestas las dos vías en los brazos. ¿Debería quitármelas? ¿Ha ocurrido el suceso imprevisto mientras dormía? Suelto la lama y vuelvo a mirar el teléfono. Tiene algo de carga, pero no tengo wifi, 3G ni 4G, y no hay ni una rayita de cobertura. Con la poca energía que me queda, acerco el teléfono a la ventana y lo muevo arriba y abajo, pero no sirve de nada. No hay mensajes de Justin ni de Mamá ni de Margot ni de nadie más. El símbolo de la conexión a internet gira y gira, y ya no veo nada rojo ahí fuera, hacia el este, solo columnas de humo que se alejan hacia el estuario del Támesis. Tal vez haya otro confinamiento, me digo, y no esté permitido salir de casa. Me vuelvo a la cama y me llevo la mano al corazón: sigue latiendo, demasiado rápido.

DÍA ¿?

Emerjo del sueño y me acurruco, me dejo llevar por la pesadez y me hundo. Asciendo y me hundo. En una de las ascensiones, una mañana o una tarde, abro los ojos. Estoy tumbada en la cama mirando al pasillo y veo delante de la puerta, justo en la entrada de mi habitación, una bandeja. Parece flotar unos centímetros sobre el suelo, empujada por el oleaje y depositada suavemente en la orilla. Al posarse veo que contiene una de las comidas del centro, todavía en el recipiente para el microondas en lugar de servida en el plato como siempre me la traía Mike. Junto a ella hay una jarra de agua, un brik de zumo de naranja y una bolsa de patatas fritas de la misma marca cara que me daban con el almuerzo. De repente me muero de hambre. Salgo de la cama arrastrando de nuevo conmigo el edredón, porque la habitación sigue estando fría, y paso la mano sobre el plato. Es pasta y debe de llevar ahí un rato. ¿Quién la ha traído? ¿Quién ha abierto la puerta y ha empujado la bandeja dentro? La comida no huele a nada, la etiqueta ha desaparecido con la envoltura de plástico; podrían ser canelones, probablemente de espinacas y ricota, posiblemente vegetarianos, pero los dejo y abro la bolsa de patatas. Me como tres, una detrás de otra. Tienen un sabor salado agradable, aunque no huelo nada. Meto la pajita en el brik de zumo y me lo bebo todo, sorbo a sorbo, y siento que me recorre los brazos y las piernas como si la vitamina C y el azúcar fueran justo lo que necesitaban, lo que hace que funcionen. En el suelo, con las piernas flácidas, me como todas las patatas y rompo la bolsa hasta abrirla del todo para lamer el interior plateado y llegar con la lengua a los rincones salados, aunque tengo que mirar el paquete para saber que son de sal y vinagre. No toco los canelones por si acaso, y además ya estoy llena. Encima de mi cabeza está la manilla de la puerta y alargo la mano para tirar de ella despacio, sin saber muy bien si quiero que esté abierta o cerrada. ¿Qué sería peor? ¿Que me tenga cautiva algún desconocido (seguramente no alguien del centro como Mike, Boo o la doctora Tyler, porque ellos solo tendrían que ponerse el traje para traerme la comida si fuera tan contagiosa) o tener que salir al pasillo y descubrir qué ha pasado?

La puerta está cerrada.

Queridísima H:

Se cree que el pulpo es el único invertebrado que es consciente de estar en cautividad. Lanzan chorros de agua a las luces para provocar un cortocircuito. Apáticos, se deprimen si no reciben suficientes estímulos, y muchos intentan escapar: se deslizan fuera de sus tanques y buscan otras aguas. Se sabe que algunos han llegado a arrancarse un brazo a mordiscos o a subir hasta lo alto del tanque y dejarse secar hasta morir. ¿Tendría yo el valor de hacer lo mismo si llegara el caso?

Neffy

DÍA SIETE

En mi habitación, un hombre está sentado en una de las sillas junto a la ventana leyendo un libro fino. Además de unos vaqueros y una sudadera, lleva puesto uno de los albornoces blancos que los del centro dejaron en nuestros cuartos y, por encima, un delantal de plástico azul como el que llevaba Boo. Enganchada a las orejas y encajada debajo de la barbilla tapizada con islotes de barba oscura lleva una de las mascarillas del centro. Ha puesto las botas con las suelas sucias sobre el brazo de la otra silla. Estoy en ese estado de duermevela entre el sueño y la vigilia, por ahora me conformo con examinarlo sin plantearme quién es o qué hace, y solo cuando el hombre, quizá dos o tres años más joven que yo, pasa una página, reconozco con un estallido de ira que lo que está leyendo es mi cuaderno. He debido de hacer algún ruido, o algún movimiento, porque me mira sorprendido y una sonrisa amplia y sincera aparece en su cara morena.

—Estás despierta —me dice, quitando los pies de la silla y volviéndose hacia mí, con los codos apoyados en las rodillas—. ¿Cómo te sientes? —Habla bajo, su acento es de Londres.

—Eso es privado. Mis cartas. Importantes. —Mi voz no parece mía, es demasiado grave y áspera. Me arrastro para sentarme.

—Lo siento. —Cierra el cuaderno y lo aleja de él como si fuera a explotar—. ¿En serio un pulpo puede arrancarse el brazo a mordiscos?

—¿El brazo? —Estoy confusa, lenta. Intento pensar de qué va esto, si es una pregunta trampa. Si es un hombre trampa—. Sí. —Me subo el edredón hasta la barbilla y me hundo de nuevo en la cama.

Se me empiezan a cerrar los ojos, pero él dice:

—Soy Leon, de la habitación nueve. —Levanta la mano y hace un saludo ridículo—. Oh, mierda —dice al verse las manos. Saca unos guantes del bolsillo del albornoz y se los pone. Se acuerda de la mascarilla y se la sube hasta cubrirse la nariz y la boca—. Pero vamos, seguro que ya no contagias. Me alegro de que estés despierta y de que Yahiko se haya dado cuenta.

—¿Quién no contagia? ¿Yahiko? —No entiendo nada y no me gusta lo que parece estar diciendo.

—Tú eres la que no contagia. Probablemente. Lo más seguro. Han pasado siete días.

Miro alrededor, sigo desorientada. La habitación parece sólida; en la mesilla están el plato y la taza de siempre, sucios.

—¿Quieres algo de comer? Te puedo traer algo.

—¿Por qué estás en mi habitación?

—Yahiko vio tu persiana ayer. —El hombre señala con la barbilla hacia la persiana interior con una de las lamas torcidas. ¿La dejé yo así?

Me gustaría que se fuera y que lo sustituyera una cara conocida.

—¿Dónde está Boo?

—Se fue y no volvió, pero algunos nos quedamos. No teníamos donde ir. O estábamos… —echa una mirada rápida afuera— demasiado asustados.

Echo también un vistazo por la ventana y recuerdo un fuego al este, una mujer sin falda en la calle vacía y un ciervo. Las cuartillas con mi mensaje a Sophia ya no están en la ventana. Debería escribirle, pero ¿qué le digo? La tele está apagada. Me gustaría mirar el teléfono, pero no quiero ser maleducada. Absurdo.

—Fuera... —empiezo a decir, pero las palabras no terminan de formar una pregunta.

El hombre se acerca las manos a la cabeza, se aplasta los bucles furiosos.

—¿No te acuerdas? Ha sido... —se detiene de nuevo—, ha sido una locura, tía.

—Creo que no deberías estar aquí. —Soy tajante—. No tendríamos que salir de nuestros cuartos. Contaminación cruzada. El ensayo puede verse comprometido. —¿Cuándo me han preocupado a mí estas cosas? Saco las piernas del edredón y pongo los pies en el suelo. Aún llevo puestos la camiseta y el pantalón de antes. La habitación está helada y siento las piernas demasiado débiles para sostenerme—. Voy a buscar a Boo o a quien sea.

Extiende el brazo y lo retira sin tocarme.

—Deberías quedarte en la cama. No hay nadie a quien buscar. Solo nosotros. Boo no ha vuelto.

No entiendo lo que dice. Algo empieza a girar dentro de mí, cada vez más rápido, y forma una masa que quisiera escupir.

—Pues a un médico. ¿Has llamado al timbre de emergencia?

—No ha vuelto nadie. Habrán huido. A casa, o donde sea. Solo estamos nosotros.

—¿Nosotros? —Tengo la cabeza nublada y no consigo que se aclare.

—Yahiko, el de la habitación de enfrente, Piper y Rachel en el pasillo al otro lado de la recepción, y yo, que estoy al fondo. Eso es todo.

—¿Tú quién eres?

—Leon —dice con paciencia.

Me esfuerzo por concentrarme y entender lo que dice.

—Todo esto es una locura, ¿cuánto tiempo llevo en la cama? ¿Dónde se ha ido todo el mundo?

La bola que llevo dentro se me asienta en el estómago, justo debajo de las costillas. El resto de mí —las puntas de los dedos, la vejiga, los esfínteres, el corazón...— sabe que está ahí.

—Has estado ausente siete días.

—¿Y cuándo llegué aquí?

—Dos días antes de que te inyectaran el virus.

—¡Nueve días! —Intento recordar lo que estaba pasando en las noticias la última vez que las vi—. No lo entiendo, ¿por qué no llamasteis a alguien?

Leon sacude la cabeza.

—No hay nadie, y salir es peligroso.

Se levanta y veo que es alto, mucho más alto de lo que me había parecido sentado. Parece nervioso, como si me tuviera miedo, y me doy cuenta de que es otro voluntario. Tal vez la vacuna le ha hecho reacción y tiene alucinaciones o está paranoico y ha salido de su habitación sin que nadie lo sepa. Me invade una sensación de alivio y la bola que tengo dentro se disuelve al instante. Casi se me escapa la risa, y después pienso que qué carajo hace esta gente dejando que los voluntarios vaguen por los pasillos y entren en las habitaciones de los demás. Decido tranquilizarme, seguirle el juego a su psicosis hasta que pueda conseguir ayuda.

—¿Por qué no voy a echar un vistazo? —digo como si estuviera hablando con un niño impredecible—. ¿Tal vez pueda ayudarnos alguien del control de enfermería?

Me dirijo a la puerta, probando las piernas, que parecen doblarse en direcciones aleatorias como si fueran espaguetis cocidos. Mantengo una mano en la cama y le dirijo a Leon una sonrisa tranquilizadora. Y entonces recuerdo que la puerta estaba cerrada la última vez que lo intenté. La distancia desde la cama parece enorme, pero consigo alcanzar la manilla, la agarro y tiro hacia abajo, preguntándome si se abrirá. Se abre, y una chica de veintiuno o veintidós años está al otro lado. Las dos damos un salto y gritamos, ella se aparta de mí con dos grandes zancadas.

Lleva varias capas de ropa, como Leon, y un gorro verde de lana, a saber de dónde lo habrá sacado en agosto.

—Dios, me has asustado. —Se lleva la mano al pecho—. Así que estás despierta. —Mira por encima de mi hombro a Leon—. ¿Está bien? ¿Ya ha pasado el peligro?

—Creo que sí —le responde Leon.

—¿Qué día es hoy? —me pregunta.

—No lo sé. —La miro entornando los ojos. Podría haberlo calculado, el día en que entré más nueve días, pero ahora mismo eso me supera.

—¿Dónde estamos?

Es una prueba, una prueba diferente. Le preocupa que pueda estar perdiendo la memoria.

—En Londres —digo.

Frunce los labios, no está convencida.

—¿En qué tipo de sitio?

No sé decir si esta mujer está loca o si la loca soy yo.

—En un centro médico de BioPharm. Formo parte del ensayo clínico. O formaba parte, al menos.

Parece que he aprobado, porque se da la vuelta y grita al pasillo:

—¡Chicos! ¡Está despierta!

La sigo fuera, sujetándome con una mano a la pared, como si esta estructura fuera la única realidad en la que puedo confiar. Y aunque nada parece real todavía, me alivia estar fuera de esa habitación, que la puerta se abriera y haber podido salir. Otros dos vienen rápidamente y se detienen a cierta distancia, mirándome: cuatro en total, como dijo Leon. Verlos envueltos en capas de ropa con los albornoces del centro encima hace que el objeto que llevo dentro se recomponga en un instante. Una enorme bola de granizo que se convierte en hielo, una bola de pelo gigante, un buen trozo de pan a medio cocer que me he tragado entero. Me estaría congelando de no ser por la energía que esta cosa genera.

—Lo has conseguido. No me lo creo, lo has conseguido —dice el hombre al que reconozco como Yahiko, y me parece que tiene los ojos llenos de lágrimas detrás de sus enormes gafas.

Se presentan: Piper, la chica del gorro, que es diminuta ahora que la veo junto a los demás; Rachel, perfectamente maquillada —carmín en los labios, las cejas rellenas—, tan guapa que parece una muñeca y me cuesta apartar los ojos de ella; y, por supuesto, Yahiko.

—De la habitación de enfrente —dice.

—Enfrente —repito.

—Enfrente. —Señala su nombre escrito en la puerta y lo recuerdo riéndose.

Y luego está Leon, que me ha seguido hasta el pasillo. Supongo que todos tienen unos veintitantos, como yo, y está claro que ninguno es médico o enfermero.

—Mira. Somos nosotros. —Leon se baja la mascarilla y enrolla la manga de su bata para enseñarme la pulsera blanca del hospital, Rachel me enseña la suya, y Yahiko y Piper. Levanto mi muñeca y les enseño la mía.

—Todos los demás se han ido —dice Yahiko— o están… —Hace una pausa, como si no supiera cómo decirlo.

—Muertos —susurra Rachel.

Voy mirando de uno a otro mientras hablan.

—No —dice Piper—, eso no lo sabemos. Estamos vivos. Otra gente también puede estarlo. Y vendrán a buscarnos.

—¡Muertos! —Rachel grita la palabra y todos nos estremecemos.

Leon le pasa el brazo por el hombro como si ya conociera ese comportamiento.

—Mira —dice, y ahora es él quien tiene un tono infantil—, Neffy ha sobrevivido.

Todos me miran de nuevo como si fuera una especie de milagro. Rachel traga saliva, intentando controlarse.

—A lo mejor Neffy es nuestra salvadora —dice Yahiko, y me doy cuenta de que está bromeando para calmar a Rachel.

—A lo mejor —dice Piper, como si de verdad lo pensara.

—¿Vuestra salvadora? —Suelto una carcajada impostada—. ¿Esto es parte del ensayo? ¿Había una página que se me pasó leer entre todo el papeleo? ¿Qué está pasando?

Me tiemblan los músculos de las piernas, ahí de pie en el aire helado, intentando que todo encaje. Les devuelvo la mirada, pero por sus caras, por lo que vi fuera y por lo que puedo recordar me doy cuenta de que el mundo ha seguido girando sin mí.

—Nada, solo es una pandemia, nada más... —me contesta Yahiko, como si se lo explicara a una idiota.

—¿Te vas a quedar? —pregunta Rachel. Tiene voz de niña, aguda y quejica. Un mechón de su largo pelo se le ha quedado pegado al carmín. Quizá me he equivocado con su edad, podría ser una adolescente.

—Dale un respiro —dice Leon—, acaba de salir de la cama.

—¿Vosotros también habéis estado enfermos? —les pregunto, mientras miro el pasillo iluminado y el control de enfermeras detrás de ellos.

Todo está desordenado: carpetas, fichas, el teclado de un ordenador cuelga del cable en un lateral de la mesa. Me miran sin contestarme, como si no hubieran oído mi pregunta. Todas las puertas están cerradas más allá del control de enfermeras, y noto que todas las habitaciones están vacías. Lo único que se oye es a estos cuatro mientras esperan a ver qué hago. Camino con paso inseguro hasta la habitación de al lado —«Orla», dice el nombre de la puerta— y hasta la siguiente, que no tiene nombre, y llego hasta el control de enfermeras. Me estiro sobre el mostrador y alcanzo el teléfono. Veo cómo me miran mientras me lo acerco a la oreja. No hay tono. No suena nada.

—Dinos que te quedas —dice Rachel.

Mi cerebro envía mensajes a las piernas diciéndoles que corran. Pero no estoy segura de que puedan hacerlo. ¿Y dónde iría?

Queridísima H:

Los pulpos son andarines. Normalmente solo «nadan» para huir del peligro o cazar. Suelen vivir en el fondo del mar o en los arrecifes, y su forma de desplazarse preferida es caminar con los brazos. Fuera del agua, algunas especies usan sus ventosas para agarrarse a las rocas e ir de una poza a otra. En Nueva Zelanda, en el acuario nacional, una noche que se dejaron la tapa entreabierta por error, un pulpo común salió de su tanque y desapareció. Se cree que bajó por el desagüe del suelo y escapó hacia el mar. Me gusta imaginármelo aspirando el agua del desagüe y expulsándola a través del sifón para impulsarse hacia fuera y avanzar, alargando el cuerpo hasta alcanzar la anchura de la tubería de la misma forma que los humanos y nuestras posesiones nos expandimos o nos contraemos hasta ocupar el espacio que se nos concede.

Neffy

Me llega el sonido de la conversación desde la sala de personal. La puerta está detrás del control de enfermería; cuando la empujo y entro siento como si estuviera violando algún código enfermera/paciente. La habitación es pequeña y no tiene ventanas, hay cuatro paneles encendidos en el techo. Veo un fregadero de aluminio con escurridor, un frigorífico de tamaño normal, una tostadora, un hervidor eléctrico, algunos tazones colgados de unos ganchos debajo del armario y a las cuatro personas que acabo de conocer sentadas alrededor de la mesa central, comiendo y discutiendo algo urgente. Aquí también hace frío, el aire acondicionado sopla con fuerza, pero el ambiente está caldeado por una atmósfera de desacuerdo; no hay ira, pero sí vehemencia y rivalidad, y cuando me ven en el umbral de la puerta se detienen, se llevan las cucharas a la boca como si se sintieran culpables porque los he sorprendido tomando decisiones sin mí.

—Neffy —dice Leon rápidamente mientras se pone de pie, haciendo que las patas de la silla chirríen contra el suelo—, ¿cómo te encuentras? Me he quitado las vías de los brazos y me he duchado. Bajo el agua, en medio del estrépito, conseguí calmarme un poco, el flujo se llevó la sensación de anticipación, las mariposas, el hormigueo en las puntas de los dedos, el nudo en la garganta, esa maldita bola de pelo del tamaño de un gato en el pecho. Pero en cuanto salí regresaron a toda velocidad. He encontrado ropa limpia y he hecho la cama con sábanas nuevas y un edredón que me ha traído Yahiko. Y ahora yo también llevo un montón de capas y el albornoz de BioPharm por encima, con «Tus sueños, nuestra realidad» bordado a la izquierda, a la altura del pecho.

—Un poco mejor, gracias. —No estoy segura de sentirme mejor, pero soy hija de mi padre, siempre cortés frente a la enfermedad.

—¿Quieres desayunar algo? —dice Piper, y Rachel me tira de la manga del albornoz y me arrastra al asiento libre que hay a su lado.

—Siéntate aquí conmigo.

Tiene uñas de gel rosas con unas llamas azules que se retuercen hacia las cutículas. De cerca su piel es suave y sin imperfecciones, lleva los ojos perfectamente delineados en negro y una sombra azul ahumada difuminada en los párpados.

Yahiko coge una cucharada del bol de cartón que tiene delante y se la come. Lo agita hacia mí, contento:

—Gachas de avena con sirope de arce.

—Con algo parecido al sirope de arce —dice Rachel, rodeando el suyo con las manos y golpeándolo con las uñas—. Había yogur y cereales con frutos rojos, pero Leon se los comió todos —lo dice como si fuera un niño travieso.

—No quería coger el escorbuto. Y solo había cuatro —responde, rebañando los restos de su bol.

—Te traigo algo. —Piper se va por una puerta en la que pone COCINA.

—El yogur y el zumo de naranja también han desaparecido.

Alguien —Rachel se inclina y remarca ese «alguien» mientras lanza una mirada de paciencia— comió más de lo que le correspondía los primeros días.

—Ahora Piper es la vigilante de la comida, por lo visto —dice Yahiko.

—El personal dejó toda clase de cosas en la nevera —continúa Rachel—, pan, margarina, chocolate… Pero —señala a Yahiko con una de sus uñas decoradas— este se lo comió todo.

—Un momento. ¿Qué? ¿Por qué estáis hablando de comida cuando…? —digo.

—¿Cuando estamos desayunando? —dice Yahiko mirando a los demás para ver sus reacciones.

—No, lo que quiero decir es… —Sacudo la cabeza para despejarme—. No lo entiendo. ¿Qué coño ha pasado?

Piper ha vuelto sin hacer ruido con otro bol de avena y se hace el silencio, cada uno espera que otro lo explique.

Empieza Leon:

—¿La nueva variante? ¿No te enteraste de eso antes de enfermar?

—¿La que causa la pérdida de la memoria?

—Pierdes la memoria porque se inflama el cerebro.

—Y todo el que se contagia se muere —dice Rachel, contundente.

—Parece que es increíblemente virulenta y muy contagiosa.

—Piper me mira fijamente y desvío la mirada.

—Y sigue ahí fuera —añade Rachel, agitando la mano hacia la ventana.

—Pero digo yo que alguien habrá hecho algo, ¿no? El Gobierno, la policía… Confinamientos más rigurosos…

—Impusieron un toque de queda de veinticuatro horas y el ejército intentó limpiar las calles de coches y de cadáveres, al menos en las ciudades —dice Leon.

—¿Cadáveres? ¿Por la calle? —Y recuerdo las imágenes en las noticias de la gente junto a la carretera cerca de Dover.

—Y disturbios en los supermercados, hospitales que no daban abasto con tanta gente enferma, o muerta, o amnésica.

—Vi un vídeo de gente golpeando la puerta de un hospital para que les abrieran, pero no sé por qué querrían entrar ahí.

—Rachel se estremece.

—Ha pasado todo muy rápido —añade Leon.

—Dijeron que había que quedarse en casa, que todo el mundo recibiría comida, pero nunca llegó —dice Rachel.

—No me lo puedo creer —respondo.

Piper pone agua en el hervidor y lo enciende.

—¿No oíste las peleas, las sirenas? ¿Nada?

—Recuerdo una luz azul parpadeando, nada más.

—Después se hizo el silencio y eso fue peor —dice Leon—, lo veíamos por internet hasta que la tecnología murió, y entonces empezamos a verlo por la ventana.

—Ni siquiera Leon ha conseguido que funcione el wifi —dice Rachel.

—Hordas de hombres, no te lo creerías. ¿No oíste los perros? —me pregunta Leon. Niego con la cabeza—. Bueno, casi todos se han ido ya a otro sitio. Las enfermeras del centro se marcharon, tú tenías a Boo, ¿no?, y el siguiente turno no apareció.

—Y el resto de voluntarios se fueron también, todos menos nosotros —añade Piper.

Yahiko, que no ha dicho nada, deja la cuchara en la mesa, al lado del bol vacío. Parece traumatizado. Todos lo estamos.

En una pared de la sala de personal hay una fila de taquillas y en otra hay una gran pizarra donde alguien ha escrito «Día Cero» con rotulador negro en la parte izquierda. Debajo hay siete rayas verticales. Un gran 21 está rodeado por un círculo. Leon está sentado enfrente y me ve mirando:

—El día cero es el día del virus, cuando todo se fue a la mierda.

—No me lo puedo creer —vuelvo a decir.

—Yo tampoco —dice Rachel, sollozando. Leon se acerca y le aprieta la mano.

—¿Qué es el veintiuno?

—El día veintiuno es cuando nos rescatarán —dice Piper. Yahiko levanta las cejas por encima de la montura de las gafas. Piper me pone delante las gachas de avena. Sus dedos parecen los de una niña, las uñas limpias y cuadradas—. Ten cuidado, que quema. Remuévelo. —Creo que no tengo hambre. Leon inclina la silla hacia atrás, sobre las patas traseras, hasta alcanzar una cuchara del cajón—. Es cuando termina el ensayo. Cuando el Gobierno o el ejército vendrá a por nosotros.

Me llevo el bol de cereales a la nariz para olerlo: no huele a nada.

—¿Qué? ¿En serio? ¿Van a venir?

—No, evidentemente no —responde Yahiko—, todo el mundo en el ejército y el Gobierno estará muerto a estas alturas, o en algún búnker en algún lugar sin conexión a internet, haciéndose pajas con viejas revistas porno porque no tendrán nada mejor que hacer.

—¡Por Dios, Yahiko! —exclama Rachel.

Y vislumbro lo frágil que es este pequeño grupo. Hilos raídos, atados por la necesidad y la desgracia, tirando cada uno de un extremo con la esperanza de apretar el nudo, pero arriesgándose a deshacer la enredada maraña. Tomo una cucharada de gachas, pero solo me saben dulces, ni a sirope de arce ni a avena.

—Creo que he perdido el gusto —les digo.

—¿Y el olfato? —me lo pregunta Piper y el resto espera mi respuesta.

Ensancho la nariz y olisqueo la habitación, después vuelvo a oler el bol de avena:

—No, nada.

—Es uno de los síntomas, no te preocupes.

—Los recuperaré, supongo.

—Seguro.

En la parte derecha de la pizarra hay una lista de alimentos, entre ellos platos con curry, pasta, avena…, y un número al lado de cada uno: 2, 5, 7. El de la avena es el más alto, con 33.

—¿Esto es todo lo que tenéis para comer? —señalo la lista con la cabeza.

Yahiko coge su cuchara y lame la parte curva:

—Piper no nos deja acercarnos a la comida o a los microondas industriales que tiene ahí dentro. —Señala con la cuchara a la cocina—. Ha hecho raciones como si fuera la monitora del comedor.

Después de solo tres cucharadas estoy llena y me vendría bien volverme a la cama a pensar, analizar todo lo que me han dicho desde distintas perspectivas. Es como la primera noche que pasé con Justin. Por la mañana, necesité algo de tiempo lejos de él para procesar lo que había pasado, a quién acababa de conocer y lo que me parecía todo aquello. Pero ya tengo claro que necesito formar parte de este grupo, unirme a ellos, aunque sea por un tiempo. No quiero estar sola.

—Piper iba a salir en *Masterchef* —dice Rachel.

—Solo me apunté al *casting* —la corrige Piper—. Pero llegó la pandemia.

—Y sí, esa es toda la comida que tenemos —dice Leon—. Ya la hemos racionado a dos comidas al día.

—¿Hasta cuándo durará?

—Hasta que llegue el ejército —dice Piper golpeando el 21 y borrando el 33 de al lado de los cereales para escribir un 29.

Yahiko chasquea la lengua.

—Espero que hayas actualizado tus cálculos para incluir a Neffy —dice Leon, y la cara de Piper cambia del horror a la vergüenza. Cambia el 29 por un 28—. Si es que vas a quedarte. —Su modo de decirlo me da a entender que quiere que me quede.

—No lo sé —digo, pero nadie me oye.

Yahiko sacude la cabeza y dice:

—Piper esperaba que no salieras de esta para que le tocara más comida.

—No seas absurdo —le suelta Piper.

—No tiene ninguna gracia, Yahiko —replica Rachel. Intento averiguar cuáles son las dinámicas y las alianzas, porque aún no sé qué bando elegiría llegado el caso. ¿Yahiko contra Piper? ¿Leon y Rachel?

—Catorce días para cuatro y once coma dos días para cinco, o sea, once días, cuatro horas y cuarenta y ocho minutos —apunta Leon.

—¿Cuántos días faltan para que venga el ejército? —Rachel los mira de uno en uno.

—Catorce —le digo en voz baja.

—No van a venir. Nadie va a venir —dice Yahiko en tono burlón.

—Entonces, ¿qué vamos a comer los últimos nosecuántos días antes de que llegue el ejército? —Piper lanza la pregunta a la habitación con su vocecilla infantil.

—Tendremos que comer menos —dice Leon—, tiene que durar más.

—O alguien tendrá que salir a por más —dice Yahiko—. Se me ocurre.

—No hace falta que nadie salga —dice Piper—, tenemos comida suficiente si vamos con cuidado. —Me recuerda a una médico de cabecera que tuve en Plymouth, una vez que pedí cita por algo rutinario. Directa y sin palabrería, la consulta iba a durar quince minutos y salí en cinco con una receta en la mano.

—Pero al final se acabará la comida. —Yahiko pronuncia despacio las tres últimas palabras, remarcándolas, como si Piper no fuera a entenderlas.

—Para entonces el ejército ya nos habrá encontrado.

Yahiko suspira teatralmente.

—¿Quieres té, Neffy? —Rachel se levanta haciendo mucho ruido. Coge un tazón y sirve un té flojo de la tetera que está sobre la mesa antes de que le conteste—. No queda leche, pero debería haber azúcar en el armario.

—¿Cómo sabéis lo que pasa fuera si no habéis salido? Quizá las cosas no estén tan mal como creéis. —Nadie habla y yo sigo—. ¿No hay tiendas en la calle principal? Estoy segura de que vi algunas cuando llegué. —No me acuerdo de cuáles había, pero ¿no hay colmados en todas las calles de Londres?

—Yo que tú no saldría si puedes evitarlo. Al menos por un tiempo —dice Rachel—. Los grandes supermercados se vaciaron en un par de horas. Lo vi en Instagram. —Cierra los ojos, como si quisiera rechazar la idea. Empieza a sollozar, pongo mi mano sobre la suya y ella la agarra.

—Probablemente en unos días ya no será tan peligroso, pero nada de encender la luz ni de mover la persiana exterior. Y nada de pegar mensajes —dice Yahiko.

—¿Qué? Pero ¿por qué?

—Si pudiera quitaría las bombillas, pero hace falta una herramienta especial para abrir los apliques.

—Podría haber gente mirando. —Los dedos de Rachel me aprietan la mano—. Yahiko me puso celo en el interruptor por si se me olvida. Puede hacer lo mismo en el tuyo, si quieres.

—¿Quién podría estar mirando?

—Las hordas de hombres que están fuera —susurra aterrada—. Asaltan las casas. Yahiko los vio.

Después de habérmelos encontrado a los cuatro en el pasillo por primera vez, cuando volví a mi habitación a darme una ducha había intentado encender la televisión. «Encender televisión», dije. «¡Encender!». Permaneció oscura. Comprobé el teléfono, pero seguía sin tener mensajes ni conexión a internet, nada de cobertura, a pesar de que la electricidad funcionaba. Y volví a mirar por la ventana exterior a la callejuela, pero no vi nada. Estaba vacía y, aunque estuve mirando unos cinco minutos, o quizá más, por el cruce de la calle principal no pasó ningún coche, ninguna persona. Enfrente, en casa de Sophia las luces seguían apagadas y no vi movimiento. Pero sí volví a ver su mensaje, SÍ, ESTOY AQÍ, con su errata, en grandes letras mayúsculas muy remarcadas.

La rejilla del aire acondicionado expulsa el aire justo encima de donde estamos en la sala de personal.

—Mi madre —cuenta Piper, sirviéndose más té— le prepara a mi padre un huevo frito todas las mañanas para desayunar. Un huevo frito cada mañana antes de irse a trabajar.

Todos nos hemos dado cuenta de que ha dicho «prepara» y no «preparaba». No creo que deba preguntar, aún no.

—Puaj, huevos. Ni de broma. Con toda esa baba escurridiza.

—Rachel hace una mueca.

—Me pregunto si aún podrá conseguir huevos —murmura Piper.

—Están buenos si los haces por los dos lados —dice Yahiko.

—Vuelta y vuelta —dice Leon.

—Siguen siendo asquerosos —dice Rachel.

—Se llaman a la plancha —dice Piper.

—¿Cómo?

—A la plancha —repite.

—No se llaman vuelta y vuelta —se une Yahiko.

—Pero eso es si los haces solo por un lado —responde Leon.

—No, cuando les das la vuelta son a la plancha.

—¿Podéis dejar de hablar de huevos? —Rachel baja la barbilla hasta el cuello y hace una mueca con la boca.

—Es vuelta y vuelta, ¿no?

—¡Es a la plancha! —dicen Yahiko y Piper a la vez.

—Yo qué sé, odio los huevos —dice Rachel.

Pienso en las comidas que me preparaba Margot en Grecia y los tomates maduros y las gruesas rebanadas de feta salado, me acuerdo del pollo asado y los pasteles de carne que cocinaba Mamá, y me pregunto con una punzada de algo que parece físico si Justin habrá conseguido volver de algún modo. Me dijo que me esperaría en Dorset y seguramente tenía la esperanza de que yo también consiguiera llegar hasta allí. ¿Cuánto tardaría andando? Seguramente días. Puede que haya taxis. Los demás no lo saben. Costarán un dineral, pero Clive lo pagará. ¿Cuánto se tardará en coche? ¿Tres o cuatro horas? Seguramente, Mamá, Clive y Justin estarán ya en Dorset, dándole vueltas a cómo contactar conmigo.

—¿Neffy? —dice Leon.

—¿Qué? ¿Perdona? —Dejo la cuchara en la mesa. Aunque no me he acabado la avena, he comido suficiente.

Todos me están mirando.

—¿Tú qué opinas? ¿Es vuelta y vuelta o a la plancha? —pregunta Rachel.

—Mmm… —sacudo la cabeza tratando de concentrarme y finjo que lo estoy pensando—, sí —digo con seguridad, y Rachel se balancea hacia mí con una carcajada y apoya la cabeza en mi hombro. Me gusta sentirla, notar su peso agradable. Bebo un sorbo de té de la taza con el nombre de la empresa. Alguien ha rascado una letra y ahora pone BIO HARM VACUNAS[2]—. Se ha enfriado el té. Pero ¿por qué hace tanto frío en este sitio?

Era una broma, pero Rachel se incorpora inmediatamente y nos quedamos todos callados hasta que Piper y Leon empiezan a hablar al mismo tiempo. Piper se detiene y Leon dice:

—Yahiko estuvo enredando con el aire acondicionado, quitó la tapa de la caja de control y ahora se ha quedado atascado en modo ártico. Puto inútil.

Sin levantar la vista, Yahiko le hace una peineta y Leon se echa a reír. El ambiente se relaja y se levantan, Piper para lavar las tazas y las cucharillas, Leon para echar la basura en una bolsa que luego tira por un conducto en la pared. Observo que en solo siete días se han establecido las bromas privadas y las costumbres, quién es amigo de quién, dónde se sientan en la mesa, como si hubiéramos empezado en una escuela nueva pero yo hubiera

---

2. Juego de palabras con la palabra *harm,* que significa «daño» en inglés.

llegado una semana tarde y estuvieran decidiendo si les merezco la pena como amiga, incluso si les merece la pena cambiarme por quien ya hayan elegido como amigo.

—Qué bien que te esté volviendo el apetito. —Yahiko no aparta los ojos de mi avena y empujo el bol a su lado de la mesa. Piper lo intercepta y lo vuelve a poner delante de mí.

—Deberías comértelo, recuperar fuerzas. No habrá nada más hasta la noche.

—Creo que se me ha encogido el estómago.

—Llévatelo y te lo acabas después. —Piper se levanta, tiene las piernas un poco separadas y los brazos cruzados, con sus rasgos infantiles parece una especie de Peter Pan.

Rachel pasa un trapo por la mesa y bromea con Leon, tienen las cabezas muy juntas. Me pregunto si se van a liar o si ya lo estarán. En esta habitación sin ventanas, es fácil imaginar que estamos en uno de esos retiros de autoayuda de fin de semana con un programa de terapia y con clases a las que hay que apuntarse donde nos animan a compartir los sentimientos, donde comemos todos juntos alrededor de una mesa y después, el domingo por la tarde, antes de irnos a casa, intercambiamos los teléfonos, nos despedimos con abrazos y prometemos seguir en contacto, aunque probablemente no lo haremos.

—¿Qué pasa con el agua y la electricidad? —La avena me pesa en el estómago, la digestión me está diciendo que necesito dormir—. ¿Cómo es que siguen funcionando si el mundo entero se ha ido a la mierda?

—Hay un generador en el sótano. Leon y Yahiko bajaron a echar un vistazo —dice Piper—, se oye a través del conducto de la basura.

—¿Bajaron al sótano?

—Las escaleras de emergencia están en la recepción. Leon y Yahiko revisaron también las oficinas del primer piso. Al parecer fue horrible. —Piper hace una pausa, una invitación para que uno de ellos me lo cuente.

—Bueno, sí —empieza Yahiko—, Leon y yo bajamos a mirar, el generador parecía un cacharro de última generación. Diría que es nuevo. Parece que va bien, aunque no es que yo sepa mucho de generadores.

—Cuéntale lo de las oficinas —le dice Rachel, como si se preparase para una historia genial.

Yahiko está en la puerta, a punto de salir. Se detiene y mira al pasillo.

—Luego os veo —dice y se va, dejando que lo cuente Leon.

Leon titubea.

—Todo el mundo se marchó deprisa y corriendo. Las sillas estaban volcadas, todo por ahí tirado.

Antes de que me aceptaran para el ensayo, vine dos veces a las oficinas del primer piso y me sometí a varias pruebas, una física y otra psicológica, para comprobar si era una candidata adecuada. No me preguntaron por mi historial laboral, fui algo imprecisa sobre mi padre y no me pidieron un TAC de cuerpo entero. Claramente las superé, puesto que estoy aquí. Aún no tengo claro si fui afortunada o no. No presté mucha atención a las oficinas.

—Pero cuéntale lo de los pájaros —dice Rachel nerviosa.

—Habían entrado un par de cuervos —dice Leon sin entusiasmo.

—¿Qué? —Rachel parece decepcionada—. Yahiko me dijo que eran periquitos, una bandada entera.

—Igual eran periquitos. No se me dan bien los pájaros —dice Leon, y Rachel le da un golpecito juguetón.

—Yahiko es un pedazo de mentiroso.

—Sobre el agua, no estamos seguros —interrumpe Piper—. Yahiko cree que podría acabarse en cualquier momento, o que puede estar contaminada. La estamos hirviendo, no deberías beber directamente del grifo del baño.

Quizá la incredulidad que me produce todo esto, que estén tan calmados, tan organizados, se me nota en la cara, porque Leon dice:

—Sí, nos costó un poco hacernos a la idea, pero no se puede vivir mucho tiempo en estado de *shock*. Te adaptarás muy rápido. A menos que seas Rachel, que se pone a lloriquear a la menor oportunidad.

Rachel le saca la lengua.

—¿Necesitas algo? —Piper me da un golpecito con el dedo en el hombro—. De todas formas, tómatelo con calma. Bebe mucha agua. —Me aprieta el hombro con la mano y el gesto me resulta sobreprotector, pero le sonrío, aunque probablemente me sale más una mueca.

—Estoy bien, gracias. Creo que me vuelvo a la cama un rato.

—Haces bien. Os veo luego. —Se marcha, pero la calidez y el peso de su mano permanecen.

Rachel está en la puerta.

—¿Vienes? —le dice a Leon.

—Ahora iré.

Rachel mira a Leon, me mira a mí y vuelve a mirarlo a él. Está sentado frente a mí y no se ha movido. Rachel chasquea la lengua, murmura algo y se marcha. En cuanto se ha ido, él se pone de pie y coge una de las jarras de agua y un vaso. Me alcanza el resto de la avena:

—Vamos. Piper tiene razón, tienes que tomártelo con calma.

De vuelta en mi habitación, Leon espera a que me siente en la cama y me sirve un poco de agua. Me dan retortijones en el estómago, no sé si es por la comida o por los nervios. Cuando se va a marchar, le digo:

—Cuéntame algo normal.

—¿Normal?

Señalo hacia la ventana.

—Algo de antes.

—Normal. —Se mete las manos en los bolsillos del albornoz—. No sé si me acuerdo de algo normal.

—Lo que sea. Por favor.

Se queda pensando.

—Una vez vi a Nina Simone en el Barbican.

—¿Nina Simone?

—Me llevó mi madre.

—Debió de ser increíble.

—Se pasó meses ahorrando para las dos entradas y cuando llegamos resultó que yo podía entrar gratis.

—¿Gratis?

—Tenía un año y me llevaba en una mochila portabebés.

Sonreí.

—Al parecer sí que fue increíble. Todo el mundo se levantó para cantar «We Shall Overcome». Nina también. Qué pena que me durmiera.

—Entonces no viste realmente a Nina Simone en el Barbican.

—No, supongo que no —sonaba triste.

—¿Y algo más reciente? ¿A qué te dedicabas?

—Iba a la uni, sobre todo. Y cosillas de tecnología. Muy interesantes, de hecho. Ya te contaré, igual hasta te lo enseño, pero ahora no. Pareces agotada.

—Esto es demasiado difícil de asimilar. Me parece surrealista. Como si me estuvierais gastando una broma de mierda o fuera parte del ensayo.

Echa la cabeza hacia atrás.

—Al principio, durante un par de días no hacía más que mirar por la ventana, comprobar el móvil y pensar en salir a ver qué estaba pasando realmente.

—Mientras estuve enferma tuve unos sueños rarísimos y no paro de pensar que quizá todavía esté soñando.

—Llegué hasta el ascensor y me volví a mi cuarto.

—Pero esto es real, ¿no?

—Seguramente para ti es más difícil porque te has despertado después de que pasara todo.

—¿Todos habéis tenido la misma reacción al virus que yo?

—Ah, ¿no lo sabes? A nosotros no nos lo inyectaron, ni siquiera nos pusieron la vacuna.

—¿Que no os han puesto la vacuna? ¿A ninguno?

—A ver, hubo un retraso. —Se revuelve en el sillón, parece que no le apetece mucho explicarlo—. Y luego Yahiko vio cómo te afectaba y detuvieron el ensayo.

—¿En serio? ¿Detuvieron el ensayo? No me acuerdo de eso.

—Dijo que estabas completamente fuera de ti, por lo que vio.

—Recuerdo que entró Boo.

—Todo el mundo se marchó a la vez. Fue un caos. Tendrás que preguntarle a él. Ahora deberías dormir.

—Pero si me inyectaron el virus y he sobrevivido significa que la vacuna funciona.

Leon está en la puerta.

—Todos nos lo preguntábamos. —No me mira cuando habla—. Estabas muy enferma. De todas formas, la hemos buscado, pero no está. Debieron de traer la dosis justa, o alguien se llevó lo que sobraba. Deberías dormir. —Abre la puerta—. Luego nos vemos, Piper prepara la cena a las ocho.

—Leon —digo, y él se detiene—, ¿por qué no te fuiste?

Parpadea un momento y pienso que quizá mi pregunta ha sido demasiado brusca.

—Mi madre murió. Al principio, ya sabes, cuando empezó la pandemia. —Hace un esfuerzo por mantener la compostura—. No tengo hermanos. Vecinos, algunos amigos, pero nadie por quien me arriesgaría a pasar por eso. —Señala la ventana con la cabeza, hincha los carrillos y expulsa el aire—. Por lo menos mi madre no ha tenido que ver todo esto. —Me mira—. No sé cómo has sobrevivido. ¡Pero lo has conseguido, joder!

Queridísima H:

Hace unos años leí un artículo en la revista científica *Endocrinología General y Comparada* sobre el sentido del olfato en los pulpos. El artículo sugería que el animal desarrolla este sentido a través de dos orificios en su manto. La mayor parte de la vida del pulpo sirven para ayudarlo a capturar comida, pero en cierto punto de la madurez de la hembra ese sentido se apaga, igual que algunas de sus capacidades ópticas, cuando su preocupación pasa de ser el sustento a ser el apareamiento. Ya no le interesa la comida y, por tanto, ya no necesita su magnífica vista ni su olfato si lo único que va a hacer es proteger sus huevos en la oscuridad del fondo del océano. La renuncia a la vida por la perpetuación de la especie.

Neffy

Cuando me despierto, tengo la boca reseca del aire acondicionado y la cara —lo único que sobresale del edredón— fría, la punta de la nariz está helada. No he descansado nada. En sueños, todo el rato me parecía oír una sirena a lo lejos, advirtiendo de alguna catástrofe inminente: un tsunami, una bola de fuego, un terremoto. Como el sistema de alerta exterior que oí un martes al mediodía en San Francisco. El aumento aparentemente inexorable de aquel estruendo y mi alarma interna aumentando con él, el alivio temporal cuando cesó. Y esa voz masculina de una película de serie B de los años 50: «Esto es un simulacro, solo es un simulacro». Pero en Londres no hay sirenas, parece que nunca hubo tiempo para eso.

Aún estoy en la cama, el lugar más cálido, cuando los gritos de Rachel me hacen levantarme: algo sobre que hay gente fuera. Por la luz parece mediodía; me pongo más capas de ropa y el albornoz y me dirijo a recepción. No puedo correr, me duelen los músculos del estómago incluso al caminar. Los otros llegan también y Rachel nos hace entrar a toda prisa en su habitación e ir a la ventana, donde los cuatro se ponen en cuclillas detrás del alféizar. Su habitación está más cerca de la fachada del edificio que la mía, y tiene una vista más despejada de la calle principal, de una tienda de teléfonos móviles con el escaparate hecho añicos y otras tres cerradas con persianas: Charlie's Casual Wear, Miz Nails y Easy Carpets & Flooring. Si la comparo con la limitada vista desde mi habitación parece abierta y expuesta. En la esquina, en mitad de la calle, un autobús rojo de dos pisos ha chocado de frente contra un coche, lo ha plegado como un acordeón y le ha destrozado el parabrisas. Hay una ambulancia parada a su lado con las puertas traseras abiertas. Las puertas del coche también están abiertas, pero veo que está vacío, la luz azul de la ambulancia no parpadea y no hay nadie cerca: ni conductores, ni pasajeros, ni transeúntes. El anuncio del lateral del autobús tiene un dibujo esquemático de un par de manos entrelazadas bajo el agua corriente. «Salva vidas. Lávate las manos», dice, como si con eso hubiese bastado.

—Dios mío —digo—, ¿hay alguien herido? ¿Dónde están?

—Ahí no, eso pasó hace días. —Cuando ve que aún estoy de pie, mirando, Yahiko me tira de un lado del albornoz y murmura—: Agáchate. —Lo dice entre dientes, como si la gente inexistente de allá abajo pudiera oírle y mirar hacia arriba. Me arrodillo entre Rachel y Leon.

—Allí —dice Rachel.

Señala hacia la derecha y vemos a lo lejos dos personas que caminan en nuestra dirección: un niño y un adulto. El niño, o la niña, va delante y durante los pocos minutos que tardan en acercarse queda claro que es quien lleva al hombre de la mano. Cuando miro la callejuela desde mi ventana, puedo engañarme a mí misma pensando que no ha pasado nada, que todo sigue como siempre en el mundo y que la callejuela está vacía porque nadie pasa nunca por allí; mientras que aquí, en la habitación de Rachel, el escaparate reventado, el choque abandonado y la calle vacía dejan horriblemente claro que todo ha cambiado. Empiezo a temblar. Enfrentarme a la realidad me hace recordar que Justin seguramente está en un avión en Suecia y que Mamá y Clive siguen en Dinamarca. Me acuerdo de Rachel —¿fue esta misma mañana?— gritando «¡muertos!». Me doy cuenta de que Rachel está atenta para esconderse si la gente de la calle mira hacia arriba. La niña —decido que es una chica, de unos ocho o nueve años, con pantalón corto y camiseta amplia y un pelo que se ve asqueroso incluso desde aquí— camina con decisión por el medio de la calle, tirando del hombre que va detrás. A él le queda pequeña la camisa de manga corta que lleva, le tira en los botones y la carne se le desparrama por encima de los vaqueros. Anda como un pato y se va parando, se entretiene mirando alrededor y al cielo.

—Inflamación y pérdida de memoria —dice Leon, enfatizando el «y».

—La nueva variante —añade Piper.

Están al lado de nuestro edificio, casi justo debajo. Cuando el hombre se detiene, suelta la mano de la niña de un tirón y busca algo en el bolsillo delantero de sus vaqueros, después en el trasero, como si se acabara de dar cuenta de que se ha olvidado la cartera o el teléfono. Puedo verle la cara hinchada y los ojos protuberantes. La niña lo espera con paciencia, mirando con curiosidad el accidente, la ambulancia, el coche vacío.

—No subas al bus —Rachel susurra, como si rezara—, por favor no subas al bus.

La niña se vuelve hacia el hombre, le agarra la mano, le da un tirón y continúan por la carretera.

—¡Esperad! —digo, extendiendo la palma de la mano contra la ventana.

—¡No! —Yahiko se estira por encima de Leon y me agarra de la muñeca para bajarme la mano, yo apenas me resisto y lo dejo.

—¿No vamos a por ellos?

—Claro que no. —Piper se pone de pie. La niña y el hombre ya han pasado nuestro edificio—. Se han ido, ya está. —Y me doy cuenta de que no estábamos aquí agazapados para traerlos con nosotros, sino para escondernos.

Leon también se levanta y noto que me mira, pero me quedo de rodillas junto a Rachel y él se marcha con Yahiko y Piper. Cuando la niña y el hombre han desaparecido por completo de nuestra vista, Rachel dice:

—¿Quieres una taza de agua hervida? No podemos hacer té a mitad del día, pero me gusta fingirlo.

—Estaría bien.

Cuando trae las dos tazas de la cocina nos sentamos una al lado de la otra en su cama, arropadas bajo el edredón.

—Oí el accidente —dice. Las dos estamos mirando al frente, a la pantalla oscura de la tele. Debajo, el escritorio está cubierto de botes y tubos de maquillaje perfectamente ordenados—. Fue por la mañana, temprano. Me despertó. Se oyó un crujido metálico y una bocina, salí de la cama y fui a la ventana. Me escondí como hemos hecho antes para que no me vieran. Esa noche pasaron más cosas, ruidos, gritos…, y yo metí la cabeza debajo de la almohada. ¿Eso está fatal? Está fatal, ¿verdad? Todavía estaba decidiendo si debía irme, sabes, salir de aquí. Creo que fue al día siguiente de que te inyectaran el virus. No me decidía. Pero, en fin, cuando oí el choque me levanté para mirar. —Da un sorbo de su agua caliente—. El pasajero del coche y el conductor del autobús se bajaron y empezaron a gritarse. Me preocupé por el conductor del coche, porque al principio no se bajó, aunque vi que había saltado el airbag. Después se bajaron del autobús un par de personas y se quedaron ahí mirando, embobados, como hace la gente después de un accidente. Y al final se fueron, cada uno pendiente de su móvil. Poco después llegó la ambulancia, pero me di cuenta enseguida de que a los enfermeros les pasaba algo. Dios sabe por qué estarían trabajando. Tenían el cuerpo hinchado, ¿sabes?, y uno de ellos estaba tan mal que era como si alguien estuviera apretándole la cintura. —Alza los codos y agarra la taza con las dos manos—. El cuello y la cabeza le salían a presión del uniforme. Como, no sé, como la pasta de dientes cuando aprietas el tubo.

—Ay, Rachel —digo—. Lo siento.

Se pasa las uñas por el pelo alisado.

—Estaban desconcertados, se veía que no sabían lo que tenían que hacer. Era como una película de Harol Lloyd. Antes de todo esto yo estaba estudiando Cine en Sussex —aclara, con una mirada cómplice—. Era como una comedia absurda llena de gags, solo que no tenía gracia. Al final, salió el conductor del coche y no parecía demasiado malherido. No vino la policía. Tampoco vino nadie más. Después de una media hora intentando que los enfermeros hicieran algo, el conductor del coche y su acompañante intentaron parar un taxi. Iba haciendo eses por la carretera y casi se choca con el autobús, pero no se paró, así que echaron a andar. Pasaron más coches, pero tampoco pararon. Había gente corriendo, otros gritaban, otros corrían y gritaban, ¿sabes? El conductor del autobús y los enfermeros se marcharon cuando empezaba a oscurecer, pero no en sus vehículos... Al final se fueron todos andando, como sin rumbo.

—Debió de ser horrible verlo.

—Bueno, eso no es todo. Así empezó. Al día siguiente, miré de nuevo y ahí estaban el coche, el autobús y la ambulancia, pero entonces me fijé en que había una pasajera en el bus, aún sentada en la primera fila del piso de arriba, donde solía sentarme con mi padre cuando era pequeña. La mujer estaba mirando hacia fuera y giró la cabeza, te juro que miró aquí, a mi habitación, directamente a mí, y me sonrió. —Rachel traga saliva. Le quito la taza y la dejo en la mesilla—. Se me quedó mirando con unos ojos que se le iban a salir de las órbitas. —Se le quiebra la voz—. No sabía qué hacer. ¿Qué podría haber hecho? Quería bajar la persiana, pero sabía que Yahiko me mataría, después de lo que vio por la ventana. —Se muerde el labio—. Ay, Dios. Al final intenté dejar de mirar fuera. Fui al cuarto de Piper y estuvimos haciendo grullas de papel, no volví aquí hasta que ya había anochecido. Pero por la mañana, cuando amaneció, la mujer seguía ahí y, mientras la estaba mirando, desapareció. Te lo juro. Era como si hubiera estado esperando toda la noche a que la mirara, y justo entonces se inclinó como si se agachara a coger algo que se le hubiera caído al suelo. Algún papel para tirar a la basura, o algo así. Esperé a que bajara del bus, porque las puertas seguían abiertas. Esperé un montón, tía, más de una hora. No quité los ojos del autobús, pero esa mujer no se bajó. Nunca llegó a bajarse.

Cuando acaba, Rachel está llorando, meciéndose adelante y atrás. Le pongo la mano en el brazo, dispuesta a abrazarla si se gira hacia mí, pero quizá no estamos preparadas para eso, porque no se vuelve ni abre los brazos. Nos quedamos tal como estamos y no se me ocurre nada que pueda mejorar la situación.

—Por favor, no te vayas —me dice entre sollozos.

No le respondo y no le pregunto por qué no salió para ver si podía ayudar, porque yo no golpeé con los nudillos el cristal para que nos vieran la niña y el hombre, no corrí abajo para invitarlos. Una mano en la ventana no es suficiente.

Cuando se calma, Rachel coge su móvil y lo pone frente a nosotras, un poco por encima de nuestros ojos, y apoya la cabeza en mi hombro como hizo en la sala de personal. Cuando me doy cuenta de lo que está haciendo y pongo buena cara, ya ha sacado una docena de fotos. Las pasa rápido, elige una y le aplica un filtro plateado en blanco y negro. Me sorprende ver lo redonda que tengo la cara; aún está mucho más hinchada de lo que debería, y tengo los ojos saltones. El blanco y negro resalta las pecas de Rachel, debe de haberse quitado la base de maquillaje anaranjada, pero sus labios parecen más carnosos por la llorera; sus ojos, debajo de unas cejas perfectamente depiladas y delineadas, parecen más grandes, líquidos, y una lágrima solitaria descansa bajo uno de ellos. Guarda la foto, parece satisfecha.

—Algún día volverá Instagram, ¿no crees? O algo así. Algo mejor.

—Puede. —No sé qué decirle. No he pensado ni un minuto en las redes sociales. Nunca he tenido perfil en ninguna, solo me metía a cotillear.

—A Leon le encanta la tecnología. Dice que volverá.

Mira otras fotos en el móvil, las pasa rápido, la mayoría son suyas con diferentes modelitos y parecen tomadas en el espejo de cuerpo entero que hay en la puerta del armario. Las pasa hacia atrás y retrocede en el tiempo, los colores y las formas se desdibujan. Detiene el carrusel y va pasando más despacio algunas fotos suyas con un bañador negro, al fondo se ve una piscina cubierta, un trampolín, gente en el agua.

—Se me estaba empezando a dar muy bien la natación.

—Estoy segura de que podrás volver a nadar. —Pienso en cómo estarán las piscinas sin nadie que las mantenga, les ponga cloro, las limpie—. Al menos, en el mar.

—Supongo que no me importa contártelo. —Se nota que quiere decir algo y que está orgullosa de ello, sea lo que sea—. Tuve un lío, una aventura, una relación íntima, como se llame, con mi entrenador. Al parecer, se consideraba un comportamiento inapropiado porque él era mucho mayor que yo —remarca «inapropiado» en tono de broma—. Solo catorce años, pero resultó que era un mierda de todos modos.

—Lo siento. —Catorce años era la misma diferencia que había entre Margot y mi padre. Nunca me pareció mucho. Le paso la taza a Rachel—. Aquí tienes, tómate el té antes de que se te enfríe. Es Earl Grey con una rodaja de limón.

Sonríe, coge la taza con las dos manos y bebe, sujetándola con sus garras pintadas de fuego. Me doy cuenta de que una de ellas se le ha caído, revelando una ordinaria uña de color rosa claro.

—¿Tienes a alguien? Esperándote, quiero decir.

—No estoy segura.

Imagino que va a seguir preguntándome, pero, como una niña, vuelve la conversación hacia sí misma.

—Yo tampoco estoy segura. Quizá mi padre. Anoche vi pasar la estación espacial internacional. —Se chupa la punta del dedo y se lo pasa con cuidado por debajo de los ojos—. Solía hablarme de ella. De la gente que había allí, de lo que estarían haciendo, sabes, lo de que tienen que hacer caca en una bolsa que después es succionada, de que no se sientan para comer... Le encantaban todas esas cosas del espacio. *Star Wars, Star Trek,* era un friki. Cuando la vi pasar, intenté imaginar cómo será todo esto para los astronautas: sabrán que ha pasado algo aquí abajo, en la Tierra, pero no pueden hacer nada. Quizá ni siquiera sepan lo que es. Solo les queda esperar a que se les acabe el aire, o la comida.

—No me lo puedo ni imaginar —digo, pero estoy pensando en Justin y en su avión en la pista de Malmö.

—Es horrible. —Da la impresión de que se va a echar a llorar otra vez.

—He estado pensando en lo que les habrá pasado a los animales —digo para distraerla—. Mi amigo Nicos trabaja en un zoo.

—¡Ostras! ¿En el zoo de Londres?

—En Australia.

—No había pensado en los zoos. ¿Qué pasará con los animales? A lo mejor consiguen saltar las vallas y escapar, porque no hay electricidad.

—Antes de venir al ensayo trabajaba con pulpos.

—Igual un día miramos por la ventana y vemos jirafas y tigres paseando por la carretera, qué locura.

—No sé yo si las jirafas y los tigres se llevan bien. Y creo que tendrían que saltar algo más que vallas eléctricas.

—Por lo menos nosotros sí podemos marcharnos. —No parece que ella quiera—. Nadie nos retiene aquí, vaya.

—Para nada.

Me quedo pensando en que una jaula de cristal sigue siendo una jaula, pero el cristal puede romperse si se tienen el valor y la fuerza suficientes. O quizá no haga falta romperlo, quizá solo haya que encontrar la puerta, abrirla y salir.

—Neffy —dice Rachel, y su voz me trae de nuevo con ella, a su habitación—, si decides marcharte, ¿me llevarás contigo?

Queridísima H:

Mi primer trabajo en la uni fue como ayudante de investigación en un laboratorio. No me planteé muy en serio en qué consistiría antes de apuntarme, solo necesitaba dinero y quería trabajar con pulpos. No voy a decir en qué institución fue por miedo a las represalias, por discreción y por el acuerdo de confidencialidad que me hicieron firmar cuando me fui. Era un estudio prestigioso e iba recomendada por mi tutor. Fui demasiado cobarde para decir que no quería el trabajo una vez que descubrí lo que implicaba.

Neffy

DÍA OCHO

Deben de ser las dos o las tres de la mañana cuando me despierto con el corazón acelerado, aterrada por un sueño en el que intentaba correr por el agua, pero se ha desvanecido demasiado rápido para retenerlo. Desde mi ventana no se ve ninguna luz artificial, pero el cielo está despejado, la luna es un fino gajo y las estrellas salpican la oscuridad. ¿Cuánto tiempo hace que en Londres no se veían estos puntitos de luz? ¿Cincuenta años? ¿Cien? También hay un meteorito, o más probablemente un satélite, que se mueve despacio en mi campo de visión. Imagino que los satélites se van a pasar años en el cielo, dando vueltas a la Tierra, cogiendo su energía del Sol y transmitiendo sus mensajes sin que nadie los escuche. Pienso en la conversación que tuve con Rachel sobre la estación espacial y los zoos. Puede que algunos animales hayan conseguido escapar, pero sé que la mayoría de los pulpos del laboratorio, si no todos, no habrán tenido tanta suerte. Y me pongo a hacer una lista de todos los animales que se me ocurren que viven en acuarios: los erizos de mar, las rayas, las estrellas de mar, y sigo y sigo hasta que me obligo a parar y pensar en lo que me ha preguntado Rachel. No la puedo llevar conmigo si decido marcharme. No puedo salvarla. Apenas puedo salvarme a mí misma.

Espero a que se disipe el dolor de esa horrible lista para poder dormir, pero estoy inquieta, demasiado encerrada entre estas cuatro paredes; me pongo el albornoz y salgo al pasillo sin hacer ruido. El único sonido es el del aire acondicionado. Las débiles luces azules del centro están encendidas, me iluminan los calcetines y proyectan un túnel añil en el pasillo. Si girara a la izquierda, llegaría casi inmediatamente a la recepción. Pero giro a la derecha, alargo la mano para palpar con los dedos el relieve de los marcos de las puertas y la pared, paso la habitación de Yahiko y la de la chica irlandesa, ahora vacía. Cuando llego al final giro, esta vez a la izquierda, deslizándome junto a la puerta cerrada de Leon. De nuevo a la izquierda, cojo el pasillo paralelo al mío, de forma que he rodeado el bloque central del edificio, donde hay dos habitaciones sin ventanas —una de las cuales es la de Yahiko— además de la sala de personal, la cocina, el cuarto de limpieza y el consultorio. Las habitaciones de Piper y de Rachel están en este pasillo, y hay dos habitaciones libres entre ellas. Pienso en la mujer del autobús y en Justin en el avión. ¿Seguirá allí o estará en casa de su padre, esperando? No nos permitieron decirle a nadie la dirección del centro, y aunque probablemente podría averiguarla, si volviera a Inglaterra no creo que viniera a Londres a buscarme. Esperaría a que me reuniera con él en Dorset. Eso si consigue llegar.

Me pesa la cabeza y estoy cansada del paseo. Si ni siquiera puedo cruzar un pasillo, ¿cómo voy a llegar a Dorset? ¿Debería quedarme aquí un poco y recuperar fuerzas? Anoche, cenando en la sala de personal, les alegró saber que era vegetariana, porque así podían comerse los platos con carne, y Piper me calentó unos canelones. Me los comí porque pensé que debía hacerlo, a pesar de que era como estar comiendo una papilla insípida. Nos sentamos en los mismos sitios en los que nos habíamos sentado durante el desayuno y hablamos de los cumpleaños —Rachel cumple pronto los veinte— y las fiestas que nos hacían cuando éramos pequeños. Yahiko contó que sus padres contrataban empresas para organizar su cumpleaños y el de sus hermanos.

—Todo estaba planificado, todo eran caprichos para comer y había bolsas de fiesta con regalos más caros que los que traían los niños. Me daba mucha vergüenza. Era demasiado hasta para mí. Cuando cumplí diez, no probé la comida. Me metí debajo de la mesa y me negué a salir. Mi padre se cabreó un montón. Mandó a todos los niños a casa y me obligó a irme a mi habitación con toda la comida. Toda la que había en la mesa.

—Ostras —dijo Rachel.

—Me hizo colocarla toda en el suelo y meterme en la cama.

—¿Y? —preguntó Leon.

—Y por la mañana ya no estaba y no se habló más del tema y no volví a tener una fiesta de cumpleaños.

—Qué horror —dijo Rachel.

—No lo entiendo —dijo Leon.

Yahiko parecía arrepentirse de haber empezado a contar esta historia.

—Pero ¿por qué hizo eso tu padre? —insistió Leon.

—Cállate, Leon —dijo Rachel entre dientes.

Cuando salimos de la sala, vi que Leon y Rachel se iban en direcciones opuestas.

El final del pasillo de Piper y Rachel me devuelve a recepción, al gran mostrador con el jarrón lleno de flores rodeado de pétalos caídos. Las puertas del ascensor de recepción no están cerradas del todo, hay un MacBook encajado en el hueco. Lo puso ahí Yahiko para mantener la cabina, o como se llame, en nuestra planta. Ha desactivado la luz interior, o quizá se haya quemado por estar tanto tiempo encendida. Por mera curiosidad pulso el botón del videoportero automático que hay junto al ascensor y, con un parpadeo y un zumbido, la pantallita se ilumina y activa también la luz superior en el exterior, de modo que se ilumina también ese trocito de calle. Suelto rápido el botón, sorprendida por la luz artificial, preocupada por la insistencia de los demás en que nadie sepa que estamos aquí. Pero no me puedo resistir y pulso el botón de nuevo para echar otro vistazo al exterior. Un mundo falso, granulado y gris. Las líneas borrosas sugieren movimiento de algún modo, y el suelo brilla como si hubiera llovido. Miro más de cerca, con el oído pegado a la rejilla por donde las enfermeras hablaban con los voluntarios cuando llegaban, por donde Boo debió de verme y hablarme por primera vez. Veo el movimiento de algo que pasa, una forma oscura que desaparece en un segundo haciendo un sonido como el de una escoba que barre un charco de agua. Retrocedo con el corazón a punto de estallar y suelto el botón. ¿Sigue habiendo gente por la calle, deambulando en la oscuridad? Otro sonido detrás de mí: el chancleteo de unas pantuflas sin talón que se acercan por el pasillo.

—Neffy, ¿estás bien? —Es Piper.

—Solo estaba… —empiezo, pero no quiero que me eche la bronca por haber encendido la luz de fuera—. Estoy bien.

Retiro la mano de la garganta. No me convence del todo su tono de sorpresa al encontrarme aquí, me pregunto si me ha oído al pasar por su habitación y me ha seguido.

—¿Qué haces levantada? ¿No puedes dormir? —En la penumbra de la recepción la veo recoger algunos pétalos caídos en la palma de la mano.

—¿Es que alguien puede?

Se acerca como si quisiera averiguar lo que estaba haciendo. Piper es pequeña, con rasgos afilados: la mandíbula tan definida que parece dibujada con carboncillo; las cejas con el borde cuadrado, ahora fruncidas, muy juntas; y las orejas pequeñitas, de soplillo. Sigue llevando el gorro de lana y parece que va en pijama debajo del albornoz.

—No irías a marcharte, ¿verdad?

—No, claro que no.

—No te estarías escabullendo por la noche, sin decírselo a nadie.

—No, nunca haría algo así.

—¿Eso quiere decir que te quedas?

—No estoy segura.

—Sabes que nos encantaría que te quedaras.

—Gracias. —Da la sensación de que lo dice en serio, pero que también tiene intenciones ocultas que no consigo descifrar.

—¿Tienes algún sitio donde ir?

—Puede que a casa de mi padrastro en Dorset, aunque no sé si habrá alguien allí.

—Eso está muy lejos.

—¿Qué hacías levantada? —le digo, para evitar sus preguntas. No quiero contestarle cuando ni siquiera yo sé la respuesta: no sé si quedarme o irme.

—Nada, una ronda. Comprobar que las ventanas estén cerradas y los cerrojos de las puertas echados, metafóricamente hablando. Una tontería, en realidad. Después del Día Cero, estuve cuatro noches seguidas sin dormir, y cada vez que me dormía no me lo creía cuando despertaba. —Abre y cierra el puño, observando cómo los pétalos se doblan y se arrugan, y espero notar su intenso olor a putrefacción, pero no llega.

—He encontrado un rincón del sofá donde no llega el aire acondicionado. —Se sienta y se desliza hacia un lado—. Aquí —dice, dando una palmada al espacio que queda junto a ella; voy y me siento—. Yo también tengo un sitio donde podría ir, si quisiera.

Levanto las rodillas, pongo los pies sobre el asiento y me envuelvo las piernas con el albornoz, aunque tiene razón y aquí no da el aire. Casi hace calor.

—¿Y no te has ido?

Piper se recuesta en el sofá y cuando apoya la espalda los pies no le llegan al suelo.

—Yahiko tiene la teoría de que nos aceptaron para el ensayo porque ninguno de nosotros tenemos a nadie cercano ni pareja, y por tanto no habría nadie dispuesto a demandar a BioPharm

—dirige la mirada al cartel que hay detrás del mostrador— si saliera mal. Es una idea interesante, pero se equivoca. —Me mira sin volver la cabeza, dándome la oportunidad de explicarle mi situación y quién podría estar esperándome en Dorset. Cuando no lo hago, continúa—. Mis padres están en casa, al oeste de Londres, unos padres a los que quiero y que me quieren y que saben lo importante que es este ensayo clínico.

—¿No han venido a buscarte?

Está claro que no han podido, pienso, y sospecho que ella no quiere admitirlo.

—Sabían que no me habría ido con ellos. No como la mayor parte de los voluntarios que se fueron sin más, como si sus pequeñas vidas, nuestras pequeñas vidas, fueran más importantes que lo que estamos haciendo aquí. —Cuando pronuncia estas últimas palabras (estamos, haciendo, aquí), me da tres golpecitos con el dedo índice en la rodilla.

—¿Pero lo que estamos haciendo no es esperar? ¿Intentar sobrevivir? —Recojo las piernas debajo de mí, de una forma que espero que parezca que me estoy poniendo cómoda. El irritante ritmo de su pequeño tatuaje permanece en mi piel mucho después de que haya quitado el dedo.

Parece incrédula.

—El ensayo sigue en marcha. Va a venir alguien, seguro.

—¿En serio? —Me he puesto de lado para observar su afilado perfil, pero solo ahora se vuelve y me mira.

—Para recoger los datos. Yo he seguido apuntando mis síntomas, las ingestas y las deposiciones… Para eso nos pagan.

Intento disimular la risa.

—Pero ni siquiera te han inyectado la vacuna ni el virus. Me dijo Leon que ninguno de vosotros lo habíais recibido. El ensayo se ha acabado. No merece la pena anotar ningún dato y está claro que no hay nadie para recogerlos. Y no nos van a pagar, Piper, no habrá cuentas bancarias. Ni tarjetas de crédito, ni cajeros, ni dinero. —Ni deudas, pienso.

—No, ya, bueno… Pero alguien querrá entender cómo es que a ti te lo inyectaron y has sobrevivido.

—Leon dijo que detuvieron el ensayo porque Yahiko vio que me producía una reacción adversa.

—Y porque todo el mundo se estaba marchando. Pero has sobrevivido y alguien querrá saber cómo has conseguido la inmunidad. Quizá quieran usar tus anticuerpos para crear una vacuna que funcione definitivamente. Serás digna de estudio.

—¿Pero soy inmune? Si lo soy, no tendría por qué serlo necesariamente a la nueva variante.

—Bueno…

—¿No sería mejor intentar descubrir dónde guardan la vacuna que me inyectaron? Si estoy viva es que funciona.

—Estamos seguros de que no está en este centro. Si acaso estaría en el consultorio, donde se guardan las medicinas. Pero solo hay paracetamol y tiritas. Y abajo solo hay oficinas. Pero, bueno, ¡tú estás aquí! —Se da una palmada en los muslos con las manitas, como si yo lo hubiera resuelto todo—. De todos modos, no soy científica. Estudiaba Dirección de Empresas y Recursos Humanos en la Universidad. No sé cómo funcionan estas cosas, pero tenemos que seguir adelante. Es importante para el resto de la humanidad, ¿no crees? —Inclina la barbilla puntiaguda hacia abajo para mirarme.

—¿En serio crees que va a venir el ejército? —Puedo oír el sarcasmo en mi voz.

—Mira, mucha gente se queda en su puesto cuando todo a su alrededor se derrumba. Soldados, médicos, enfermeras. —Agita una mano como si eso cubriera a todo el mundo—. Toda la gente que siguió haciendo su trabajo hasta el final, hasta el Día Cero. —Habla cada vez más alto y más agudo, y cambia de postura en el sofá, agitada—. Es una vergüenza que las doctoras y las enfermeras de este centro decidieran marcharse y no hayan vuelto. No entiendo por qué alguien abandonaría el ensayo. No, bueno, sí lo entiendo: porque lo hacían por motivos egoístas, por dinero. —Pues sí, pienso, efectivamente. Yo lo hacía por dinero. Piper se detiene, hace una pausa para recuperar el control y estabilizar la respiración—. Y, respondiendo a tu pregunta, no sé quién vendrá: científicos, médicos, el Gobierno, el ejército. Pero alguien vendrá seguro. El ensayo acaba el día veintiuno y es tu deber, Neffy, cuidarte y seguir bien. Comerte todo lo que te damos, llevar al día tu diario de síntomas. Lo querrán. ¿Sigues menstruando?

—¿Qué? —Me río, no estoy segura de haberla oído bien.

—¿Has tenido la regla desde que llegaste al centro? —dice, como si lo que no hubiera entendido fuera la palabra «menstruación»—. No estás tomando la píldora, ¿verdad?

—Bueno…

—¿No estarás embarazada? —Me toca el brazo con su manita con algo que quizá sea emoción.

Me echo a reír.

—No, te aseguro que no estoy embarazada. —Mi última regla me vino puntual y estaba tomando la píldora, el único fármaco que el ensayo permitía que siguiéramos tomando, aunque me acabo de dar cuenta de que he olvidado tomarla desde que me inocularon el virus.

—Rachel dice que ha dejado de menstruar, demasiado poca comida o demasiado estrés. O quizá siempre habéis sido irregulares. Tú tienes pinta de ser de las irregulares.

—¿Perdona?

—Ay, vaya por Dios. —Sonríe. Veo que ha hecho rodar los pétalos entre las palmas de las manos formando una bolita—. A veces la gente se toma a mal lo que digo. Solo intento hacer lo correcto. Es importante, ¿no crees? A veces solo hay que dar un paso atrás y pensar antes de actuar, mirar las cosas con calma.

—¿En qué sentido?

—Bueno, lo digo por los demás. A veces pueden ser algo impetuosos. Rachel es muy sensible. Yahiko también, a su manera. Y Leon… Bueno, Leon va a su bola.

Hago un ruidito, como poniendo reparos. Aunque todavía estoy tratando de ubicarlos a todos, ya sé que no me gustaría estar en un grupo de dos con Piper.

Se aclara la garganta, quizá decepcionada por que no me haya lanzado a apuntarme al Equipo Piper, y se apresura a continuar:

—Bueno, de todos modos, si no has traído productos de higiene femenina, puedes pedirle a Yahiko. Tiene un almacén de todo. O a mí. Dime y te los consigo. Y ten al día tu diario de síntomas. Estoy segura de que quienquiera que venga querrá conocerlos.

Mientras hablaba ha estado sonriendo todo el tiempo, pero solo puedo mirarla fijamente. Se levanta del sofá, arrastrando el culo hacia delante hasta que toca el suelo y puede ponerse de pie.

Vuelve al mostrador y coloca la bolita de pétalos al lado del jarrón.

—Por la mañana lo limpio —dice para sí, y luego se vuelve hacia mí—: Puedes dormir aquí, si quieres. Es un buen sitio para dormir, fuera del chorro de aire acondicionado.

Apenas puedo distinguir su forma, el arco de su gorro.

—Bueno, pues buenas noches.

Cuando se vuelve chancleteando a su habitación y cierra la puerta, cruzo la recepción y vuelvo a mi cuarto. Recuerdo que no debo encender la luz, llego hasta la mesilla y revuelvo en el armario buscando la copa menstrual que estoy segura de haber traído. Miro entre la ropa, en los cajones, en el bolsillo de la maleta que está debajo de la cama, en el neceser que está en el baño, pero no aparece por ningún sitio.

Queridísima H:

El laboratorio recibió ocho ejemplares de *Octopus vulgaris* y los colocó en acuarios marinos, un animal por tanque. Cada tanque tenía una capa de arena y un par de bloques grandes de hormigón en una esquina que formaban una cueva. Los llenaron de agua de mar artificial (AMA) y los mantuvieron a 18 °C con ciclos de 12 horas de luz/oscuridad. Dejaron que los animales se adaptaran durante diez días; en ese tiempo, mi trabajo fue comprobar los parámetros físicos y químicos del agua, anotar el color y el estado de su piel, escribir lo que comían y con qué frecuencia. Observar, registrar. Fueron pulpos afortunados, debo decir: diez días para adaptarse a sus tanques. Yo tuve uno.

Neffy

Leon no viene a la sala de personal a desayunar. El resto nos sentamos en nuestros sitios de siempre alrededor de la mesa, con boles de avena.

Rachel y yo hablamos a la vez.

—He estado pensando en si debería irme —digo.

—¿No creéis que este sitio es una mezcla entre *Atrapado en el tiempo* y *Las mujeres perfectas*? Todos haciendo las mismas cosas en el mismo orden, una y otra vez —dice Rachel.

Quiero tantearlos, ver cómo reaccionan. Para ser sincera, me asusta la simple idea de poner un pie fuera de la puerta principal. Me horroriza lo que Rachel me contó del autobús, lo que los otros dijeron de los perros y las hordas de gente. ¿Y qué pasa si consigo llegar a Dorset y estoy sola? El centro, con sus paredes sólidas, sus gruesos cristales en las ventanas y su suelo de hormigón, empieza a parecerme más seguro, mucho más seguro que el exterior. Pero me inquietan las dinámicas entre los demás, y que siempre cambien de tema cuando llego. Noto que hay un plan oculto, algo más profundo que ese resistamos-hasta-que-nos-rescaten, algo que no me quieren contar.

—¡Pero no! Por favor, no te vayas. Puedo comer menos, todos podemos comer menos, ¿a que sí? —dice Rachel apelando a Piper y a Yahiko, que no le quita ojo a la avena intacta de Leon.

Yahiko emite un ruido a medio camino entre la decepción por mi anuncio y, sospecho, el anhelo de tocar a más comida.

—¿No crees que deberías esperar al menos unos días, hasta que estés totalmente recuperada? —pregunta Piper.

—Me encuentro mucho mejor.

No es cierto que me encuentre mejor. Aún necesito largos periodos de sueño y me duele todo cuando me muevo. Pero es de Piper de quien más sospecho, no sé por qué.

—¿Dónde irías? —me pregunta Yahiko.

—A Dorset, donde vive mi madre.

—¿Cómo llegarías hasta allí?

—No estoy segura. No lo sé, quizá pueda alquilar un coche. —En cuanto lo digo me doy cuenta de que es ridículo pensar en esa posibilidad.

—¿Alquilar un coche? —dice Rachel, y termina la pregunta con la boca abierta.

Yahiko simplemente se echa a reír.

—No creo que haya coches de alquiler —dice Piper.

—Bueno, vale. Pues buscaría un coche, lo robaría. —No sería la primera vez que robo algo, pero no fue nada parecido a un coche y no tengo ni idea de hacer un puente, o como se llame.

—Supongo que es tan sencillo como coger uno, no creo que le importe a nadie —dice Yahiko—. Están todos demasiado ocupados estando muertos. —No le hacemos caso mientras imita a un zombi; extiende los brazos, sacude la cabeza y dice—: Devuélveme mi coche.

—No deberías irte —dice Rachel—, es peligroso. Por ahora.

—Me gustaría preguntarle también a Leon, saber qué opina. ¿Alguien lo ha visto?

Miro a Rachel, pero se encoge de hombros:

—A mí no me preguntes. Seguro que anda enredando con sus mierdas tecnológicas. —Quizá Leon y ella hayan roto, quizá nunca ha habido nada entre ellos—. Supongo que habría que ir a ver. A comprobar que está bien.

No se ofrece voluntaria. Por un momento, ninguno de nosotros se mueve.

—Ya voy yo —digo.

—¿Y si está enfermo? —La luz del techo se refleja en las gafas de Yahiko y no le veo los ojos.

—No, voy yo. —Piper se levanta, pero se queda a medias y se sienta.

—Voy yo.

Me levanto, cojo el bol de Leon y le pongo una cuchara. Estoy segura de que en cuanto cierre la puerta los tres se inclinarán sobre la mesa para cuchichear, pero Piper me sigue de inmediato al control de enfermería.

—Cuéntame cómo está —me dice.

Cuando voy por la mitad del pasillo me giro y la veo mirándome. Sigo hasta el final y doblo la esquina.

Llamo a la puerta de Leon y no hay respuesta. Vuelvo a llamar. ¿Y si está enfermo? ¿Entonces qué? Si entro, ¿me obligará Piper a quedarme, a encerrarme en mi habitación hasta que venga el puto ejército? Abro la puerta. Tiene la persiana exterior subida y las luces apagadas, tal como esperaba, pero este lado del edificio da al norte y la habitación sigue a oscuras. Aun así, veo que está hecha un desastre, con todas sus pertenencias revueltas por el suelo y tiradas en las sillas. Oigo un ruido y distingo a Leon en la cama, dándose la vuelta para verme. Me alivia notar movimiento, pero me preocupa que no se haya levantado aún.

—¿Estás enfermo? —Quito la mano de la puerta, recordándome que no debo tocar nada, que no debo tocarme la cara. Debería haberme puesto mascarilla y guantes.

—¿Qué? —dice con un gemido.

—¿Estás enfermo? —Se remueve en la cama—. ¿Leon?

—¿Rach? —dice con voz somnolienta.

—No, soy Neffy. ¿Estás enfermo? —Me quedo en el umbral de la puerta, sujetándola con el pie para que se quede abierta.

—¿Qué hora es?

—Las once pasadas. ¿Cómo te encuentras? ¿Tienes algún síntoma?

—No, estaba durmiendo —suena ofendido.

—¿Estás seguro?

—No tengo nada. Estaba durmiendo.

Me abro paso por la habitación, sorteando la ropa del suelo. En su escritorio hay una colección de objetos: un tubo de pegamento Pritt al que han quitado la barra de adhesivo, un par de cucharas y un cuchillo de cocina, dos lápices, un montón grande de cables, a algunos de los cuales les han quitado el aislante, y un cuaderno como el que me trajo Boo. Me olvido inmediatamente de lo de no tocar nada en el cuarto de Leon y lo abro; después de todo, Leon leyó el mío. Pero no es un diario ni son cartas; está lleno de texto muy apretado, con símbolos y palabras en mayúsculas intercalados.

—Me he perdido el desayuno.

—Te lo he traído. —Le alcanzo el bol de avena y noto como lo coge mientras sigo mirando el cuaderno. Cuando levanto la vista, está sentado en un lateral de la cama con vaqueros, una sudadera con capucha y calcetines.

—No estoy enfermo. Lo que pasa es que he estado despierto toda la noche. —Bosteza para enfatizarlo con una enorme boca abierta—. Lo siento.

—¿Qué es todo esto?

—Estaba intentando hacer una radio. No va a funcionar, pero así me entretengo. Sin un soldador no puedo hacer una antena lo suficientemente larga.

—No, esto. —Paso otra página del cuaderno.

—Eso es privado. Mis notas. Importantes.

Me río.

—Muy gracioso.

—Anoche sentí la necesidad de escribir. Cosas. Ideas. Algo de código.

—¿Cómo has conseguido un cuaderno igual que…?

—Tenía que anotarlo antes de que se me olvidara.

—¿… igual que el mío?

—No encontré otro papel. —Remueve la avena y se come una cucharada—. Esto está frío. —Se come otra.

—No has venido a desayunar. Has tenido suerte de que no se lo quedara Yahiko.

—¿Cómo puede ser que no haya ni un papel en todo el centro? Estoy seguro de que había en el control de enfermería. Probablemente lo haya cogido Yahiko. ¿Sabes que se ha llevado todo lo que había en las habitaciones? ¿Que ha guardado en la suya todas las cosas que se dejaron los demás? Parece un mercadillo, excepto que aquí no puedes comprar nada porque el dinero no sirve. Se pasa el día ordenando los cacharros en montones y contándolos.

—¿Y el cuaderno? —le recuerdo.

—Llamé a la puerta de tu habitación. —Leon tiene la boca llena.

—¿Llamaste?

—Pero estabas dormida. Entré y estaba encima de la mesa.

—¿Cómo que entraste?

—Igual que cuando estabas enferma. Entonces no te pareció mal que entrara en tu habitación.

—Pero ya no estoy enferma. Es mi habitación. Estaba durmiendo. No puedes entrar así como así y coger cosas. Este papel es mío. —Puse la palma de la mano sobre el cuaderno dando un golpe.

Levanta la cuchara como si fuera un arma y se estuviera rindiendo.

—Lo siento, lo siento, lo sé. —Agacha la cabeza un momento y la vuelve a subir—. De todas formas, ¿lo es?

—¿A qué te refieres?

—¿Es tuyo? —Engulle otra cucharada—. Podrías preguntarte si en nuestro nuevo mundo feliz vamos a poseer cosas, y sería una buena pregunta. ¿Quizá deberíamos empezar de cero y compartirlo todo? Podríamos debatirlo. —Sigue hablando con la boca llena—. Tenía que ponerlo por escrito. Lo estaba apuntando en el bloc de notas del portátil, pero de pronto me preocupó pensar que podía desaparecer cuando se vaya la luz. Si se va. Sin electricidad no puedo cargar el portátil y no hay código. Buscaré más papel. Te lo prometo. Y siento haber entrado mientras dormías. —Rebaña el bol y lo deja en la mesilla, entre el resto de basura.

—¿Para qué es el código?

—Son solo modificaciones. Ideas para una cosa. Creo que nunca había escrito código a mano. —Se queda pensándolo un momento, como si fuera algo importante.

—¿Y en qué ordenador piensas meterlo?

—Bueno, yo qué sé. No hay servidores, ni procesadores de datos, ni internet, ni *apps,* ni usuarios... Pero todo volverá. Algún día. ¿No crees?

Resulta que es tan ingenuo como me dio a entender Rachel cuando dijo que confiaba en que volvería Instagram.

—Si empezáramos de nuevo, ¿no crees que la tecnología iría en direcciones que ni siquiera hemos soñado? Como los pulpos y los humanos. ¿Sabías que compartimos un antepasado común de hace setecientos cincuenta millones de años, un gusano plano, pero ellos siguieron un camino evolutivo totalmente distinto? Con concha en lugar de columna vertebral, que más tarde interiorizaron.

—Ese es tu tema, ¿verdad? —Leon sonríe—. Estás escribiendo sobre eso. Pulpos.

—Era bióloga marina. Antes.

—Y te encanta, ¿a que sí?

Antes de que pueda mandarlo a la mierda, oímos una voz amortiguada que grita mi nombre en el pasillo.

—¡Neffy! ¿Estás ahí?

—Mierda, Piper. —Voy hasta la puerta y miro fuera. Está en la esquina, vestida completamente con un EPI, y cuando me ve da un paso atrás—. Está bien, estaba durmiendo. Se ha quedado dormido. No está enfermo. Sigue vivo.

—¿De verdad? —dice frunciendo el ceño.

—Está bien, dile a Rachel que no se preocupe. Enseguida se levanta, ya verás. —Piper duda—. En serio, de verdad que está bien. Se ha tomado el desayuno. Está aquí, sigue vivo y no está enfermo.

—¡Estoy bien, Piper! —grita Leon detrás de mí—. ¡De maravilla!

Piper se marcha de mala gana y vuelvo a la habitación. Leon ha salido de la cama y se está poniendo el albornoz. Se apoya en el alféizar de la ventana y mira fuera.

—Bueno, te dejo. Puedes quedarte con el cuader... —digo, pero él me corta.

—No sé si es mejor ver un trozo de la calle principal, como tú, o los gatos, las ratas y los cubos de basura, como yo.

Voy hasta la ventana y, dos pisos por debajo, veo un patio cerrado con paredes de ladrillo.

—Mi madre y yo vivíamos en el edificio Draper, ¿lo conoces? —Leon mete las manos en los bolsillos del albornoz. Niego con la cabeza—. Por Elephant and Castle. Piso dieciocho. Desde allí arriba podíamos verlo todo y no veíamos nada. Me encantaba, aunque el ascensor no paraba de averiarse.

—Pues son muchas escaleras.

—Ya te digo, mi madre no podía con ellas. Casi todo el tiempo estaba atrapada en casa.

—¿Cuidabas de ella?

—Supongo.

Miramos de nuevo abajo, fuera. Varios contenedores de basura industriales, todos con la tapa abierta, ocupan el espacio. Uno de ellos está volcado y hay basura por todas partes, la mayoría ha ido a parar a los rincones.

—Eso no lo han hecho los gatos y las ratas —digo.

—No. —Respira, coge aire, lo retiene. Exhala su historia—. Una mujer trepó por la cerca cuando estabas enferma. No sé si buscaba comida, un sitio donde dormir o qué. Miró dentro de cada cubo, pero no encontró nada que le interesara. —Habla con voz ahogada y quiero que pare, sé que esta va a ser otra historia como la de Rachel—. Después, un hombre trepó detrás de ella. Debían de ir juntos, pero no estoy seguro. Se conocían, porque empezaron a pelearse. Gritos e insultos. Tal vez ella había encontrado algo que él quería, no sabría decirte. Él volcó el contenedor para dejarla atrapada en un rincón, estuve a punto de golpear el cristal, pero ella se las arregló para trepar encima y desde ahí alcanzó la cerca, y yo estaba como «¡Sí, va a escapar!», pero en el último minuto él la agarró del pie y ella se cayó hacia delante, a la carretera, al otro lado de la cerca. Llevaba una falda amarilla que se le levantó al caer. Iba sin medias y con botas. Doc Martens. Rosas. Y no llevaba ropa interior. —Miro a la carretera, la puerta plateada con barrotes cuadrados. No quiero oír el resto de la historia, pero sé que va a seguir de todos modos—. Ella tenía el virus, lo sé por el color de la piel, los hematomas. Se quedó tendida bocabajo, sin moverse. El hombre trepó por la cerca y se quedó mirándola un buen, contemplando el culo desnudo sin bajarle la falda. No paraba de ponerse los dedos en las sienes y agacharse, de mirar a todos lados, de inclinarse sobre ella y enderezarse después. Yo no entendía lo que estaba haciendo. Parecía que, de repente, no se acordaba de lo que iba a hacer: tomarle el pulso, bajarle la falda, llamar a una puta ambulancia desde un teléfono que ya no funciona, algo, tío. Y no hacía nada. Así que golpeé la ventana —Leon pone el puño cerrado contra el cristal—, y el tío miró hacia arriba y me vio, y pensé «mierda, qué he hecho, va a entrar y acabará con nosotros». Corrí al videoportero y vigilé la puerta principal por la cámara, pero no vino. Yo estaba cagado. Me quedé ahí de pie, con la oreja pegada a la salida de emergencia, esperando oír cómo se abría la puerta. Me acuerdo de que pensé «Piper me va a matar». —Suelta una risa amarga—. De todas formas, es probable que la puerta no pueda abrirse desde fuera. Me quedé ahí de pie como cinco minutos, el tiempo suficiente para que el tipo diera la vuelta al edificio, y un poco después volví aquí y miré por la ventana otra vez. Me escondí para que no me viera, ya sabes. Se había ido, pero la chica no se había movido. Me planteé salir, pero no lo hice. Soy un puto gallina. Esperé, pero siguió sin moverse y por la noche oí a los perros. —Sacude la cabeza como para librarse del sonido.

—No sé por qué me cuentas esto.

—Porque estás pensando en irte y necesitas saber lo que está pasando fuera.

—Lo que estaba pasando, querrás decir.

—Lo que sigue pasando.

—Si me voy, tendréis más comida. Podréis aguantar aquí dentro más tiempo.

—¿Hasta que llegue el puto ejército? No lo creo.

—Alguien, tal vez.

Nos quedamos mirando por la ventana, uno junto al otro, sin hablar, hasta que al final Leon dice:

—¿Quién te está esperando para que quieras irte?

Me doy la vuelta y me apoyo en el cristal, Leon se endereza. Gira para quedar de frente a la habitación, como yo.

—Hay gente, pero no sé si habrán conseguido llegar.

—¿En Dorset? —Coge el edredón, lo saca de la cama, se lo pone sobre los hombros y se sienta en uno de los sillones cuadrados. Y ahora sé que han estado hablando de mí, lo tengo clarísimo.

—Probablemente.

—¿Quién es esa gente?

—¿Qué gente?

—La que te está esperando.

—Haces muchas preguntas. —Me apoyo en la ventana, cruzo los brazos y meto las manos en el hueco de las axilas.

Se echa a reír.

—Vale, vale. —Pone los pies en la silla y coge impulso para sentarse en el respaldo—. Si pudieras volver a ver a alguien, ¿quién sería?

—No lo sé, mucha gente.

—Si tuvieras que elegir solo a uno.

—Creo que no me gusta este juego.

—No es un juego. Quiero hacer una prueba. —Frunce el ceño—. Solo una persona. Una persona en un lugar. Venga.

—A mi padre —digo rápidamente. Sé que Leon quiere que nombre a alguien que haya desaparecido, pero de toda mi familia el único que no lo ha hecho es mi padre. Sé exactamente dónde está.

—Vale. Ahora tienes que pensar en tu padre en un lugar preciso. Un recuerdo que tengas de él en alguna parte. Un buen recuerdo. Cierra los ojos y piensa en él.

Me echo a reír, indecisa.

—¿Qué?

—¿No confías en mí?

—No te conozco, así que no, la verdad.

—Bueno, de todos modos, seguro que no funciona.

—¿Qué es lo que no funciona?

—Hazme caso. Cierra los ojos solo un momento, y si luego piensas que esto es una tontería puedes irte. No funciona con la mayoría de la gente.

—¿Haces esto con la mayoría de la gente?

¿Está intentando ligar conmigo? No estoy segura.

—De hecho, ¿por qué no te tumbas en la cama? Cierra los ojos y piensa en tu padre.

Niego con la cabeza riéndome.

—¿No se te ocurre mejor estrategia?

—Es por si te caes.

—¿Caerme de dónde?

No contesta. Ahueco la almohada y me tumbo en su cama con las deportivas puestas, primero un talón, luego el otro. Lo miro de nuevo, pero no se ha movido de la silla. Cierro los ojos.

—Lo único que tienes que hacer es pensar en un momento y un lugar al que te gustaría regresar. Un recuerdo. Algo vívido. Algo bueno.

—Vale.

Es más fácil cuando no le veo la cara. La voz de Leon es normal, la de siempre.

—¿Has pensado el sitio? ¿Lo tienes?

Intento retener un recuerdo de Baba, pero mis pensamientos revolotean de una imagen a otra. Oigo que Leon se mueve y cuando abro los ojos veo que ha sacado un estuche plateado de debajo de la cama.

—Cierra los ojos y sigue tratando de recordar. Pero mantén los ojos cerrados. Te prometo que no duele. —Mientras siento sus manos moviéndose alrededor de mi cabeza y de mi cuello, su calidez tan cerca de mi piel sin llegar a tocarla, me preocupa no haberme decidido por un recuerdo de Baba. ¿Debería estar pensando en Justin?—. Deja los brazos a los lados, las palmas hacia arriba. —Me pone algo redondo y suave en cada mano, algo frío al tacto, como los guijarros de la playa.

Lo miro. Está junto a la cama, como un médico. Y confío en él, a pesar de que los médicos nunca han hecho demasiado por mí o por mi familia.

—Cierra los ojos, tienes que dejarte ir. Del todo, como si te estuvieras quedando dormida o fueras a saltar de un acantilado. Como si te estuvieras ahogando.

Oigo algo electrónico, un zumbido de fondo, ruido blanco. No veo nada.

Primero llegan los olores. O la memoria de los olores. No exactamente a través de la nariz; más bien desde dentro de la cabeza. Es extraño pero hermoso. Reconozco el aroma de la tierra seca de Paxos, las buganvillas, el mar, algo que están cocinando: beicon. Y luego el calor, Dios, cómo he echado de menos el calor. Pienso en el jardín de piedra con el sendero que serpentea entre los olivos y las terrazas, y en el sol, bajo y naranja, que proyecta largas sombras. Y como una imagen que aparece en una fotografía instantánea, ahí está. Ahí estoy. Ahí está todo, el tiempo de entonces, la edad que tenía.

Una piedrecilla se coló entre mi chancleta y el pie y me detuve para sacudírmela. Me asombra sentirlo: el dolor que llega rápido a la planta del pie, la molestia, el andar renqueante al apoyar del todo solo un pie, el instante de satisfacción cuando me libro del guijarro. Soy mi yo de veintisiete años en mi cuerpo de doce con un biquini húmedo. Me echo a reír de lo fantástico que es, pero no hay nadie que pueda oírme. En una mano llevaba las gafas y el tubo de esnórquel, e iba con prisa porque ese día había tocado un pulpo en el mar, y el pulpo me había tocado a mí, y quería contárselo a alguien. Entiendo mis pensamientos —los de esta jovencita—, mis deseos, mis amores, mis odios, sin ser consciente de ellos, porque eran míos, sí, pero también sé que soy la yo de ahora. Es como asomarse a un viejo vídeo familiar para habitar el cuerpo de la persona que fui, leerle la mente, ser esa mente. Detrás de mí se oye el silbido y el repiqueteo que producen las olas en las rocas. Estoy aquí y no lo estoy. El color de los olivos es más verde de lo que recordaba; cada brizna de hierba está acentuada, nítida, intensa. Y, por primera vez en casi un año, oigo a Baba pronunciar mi nombre —«¡Neffy!»—, y luego sigue cantando algo grandioso, de envergadura, alguna ópera. El dolor de pensar que podría estar de vuelta me hace levantar la vista demasiado rápido hacia el hotel, deseando verlo, y entonces aparecen los píxeles, los bordes blancos y dentados del edificio, y su voz se atasca como un disco rayado, pero en un segundo, en menos de un segundo, todo se ajusta al movimiento de mi cabeza. Tropiezo, doy una sacudida.

—Cuidado, despacio —dice Leon con la voz entrecortada, y siento sus manos en mis hombros, apretando algo, quitando otra cosa.

—¡Todavía no!

Pero emerjo, asciendo con una sensación apresurada a través de la espuma azul, hasta que estoy de vuelta en la cama de Leon,

varada y sin aliento. Su habitación es claustrofóbica, demasiado pequeña para contenernos a los dos y todo el mobiliario, además del desastre de ropa y cables que hay por ahí tirados.
Estoy aturdida, exhausta.

—Dios mío —digo, medio incorporándome para ver cómo guarda las cosas en cajitas que luego mete en el estuche plateado.
Tiene huecos con la forma de cada una, como las que llevan los músicos de viento para guardar las partes de su instrumento.

—Ha funcionado, ¿a que sí? —me pregunta y se me queda mirando.

—¿Qué acaba de pasar? ¿Cómo lo has hecho? —El sueño me está venciendo, pero tengo que saberlo—. ¿Cómo es posible?

—Con la mayoría de la gente no funciona. —Sonríe.

—Joder, pues conmigo sí.

Me dejo caer sobre las almohadas y se echa a reír, encantado.

—Revisitar puede ser muy intenso la primera vez. Duerme si quieres y luego hablamos. —Sacude la cabeza—. Dios, es increíble que haya funcionado.

Tengo esa sensación que se tiene cuando vuelves de vacaciones, o de pasar unos días fuera, y te parece que tu casa no es tu casa, aunque todo te resulta familiar. Como si fuera el decorado de una película, con todo dispuesto exactamente igual que en tu casa, y tú, un actor, la recorres interpretándote a ti mismo, y la paleta de color es perfecta, los movimientos están corcografiados, y el sonido lo ponen después.

—Revisitar… ¿Así es como se llama? —Mis palabras parecen ensayadas.

—Revisitar es lo que haces. Esto es un Revisitador. Lo bautizó nuestro tipo de *marketing*.

Oigo como Leon cierra el estuche y lo vuelve a deslizar debajo de la cama, yo me impulso hacia atrás hasta incorporarme. Se frota las manos y sopla. Trata de que no se le note, pero la expresión de su cara es de orgullo, a la vez tímido y satisfecho.

—¿Cómo funciona? ¿Por qué no tenemos todos un Revisitador?

—Ya te he dicho que con la mayoría de la gente no funciona.

—Se sienta al otro lado de la cama.

—¿Lo has probado con los demás?

—No pasó nada.

—Casi veo a mi padre de nuevo. Tengo que volver. Podía olerlo.

—Entonces ha funcionado bien, ¿no? —No puede dejar de sonreír.

—Quiero volver ahora mismo.

—Las primeras veces es agotador.

—¡Ahora mismo! —Le empujo con el pie, en broma, y se tambalea de forma exagerada.

—¡Oye! —Levanta las manos, riéndose—. Vale, vale, tía. ¿Cuánto tiempo has estado allí?

—No sé. ¿Tres o cuatro minutos?

Le cambia la cara.

—¿Solo?

—¿Cuánto he tardado?

—Treinta segundos.

—Vaya.

—Todavía tengo que hacerle algunos ajustes.

—He oído a mi padre. Estaba cantando. Dios mío, he oído a Baba cantando. —Me llevo las manos a las mejillas y me río de la impresión—. Ópera, estaba cantando ópera y yo estaba en Paxos, donde tenía su hotel. Con la playa detrás, podía oler la tierra y oír el ruido del agua en las rocas. El puto mar estaba detrás de mí y era real. —Me giro como esperando verlo, pero solo veo la desordenada habitación de Leon y la puerta que da al pasillo—. No sé cómo lo has hecho, pero necesito volver. Tengo que verlo. —Agarro a Leon por la muñeca—. Era real. He estado allí. Por favor.

Se echa a reír de nuevo.

—Creo que nunca lo había visto funcionar tan bien. Venga, vale. Uno rápido, solo para ver si funciona una segunda vez.

—Vale. Estoy preparada. —En cuanto se levanta de la cama vuelvo a tumbarme y cierro los ojos.

—Joder, déjame sacarlo todo antes. —Oigo como abre el estuche.

—Voy a ver a mi padre —digo cuando siento de nuevo su calidez cerca de la cara y la garganta. Leon se detiene.

—Lo que Revisitas es tu memoria, no estás viajando en el tiempo, ¿vale? Y tenemos que ir con cuidado. No deberías hacerlo de nuevo tan pronto después de la última vez.

—Vale. —No lo estoy escuchando.

—Tu entrada debe ser algo bueno, un recuerdo agradable. ¿De acuerdo? —Intento imaginar el Hotel Ammos y a Baba cantando.

Y entonces oigo el mismo ruido blanco y me dejo hundir en él, a través del azul, olvidándome de mi cuerpo en esta cama de esta habitación de una clínica de Londres.

Esta vez, cuando miro atrás veo el camino que baja entre los olivos, los destellos brillantes del mar. Tengo una sensación de equilibrio: si soy demasiado consciente de la tecnología, me expulsará. Me dejo flotar entre mis recuerdos, subiendo y bajando. Delante estaban la terraza y el hotel blanco, olía a cigarrillos. Oí cantar a Baba desde una habitación del piso de arriba y estaba tan impaciente por contarle las noticias del pulpo que eché a correr por el sendero. En la cocina, Margot estaba sentada en la encimera al lado del fregadero, con un top y un pantalón corto. Estaba fumando uno de sus cigarrillos liados a mano en papel de fumar con sabor a regaliz. Su aroma es intenso, complejo, como si pudiera separar las sustancias químicas del azúcar y del tabaco, separar uno del otro. Golpeaba el armario con los talones de sus alpargatas amarillo canario, y ese amarillo me hace daño a los ojos, pero la cara… Su cara era un milagro. Yo tenía doce años y Margot… Ella debía tener unos veintiséis. ¡Veintiséis! Uno menos que yo ahora.

—Ey, Neffy —dijo con su acento californiano y me abrazó con un brazo mientras yo me apretaba contra ella.

Me reservé la noticia del pulpo, guardándola para mi padre. Pese al olor de su cigarro podía oler el beicon que acababa de cocinar y la humedad rancia de sus zapatillas, cuya suela de esparto mojó ayer en el mar. Mi yo de veintisiete años recuerda que enseguida se le deshará el esparto y se quedará descalza, y que dentro de una semana pisará una astilla y me pedirá que se la quite del talón sucio con sus pinzas de las cejas.

Ya se había terminado la hora del desayuno y los huéspedes del hotel se habían dispersado, algunos habían bajado a la playa, otros se habían sentado en la terraza a leer o se habían ido a pasear por las siete millas del desgastado malecón de la isla. Margot preparaba un pícnic para los huéspedes que se lo pedían, con una botella de vino tinto gratis envuelta en una servilleta de cuadros y un par de vasos, un truco para que dejaran de quejarse de las hileras de hormigas que subían desde la cocina y cruzaban el comedor hasta una grieta en el escalón de atrás; de las toallas del baño, que empezaban a deshilacharse, o del ruido de las obras de al lado, donde estaban construyendo un hotel más grande y más lujoso que el nuestro. Si Margot tenía suerte, los huéspedes no descubrían que compraba vino a granel y rellenaba las botellas una y otra vez. Si le preguntaban por qué las etiquetas estaban tan desgastadas, decía que se habían despegado debido al tiempo que el vino había pasado en la bodega, madurando.

En la mesa central de la cocina había dos bandejas de desayuno. Una con café, bollería y un bol azul con yogur y miel. La otra con un plato de huevos fritos cuajados, algo de morcilla y beicon, del que me habían pedido que les llevara de Inglaterra en la maleta. La carne me revolvió el estómago. Me imaginé a los dulces cerditos ingleses metiendo su morro entre la paja y revolcándose en el barro.

—El de la uno-diecinueve otra vez no se ha comido el desayuno. —Margot decía los números de una forma diferente a mi padre—. Ni siquiera ha tocado el café.

El Hotel Ammos solo tenía doce habitaciones, pero Baba las había numerado de la 115 a la 127 para que impresionara más en su rudimentaria web. La uno-diecinueve —me gustaba copiar a

Margot, sobre todo para fastidiar a mi padre— la ocupaba un hombre soltero y, aunque sabíamos su nombre, Margot y yo no lo utilizábamos. Utilizar su número de habitación era una especie de código secreto entre nosotras. El de la uno-diecinueve era el único huésped a quien Margot no le insistía para que bajara a desayunar al comedor, porque siempre dejaba hecha la reserva para el verano siguiente el último día de sus vacaciones. Apuntaban sus fechas cuidadosamente en la agenda, mi padre cogía el depósito en efectivo que dejaba y lo guardaba bien plegado en un cajón de recepción.

—Le llevo esto a Baba —dije, cogiendo la bandeja con el plato de huevos con beicon.

Mi corazón adulto golpea con fuerza ante la idea de volver a verlo y me digo que tengo que darme prisa antes de que Leon apague la máquina, pero la niña no me oye, no sabe que estoy aquí, escuchándola detrás de la puerta. Quería preguntarle a Baba si sabía que los pulpos y los cerdos son más inteligentes que los perros, más inteligentes, incluso, que un niño de tres años. «¿Y más inteligentes que una de doce?», me preguntará. Le llevaré la carne y procuraré que no se la coma.

—Espera un momento —dijo Margot—, dile que… —Hizo una pausa, su voz era suave—. Bah, dile que se vaya a la mierda. —Sonaba cansada. Margot y mi padre siempre estaban discutiendo.

—¿Que se vaya a la mierda? —le pregunté.

—Sí, o al infierno, lo que prefieras —pronunció la segunda opción con un acento británico exagerado—, y después pásate a revisar la uno-diecinueve, porfa. Asegúrate de que no se ha muerto mientras dormía ni nada. Haz como que entras a hacer la cama, pero antes ponte algo más de ropa. —Abrió el grifo y metió el cigarrillo debajo del agua. Coloqué bien la bandeja.

—Ya vale —dice Leon, quitándome algo de la frente.

Me incorporo y quiero estar furiosa, pero no me queda energía. Quiero preguntarle cómo funciona, pero estoy demasiado débil para pronunciar las palabras. Es como si hubiera estado jugando a algún juego mental durante días y algo físico en mi cerebro se hubiera desajustado. Estoy demasiado cansada hasta para salir de la cama, demasiado cansada para meterme debajo del edredón de Leon, así que dejo que me quite los zapatos y me haga rodar hacia un lado y luego hacia el otro para arroparme.

—Espera —le digo, intentando destaparme—, ¿y Rachel?

—Ni siquiera puedo abrir los ojos.

—¿Qué pasa con Rachel?

—¿Tú y ella no estáis...? Ya sabes. ¿No le importará que esté en tu cama?

—¿Rachel y yo? —Me parece oírlo decir mientras me quedo dormida.

Queridísima H:

Cuando era estudiante, escribí un ensayo acerca de los efectos de la contaminación acústica submarina en los cefalópodos. Estaba en la universidad, disfrutaba aprendiendo por el puro placer de aprender, haciendo amigos y acostándome con quien quisiera. Tuve una relación intermitente con Ed durante tres años enteros. Podía haberme enamorado de él, haberlo convertido en una relación seria —creo que a él le habría gustado—, si no hubiera sido por cómo cantaba. A Ed le gustaba canturrear, desafinaba un montón, y su voz penetrante se me clavaba como un arpón. Le pedía que parase y me hacía caso un rato, hasta que se le olvidaba. Y nos separábamos, hasta que a mí se me olvidaba lo horrible que era ese ruido que hacía y volvía a acostarme con él. No hice ninguna investigación empírica para el ensayo aquel, creo que lo escribí en primero, cuando todavía no nos dejaban acercarnos a los animales. Pero descubrí que los sonidos de baja frecuencia procedentes de las embarcaciones o de las perforaciones de gas y petróleo causan lesiones en el estatocisto de los pulpos, esa estructura llena de líquido en forma de globo que les ayuda a mantener el equilibrio. Los daños pueden empeorar incluso cuando el sonido ha parado, hasta que el animal acaba muriendo.

Neffy

Cuando vuelvo a mi habitación, me han dejado una toalla doblada sobre la cama. Es blanca y esponjosa, paso la mano por encima e inmediatamente me parece algo de otra época. Nada en el mundo volverá a estar tan suave y limpio como esto. Pero que esté ahí significa que alguien ha entrado en mi habitación mientras estaba Revisitando. ¿Esa no debería ser una de las reglas de Piper? No entrar en habitaciones ajenas sin permiso. Creo que podría sacar el tema en una de esas reuniones de grupo que tanto le gusta convocar. Miro la toalla con recelo; por lo que me han dicho Leon y Piper, ha debido de dejarla Yahiko. Quizá debería ignorarla y utilizar mi toalla de manos para la ducha, a modo de protesta porque Yahiko ha cogido todas las cosas. Sé que sería una protesta absurda. Antes de darme la primera ducha, nada más encontrarme con los demás, encontré mi toalla de baño en el suelo, asquerosa. Debí de utilizarla de fregona cuando estaba enferma, aunque no lo recuerdo. Pero habría sido inútil lavarla, así que la tiré por el conducto para la basura de la cocina. La toalla sobre la cama me recuerda a las del Hotel Ammos en los tiempos en los que no teníamos problemas, retiradas por el servicio de lavandería y devueltas como nuevas, eliminada toda la suciedad sin que tuviéramos que lidiar nosotros con ella. ¿Cuánta gente en el mundo habrá pasado tanto tiempo pensando en una toalla de baño? La cojo, acerco la cara hasta sentir su suavidad y aspiro. Echo de menos ese olor a recién lavado de las toallas del hotel, que olían agradablemente a nada, como a aire fresco. Esta no huele en absoluto.

Iba a escribir algo, pero la toalla me tienta para que me dé una ducha y cuando entro en el baño descubro que Yahiko se ha llevado todos los artículos de marca blanca que yo traía y los ha cambiado por muestras en botecitos de plástico: «Jo Malone: Champú de lima, albahaca y mandarina», ha escrito en la etiqueta lateral, y ha añadido: «No apto para consumo». Otro es un acondicionador Aesop y el tercero, un gel de Chanel. A pesar de los lujosos artículos de baño, echo de menos una bañera en la que poder sumergirme. Me acuerdo del baño que me di con Justin en casa de su padre, cada uno a un lado y los grifos en medio.

Cuando salgo envuelta en la nueva toalla, Yahiko está sentado en uno de los sillones junto a la ventana. Se tapa las gafas con las manos y baja la cabeza con una timidez sobreactuada, pero quizá esté mirando, porque cuando me acerco a la ventana para bajar la persiana exterior se abalanza sobre mí para que suelte el cordón.

—¡No! Nunca muevas la persiana de fuera. Y tampoco debes encender la luz.

—¿Por esa misma razón habéis quitado mi mensaje? —Recuerdo lo que me dijo Rachel sobre la gente que podía estar fuera, mirándonos.

Yahiko sigue con la cabeza baja y las gafas tapadas mientras me visto.

—¿Quieres ropa interior limpia?

—¿Ropa interior? —Todavía no le he cogido la medida a Yahiko y no distingo si bromea. Todo lo que dice está salpicado de un ligero sarcasmo y de segundas intenciones.

—Si me dices tu talla, veré qué puedo hacer. Necesitarás ropa interior limpia para tu viajecito a Dorset.

Suena como si se imaginara que me voy de excursión, un fin de semana largo en la playa.

—Creo que me quedo, al menos de momento.

—Anda, me alegro —dice, y parece que es verdad—. Creo que de momento no es seguro que una mujer viaje sola. Vaya tiempos nos han tocado, ¿eh? —Mientras me seco el pelo con la toalla se pone de pie—. Toma —me dice, sujetando otro bote de muestra con las dos manos.

—¿Qué es esto?

—Un regalo. Iba a ser un regalo de despedida, pero puede ser un regalo de permanencia.

Lo cojo. Dentro hay dos bastoncitos de chocolate abultados. Sacudo el bote y le doy la vuelta para leer la etiqueta. En un lado pone «Matchmakers» y «Apto para consumo». No puedo evitarlo y me echo a reír, abro la tapa y aspiro.

—Imagínate que son de chocolate intenso con menta.

Finjo que me desmayo de emoción.

—No, nada de nada —digo.

—Son los favoritos de mi madre. —Agarra con las dos manos la barra que hay a los pies de mi cama.

—¿Tienes chocolate además de toallas? ¿Y se puede saber quién demonios se trae un gel de Chanel a un ensayo clínico?

Hace una mueca con la boca y alza una ceja por encima de las gafas, poniendo esa expresión cómica y absurda tan típica de Yahiko.

—¿Qué puedo decir? Jade, de la habitación siete, tenía gustos caros. —Los huelo otra vez—. ¿Vas a comértelos o a inhalarlos?

—Depende de si tienes más.

—¿Y si te dijera que esto es la mitad del último paquete de Matchmakers?

—¿El último del mundo o el último de los que tienes?

—El último del mundo.

Vuelvo a cerrar la tapa y me quedo pensando.

—Me comería la mitad ahora y me guardaría la otra mitad hasta que encontrara a la persona a la que quiero dársela.

—Está claro que no soy yo, puesto que estoy aquí.

—No eres tú porque, sin ninguna duda, tú tienes una caja entera debajo de la cama.

—Y tampoco es el adorable Leon, puesto que a él ya lo has encontrado. —Las cejas otra vez.

—¿Estás insinuando que estamos juntos? —Intento hacer yo también lo de la ceja.

—No te preocupes, no lo sabe nadie más. —Te vi saliendo de su habitación y estabas, cómo lo diría, bastante despeinada.

—¿Cómo dices? —Me sorprende más que sea tan cotilla que sus insinuaciones.

Nos miramos fijamente un momento hasta que dice:

—Ah, vale, me he equivocado. Era otro tipo de experimento. Por desgracia, el Revisitador no funcionó conmigo ni con ninguno de nosotros. El pobre Leon estaba desesperado y decepcionado, y, por supuesto, ninguno pensamos que funcionara de verdad.

—Pues mira, funciona de puta madre.

—Ya lo veo. Se nota solo con verte. Estás resplandeciente.

—Casi logro ver a mi padre.

Vuelve a levantar la ceja.

—Si pudiera volver a algún recuerdo, elegiría a un montón de hombres antes que a mi padre. —Inclina la cabeza hacia el bote—. Venga, dale.

—Ahora no. No contigo delante. Quiero saborearlo en privado. —En realidad, lo que no quiero es llevarme la decepción de que no me sepa a nada. Me siento en la cama y estiro el edredón—. De todas formas, deberías guardárselos a tu madre.

—Vuelvo a abrir la tapa, hundo la nariz en el bote y vuelvo a cerrarlo.

—Lo dudo —lo dice de forma solemne, sincera.

—Oh, lo siento.

Se sienta al otro lado de mi cama.

—Todos tenemos una historia. Si no, ¿por qué íbamos a seguir aquí? Al margen de Piper. Ella no tiene historia, al menos no una interesante que esté dispuesta a reconocer. Padre adorable, madre adorable, los dos aman a su adorable hija. Parecidísimo a mí, que cuando nos daban vacaciones en la escuela yo y otros cuatro desgraciados éramos los únicos que no teníamos familia ni casa a la que volver y teníamos que quedarnos con un tutor que solo estaba allí por dinero.

—¿Fuiste a un internado?

—Winchester. Era un infierno. Todo lleno de chicos. —Las cejas.

—¿Dónde está tu casa?

—En Londres, supongo. Estaba decidiendo qué hacer con mi vida, pasándomelo bien por ahí. Mi madre siempre me decía que a ver cuándo espabilaba, así que me inscribí en el ensayo para demostrarle que estaba haciendo algo. No esperaba que me aceptaran. Mamá, papá y mis hermanos estaban en Tokio cuando pasó toda esta mierda. Mi padre es japonés. —Parece que tiene ganas de hablar—. Mamá me llamó la víspera del Día Cero, me dijo que me quedara aquí, en el centro. Pensó que estaría más seguro. Me dijo que ella, papá y los gemelos vendrían a buscarme en el primer avión a Heathrow. Es una fuerza de la naturaleza, mi madre. Todo el mundo hace lo que ella dice. Si hubiera habido un vuelo, lo habría cogido. «Espérame. Voy a buscarte.» Esas fueron las últimas palabras que me dijo. —Se llevó la mano al pecho para calmarse—. Dudo que llegaran al aeropuerto siquiera. Si hubieran llegado hasta allí, habrían venido.

—Lo siento.

Una vez más, mis palabras me suenan inútiles. Pero lo siento de verdad, siento todo nuestro dolor y nuestra pérdida, y a veces siento también los momentos de esperanza que nos permitimos. ¿No sería más fácil tener un cadáver, unos cadáveres, y estar seguros? Aunque han pasado nueve días desde la última vez que lo oí, a veces me imagino a Justin en el avión despegando desde Malmö. Una azafata le coloca la bandeja del desayuno en la mesita plegable. Quita la tapa de aluminio del vaso de zumo de naranja, la dobla en cuatro y se la mete al bolsillo para poder reciclarla cuando llegue a casa. Eso es lo que pienso de día, pero por la noche, el horror de ese avión atascado en la pista me obsesiona. Y entonces, como con un chute de adrenalina, me doy cuenta de que mi padre no es el único al que puedo visitar con el equipo de Leon, como lo llama Yahiko, sino también a Justin. Puedo volver a cuando fuimos a Cornualles y nadamos en el mar en abril, a cuando nos pasamos un fin de semana entero en la cama, levantándonos solo para untar tostadas con Marmite, hacer café e ir al baño, o a cuando me dijo que me quería. Me esfuerzo por no sonreír.

—No puedo ir al piso —dice Yahiko—. Todas sus cosas… Y, de todas formas, no habrá nada útil. Nada de comida. Nunca comíamos en casa. —Abre los brazos—. Así que aquí estoy.

—Aquí estamos todos.

—Conviviendo con otros cuatro desgraciados, quedándonos sin comida, demasiado aterrorizados para encender la luz. No es forma de vivir, ¿no te parece?

—¿Quién crees que puede vernos?

Echa un vistazo rápido por la ventana.

—Es solo por precaución. Intento no contar demasiado delante de Rachel. Es como una niña, se asusta fácilmente. Le gusta tener sus crisis nerviosas de vez en cuando.

A mí me parece que es Yahiko quien se asusta fácilmente.

—Estaba pensando —continúa, intentando sin éxito que sus palabras suenen espontáneas, y sé que, sea lo que sea, esto es lo que ha venido a decirme— que, si te quedas, quizá podrías darte una vuelta por las tiendas. Coger unas cuantas cosas. Reabastecer nuestra despensa. No solo de Matchmakers vive el hombre, ni la mujer.

—¿Cómo?

Coge el bote con los Matchmakers que está en la cama y lo sacude, y ahora entiendo lo de la toalla, las muestras del baño caras, el chocolate.

—Eres inmune, Neffy. ¿No te das cuenta de que eso es de lo que hablan cada vez que sales de la habitación? Se pasan el día hablando de lo que eso significa para nosotros, para todo el mundo. Piper está especialmente emocionada. Tiene planes, ya sabes.

—Ella me dijo que es lo que todos pensáis. Ni siquiera me había dado cuenta de que soy la única a la que le han inoculado la vacuna y el virus.

—Bueno, no fuiste la única.

Frunzo el ceño, confundida, y él rápidamente cierra la boca y los ojos, aunque no me queda claro si es por el dolor de recordar o porque está intentando olvidarlo. Cuando los abre de nuevo, continúa:

—A Orla y Stephan también les pusieron la vacuna. Orla estaba en la habitación de al lado de la tuya, después había una vacía y después estaba la de Stephan. Los médicos tardaron demasiado en darse cuenta de que pasaba algo y detener el ensayo. Yo golpeaba la ventana para llamar su atención, pero de repente empezaron a salir voluntarios al pasillo con sus maletas diciendo que se iban. Yo estaba intentando ver la tele y mirar el móvil a la vez, fuera todo era una locura. Algunas enfermeras se marcharon y la mayor parte de los voluntarios también —Hace una pausa. Mira otro lado—. Orla y Stephan también se fueron.

—¿Estaban tan enfermos como yo?

—Sí, estaban enfermos.

Me da la impresión de que no quiere hablar del tema, pero aun así le pregunto:

—¿Qué aspecto tenían?

—No lo sé. Bastante enfermos, supongo. Se marchó un montón de gente. Se fueron juntos, pensé que se conocerían de antes. Yo trataba de pasar desapercibido la mayor parte del tiempo.

—¿Cuándo se fueron? Quizá hayan sobrevivido. Si yo soy inmune, ellos también pueden serlo.

—Bueno, nunca lo sabremos. —Su voz suena violenta—. Se marcharon con todo el mundo. Cerramos sus puertas por el riesgo de contagio. Fue idea de Piper. Encontró una de las tarjetas de acceso de los médicos y cerró sus puertas y abrió todas las demás.

—También cerró la mía.

—Fue por seguridad. Te dimos comida y agua. Leon se ofreció voluntario para meter la bandeja.

Me acuerdo del sabor salado de las patatas fritas, del zumo de naranja reconstituyente y de la puerta cerrada. ¿Qué habría pasado si todos hubieran cogido el virus mientras yo estaba encerrada? ¿O si hubieran perdido la tarjeta? Me podría haber muerto aquí, sola. La mayor parte de esos siete días, antes de que viera a Leon sentado en mi silla, leyendo mis cartas, son como un sueño, demasiado difíciles de captar con seguridad. Todo lo que ha quedado son impresiones: ruidos y silencio, sensaciones y emociones, luz y oscuridad.

—De todos modos, ya se lo dije a Piper: si soy inmune, es al virus original, no al que causa inflamación del cerebro y pérdida de la memoria. No a la nueva variante que ha aniquilado al puto resto del mundo. —Hago un gesto hacia la ventana.

—Eso no lo sabes. Mira, yo no me creo esa idea descabellada de Piper de que va a venir el ejército. No queda nadie, o casi nadie. Nadie va a venir. En algún momento tendremos que salir y conseguir más comida y más cosas, al menos uno de nosotros. Seguramente sería mejor si sale la persona que tiene más probabilidades de no contagiarse, ¿no crees?

Pienso en lo que vi desde la ventana de Rachel, las tiendas saqueadas, el autobús de dos pisos y la historia que me contó Leon sobre la mujer y los perros. Estar aquí dentro, incluso encerrados, parece más seguro.

—No sé —le digo—, no me gusta mucho ir de tiendas ni de visita.

—¡Joder, Neffy, déjate de bromas! Tienes la vacuna. Eres inmune. —Yahiko salta de la cama y yo me estremezco por la sorpresa—. ¿Qué vas a hacer, quedarte aquí sentada y comerte nuestra comida? ¿O marcharte sin más? ¡Puedes salir fuera, hostia!

Agarra la barra de los pies de la cama y la sacude con violencia, y de la impresión me quedo petrificada, congelada; me da miedo su cara, con los dientes al descubierto y los ojos desorbitados, y me da miedo, sobre todo, que tiene razón. Por supuesto, debería salir y hacer algo por esta gente que quizá sea un poco extraña —¿no somos todos un poco extraños ahora mismo?—, pero que está empezando a ser mi amiga. Y, de repente, Yahiko se suelta y se da la vuelta para mirar hacia otro lado. Respira profundamente, trata de calmarse. Yo espero, aún sentada, aún en *shock*. Se da la vuelta.

—Lo siento. De verdad, lo siento mucho.

—No, quien lo siente soy yo. —Mientras lo digo me empieza a temblar la barbilla—. Lo que pasa es que me da miedo, mucho miedo.

—Todo el rato pienso en que se acaba la comida y estamos encerrados aquí dentro, ¿sabes? —Le tiembla la voz. Me levanto de la cama y voy a abrazarlo, a que me abrace, pero él da un paso atrás, quizá avergonzado de que nos hayamos revelado demasiadas cosas—. Creo que debería marcharme. Tumbarme un rato en una habitación oscura o algo así. —Deja salir una risa ahogada.

Cojo la toalla.

—¿Quieres que te la devuelva?

Se la queda mirando como si no entendiera lo que es.

—No, por Dios, guárdatela. Tengo muchas más. —Se dirige a la puerta—. En serio, lo siento. Si necesitas algo, dímelo y veo si tengo. Más papel, otro cuaderno, lo que sea. —Y sale por la puerta y cruza el pasillo.

Queridísima H:

El investigador principal, IP, trajo una caja de Donuts. El equipo se reunió en su oficina, comiendo y bebiendo café. Fue un gran día. Pero me sentía extraña, como si hubiera algo que ninguno de nosotros quería admitir. No sabría decir si los demás también lo sentían. Como si hubiéramos estado planeando un acto tan terrible —mutilación, asesinato— que no pudiéramos enfrentarnos a él. De modo que fingíamos que era otra cosa —ciencia, investigación, el bien de la humanidad— para justificarlo ante nosotros mismos. Larry, el otro asistente, me llevó aparte y me preguntó si estaba bien. «¿Y tú?», le pregunté, sorprendida de que alguien pudiera estar bien.

Para anestesiar un pulpo: sumergirlo en AMA con un 2% de etanol durante cinco minutos hasta que se observe un claro cambio en el aspecto de su cuerpo. Las pruebas para saber si el pulpo está correctamente anestesiado no han sido rigurosamente testadas.

Neffy

En la mesa, a la hora de la cena, Rachel me pregunta:

—¿Todavía piensas marcharte?

—No sé —digo—. Aún no.

Rachel sonríe de oreja a oreja, con un alivio que no creo que esté justificado por mi permanencia, y veo que Piper también está contenta por sus propias y extrañas razones. Yahiko inclina la cabeza, un reconocimiento de que necesito más tiempo para pensar en salir y conseguirles —conseguirnos— más comida. La idea me aterroriza. Leon se estira y me aprieta la mano, yo aprieto la suya, sonriéndole, y estoy segura de que los dos estamos pensando en Revisitar: los lugares a los que puedo ir y la información que él puede obtener. Pero cuando Rachel ve la mano de Leon sobre la mía, su sonrisa desaparece y nos mira fijamente, primero a él, luego a mí y luego a él otra vez.

Retiro la mano rápidamente y me la pongo en el regazo, pero me preocupa haberlo interpretado mal. Quizá estuviera flirteando conmigo y yo he sido tan estúpida y estaba tan obsesionada con Revisitar que no me he dado cuenta.

—¿En serio? —le dice Rachel a Leon. No es una pregunta.

—No… —empieza a responder, pero el sonido de la silla de Rachel arañando el suelo cuando se levanta enmascara lo que él iba a decir.

—¿En serio? —vuelve a decirle, con los brazos en jarras—. No serás capaz —dice lentamente, como si lo que ha visto le hubiera parecido repugnante.

Yahiko mira para otro lado, avergonzado, pero Piper está sonriendo, aunque cuando se da cuenta de que la estoy mirando para inmediatamente.

—No me lo puedo creer, Leon —dice Rachel.

Y coge su plato y su tenedor y se va.

La tercera vez que Revisito vuelvo a intentar, como dice Leon, pensar en algo bueno, en una buena entrada. Sigo desesperada por ver a Baba, pero en su lugar pienso en Justin. Me siento culpable, estoy abandonando a mi padre incluso antes de haberlo visto, pero me acuerdo de Justin sentado a la mesa, la primera vez que lo vi en casa de Clive, cuando me pasó la fuente de ensalada. ¿Qué era? Lo que fuera. Sabía que los dos sentíamos algo. Pero en cuanto empiezo a hundirme en el azul de mi Revisitado, en cuanto me dejo ir, me encuentro sentada en la playa llena de guijarros del Hotel Ammos, mirando al mar y comiéndome uno de los bollos que el hombre de la uno-diecinueve no ha querido. Si yo no hubiera dado con él antes, Margot lo habría guardado; al día siguiente, lo rociaría con agua, lo calentaría en el horno y lo pondría delante de los más frescos en la mesa del buffet del desayuno. El olor y el sabor de la *bougatsa* —pasta filo, natillas y azúcar glas— es, era, exquisito, su recuerdo casi duele.

Mamá siempre me recordaba que me lavara los dientes antes, y no después, del desayuno, que me fijara en los zapatos para formarme la primera impresión sobre alguien y que no me bañara justo después de comer. Pero caía la tarde y hacía calor, un calor magnífico. El mar estaba de un azul cerúleo, brillante como el barniz sobre las baldosas, demasiado intenso para ser real. Metida en el agua hasta la cintura, escupí en las gafas y froté la saliva con los dedos; después las enjuagué y me las pasé por la cabeza, ajustándolas bien a la cara hasta que la succión me hizo sentir tirantez en los globos oculares. Me puse el tubo de esnórquel en la boca.

Había más gente en el agua, huéspedes del hotel y turistas, y me alejé de ellos nadando hacia el borde de la cala, hacia las rocas. La luz parpadeaba sobre el manto de algas verdes y había peces damisela, lábridos arcoíris y obladas meciéndose con la corriente. Alargué una mano para tocarlos, pero los peces siempre estaban más lejos de lo que parecía; si intentaba nadar con ellos, en un instante habían desaparecido. Me tendí bocabajo flotando en la superficie y dejé que las olas me mecieran, que rompieran suavemente en mi espalda. Mi respiración sonaba pesada en el tubo, un ruido ortopédico o industrial que por un momento amenaza con empujarme de vuelta al centro. Dejé que el ruido se alejara flotando; me di cuenta de que estaba levitando sobre el hueco entre las dos rocas donde había estado rondando por la mañana, y esperé a que el animal que sabía que estaba allí confiara en mi calma, a que viera que no suponía una amenaza y a que sus brazos tantearan hasta encontrar la salida de la grieta donde se escondía.

—¡Neffy! ¡Neffy!

Cuando me incorporé y miré hacia la playa, subiéndome las gafas a la frente, Baba estaba junto a mi toalla, sonriendo. Mi yo de veintisiete años solo quiere quedarse mirándolo y verlo ahí, en la playa de Grecia, mientras que mi yo de doce estaba enfadada por lo que sus gritos habían estropeado. No sé cómo es posible saber y sentir las dos cosas a la vez, la idea es confusa, y hace que mi padre en la playa resplandezca como si hubieran pasado esta imagen dorada por un proceso de corrugado.

—¡Venga, ven! —gritó, y la imagen se estabilizó.

Desde el agua, la playa de Marmari era como una cuchara del color de las ostras, con los olivos tan cerca del agua que a última hora de la tarde sus sombras hundían sus cimas en el mar. Detrás de la playa, más olivos y coníferas tapizaban de un verde gastado la ladera del hotel, del que se veían las ventanas del piso superior enmarcadas en blanco y un tejado de tejas rojas. El resto de la gente de la playa lo estaba mirando, pero Baba no se daba cuenta o, si lo hacía, le gustaba.

—¡Vamos, que nos está esperando un gato!

Lanzó un maullido y arañó el aire con las manos. Le faltaba la mitad del dedo anular de la mano izquierda, desde que le mordió una anguila antes de que yo naciera, o eso decía. Mamá, cuando se enfadaba con él, decía que lo había perdido en una pelea de bar. Cuando una vez le pregunté a Margot, me dijo: «¡Qué más da!». Baba era corpulento, grande sin ser gordo, ancho de hombros; el vello le oscurecía los brazos, el pecho y la espalda, pero ahora iba vestido con una camiseta blanca, unos pantalones y las chancletas que Margot tiraba todas las semanas y que él recuperaba del cubo de la basura. Fui hacia él nadando y después caminando por el agua. Date prisa, intento decirme a mí misma, estos momentos no durarán mucho. Nada dura. Estaba decepcionada por no haber visto al pulpo, pero, incluso a los doce, la atracción de Baba era más fuerte. Una vez seca y vestida, enlazamos los brazos y caminamos hacia el pueblo; él iba cantando una canción que hablaba de un gatito y no quiso decirme por qué estaba tan contento, aunque yo lo sé. Lo sé.

En el bar de al lado de la vieja fábrica de jabón, media docena de hombres abrazaron a mi padre, le dieron palmadas en la espalda, lo besaron en ambas mejillas. Me pellizcaron los mofletes y me alborotaron el pelo, aunque era tan alta como muchos de ellos. Me gustaba la forma en que me arropaban, me daban la bienvenida, me aceptaban como griega. «¡Oliver!», gritaban los hombres, y hablaban como si llevaran semanas sin verse, en lugar de un par de días. Hablaban demasiado rápido para mí —nunca aprendí griego como es debido—, pero pillé algunas cosas como *gatáki* (gatita), y luego alguien dijo *mouni* y todos se echaron a reír. Sirvieron bebidas en unos vasos pequeñitos y colé la mano entre los hombres para coger uno y dar un sorbo. Me ardía la lengua y la garganta mientras bajaba el líquido, pero di otro sorbo más largo y todos los hombres se rieron. Baba dijo «Cuidado», pero estaba sonriendo. Mi padre era medio griego y había vivido en Paxos con su padre griego y su madre inglesa hasta los diez años, cuando su padre murió y su madre se mudó a Londres. Vivió entre Inglaterra y Grecia hasta hace nueve años, cuando regresó definitivamente al lugar donde nació, se llevó a Margot con él y compró el hotel. Algunos de aquellos hombres aún recordaban a su padre y querían más a Baba por eso. Sirvieron más bebida y sacaron platitos con comida. Nos sentamos en la parte de atrás del bar; estaba un poco más oscura y el ventilador del techo movía el aire cálido. Me comí las olivas y el pan, y los cuadraditos de feta con melón, pero ni siquiera miré el pulpo frito. No podía mirarlo sin echarme a llorar.

Baba hablaba y bebía, y yo comí y bebí hasta que sentí la cabeza más grande de lo que debería y cuando me mordí el moflete por dentro estaba como dormido. Entonces Baba dijo adiós, repartió más besos y más palmadas en la espalda y prometió que volvería con la *gatáki*. Cuando salimos, la luz del sol me hizo estornudar y Baba estornudó también, el mismo estornudo, como un grito.

—Vamos —dijo—, que ese gato no nos va a esperar todo el día.

—¿En serio vamos a tener un gato? —Caminábamos entre las casas, cerca de las paredes blancas para aprovechar la sombra, Baba detrás de mí—. ¿Un gatito?

Me habría encantado tener un gato atigrado para mí sola, pero la isla estaba plagada de gatos feos y asilvestrados que se colaban en el hotel en busca de comida hasta que Dimitra, la mujer que venía a limpiar y ayudar en la cocina, los pillaba y los echaba de allí a escobazos.

—Un poco más grande —dijo, y cuando lo miré por encima del hombro, me guiñó un ojo—. Algo que hará que vengan todos los turistas al Hotel Ammos. Por aquí.

Giramos a la derecha, subimos unos cuantos escalones y cruzamos un portón de forja que daba al jardín de una casa que no había visto antes. Se notaba que allí vivía alguien rico, porque la hierba, aunque más basta que el césped inglés, era de un verde brillante. Los aspersores debían de ponerse en marcha por la noche, o tal vez había una red de riego por goteo enterrada. Había plantas exóticas que crecían en grandes macetones de terracota y la parte trasera de la casa tenía una pared de cristal. Salió una mujer a saludarnos y, aunque se dieron dos besos como todo el mundo, vi que Baba le pasaba el brazo por la cintura y la apretaba, hasta que ella se apartó para decirme hola. Entorné los ojos, ya la odiaba. Ella se echó a reír y entró, la esperamos en el jardín durante cinco minutos mientras Baba paseaba, tocaba las plantas y silbaba. Cuando por fin volvió, la mujer llevaba un cachorro de tigresa.

Baba se sentó a beber con la mujer mientras yo jugaba con el cachorro en el jardín, maravillada con sus enormes garras y riéndome cada vez que intentaba morderme. La mujer le puso un collar con correa al animal y Baba y yo caminamos de vuelta al bar. Insistí en llevar a la tigresa en brazos, pero solo logré dar un par de pasos: pesaba demasiado y no se estaba quieta. Así que insistí en llevar yo la correa, aunque había dicho que un animal salvaje nunca debería ir con collar. A Baba parecía hacerle gracia que lo regañara, pero, Revisitando a los veintisiete e incluso a los doce, yo sabía lo que iba a pasar cuando la llevara a casa.

Ahora, escuchando a escondidas en la cabeza de mi yo de doce años, puedo admitir que quería ser yo quien la llevara cuando entráramos al bar y recibir todas las miradas de admiración. Quizá Baba también lo sabía. Me habría gustado saber cuánto le había costado. ¿La había comprado siquiera? ¿Qué relación tenía con esa mujer? Pero a un hombre como mi padre no podía hacerle ese tipo de preguntas.

En el bar, puso la tigresa encima de una mesa y los hombres, entre risas, intentaron darle de comer pescado frito. Consiguieron que el dueño sacara un poco de cordero crudo y la tigresa lo masticó con la parte de atrás de la dentadura. Siguieron bebiendo y yo empecé a quedarme dormida, apoyada contra la pared con el cachorro en mi regazo.

Mi yo de veintisiete años sabe que un rato después, esa misma tarde, oiré a Margot discutir con mi padre, una pelea en voz baja para no molestar a los huéspedes, pero con breves explosiones de ira. La pelea empezará en la cocina que hay debajo de mi cuarto y se extenderá a la terraza, donde Margot lo insultará en inglés por lo del tigre, el hotel, el coste de todo, el trabajo que ella hace mientras él se va al bar. Durante cinco minutos la voz de mi padre sonará calmada, conciliadora, arrepentida, hasta que ella suelte: «¡Y has traído a Neffy borracha! ¿Qué mierda de padre eres?». «Tú no eres su madre, joder», replicará él. Ahora conozco el significado de las palabras que no pronunció y sé que estaban diseñadas para hacerle daño: tú no eres la madre de nadie.

En mi cama del piso de arriba me acerqué la tigresa, las dos muertas de sueño, y el olor de su cálido pelo me recordó al tapizado de los autobuses que cogía con Mamá en Inglaterra.

De pronto siento que subo a través de lo azul. «¡Aún no!, ¡aún no!» Trato de oponerme con todo el peso de mi cuerpo, de luchar contra esa sensación y hundirme de nuevo.

Estoy de vuelta en Grecia, una semana después o así. Huelo de nuevo la tierra rica en humus y siento el sol calentándome la espalda mientras me tiendo en la terraza de la cocina, con los brazos apoyados en un cojín, leyendo. Entra un hombre y, ahora, por supuesto, sé quién es —quién era—, pero a los doce lo único que pensé es que parecía incómodo con aquel uniforme que le iba demasiado grande, los zapatos pulidos y el gorro con insignia que llevaba en la mano, junto con una tarjeta de identificación que me enseñó cuando me incorporé. Estaba en griego, pero en ella aparecía su foto con cara de asombro, como si le sorprendiera darse cuenta de cuál era su trabajo, fuera el que fuera. Me pregunté si sería policía y si debería preocuparme. Hablaba en griego y, cuando se dio cuenta de que no lo entendía, intentó preguntarme en un inglés con mucho acento si estaba mi padre en casa.

Cuando mostró a Baba su tarjeta tuve un momento de epifanía. Fue un instante, menos de un segundo; llegó y se fue tan rápido que solo podía haberlo notado una hija o una novia. Una sonrisa que duró demasiado, un parpadeo algo excesivo.

Mi padre lo invitó a sentarse y llamó a Margot para pedirle un plato de *mezethes* y una botella de Tsipouro. Y aunque volví a tumbarme con mi libro, sabía que estaba pasando algo, porque normalmente Margot lo habría mandado a la mierda y le habría dicho que se los pusiera él; sin embargo, sonrió y trajo una bandeja con *dolmades, taramasalata, pitta, yialantzi* y las delicias que habitualmente solo se servían a los huéspedes del hotel en el bar de la terraza, detrás de la hilera de macetones de olivos. Margot me trajo un vaso de Coca-Cola, me lo dejó al lado del murete donde estaba tumbada para que pudiera cogerlo. ¿Alguna vez me había dejado tomar una Coca-Cola sin que se lo hubiera tenido que suplicar? Nos la bebemos juntas, yo conmigo misma, pero solo la mayor la aprecia de verdad. Baba tuvo que insistir varias veces en griego para que el hombre se sentara en la mesita de la terraza y probara esa comida que tanto añoro. Al final lo hizo y volvió a guardar el papel que se había sacado del bolsillo de la chaqueta y que parecía oficial.

Margot bautizó al cachorro de tigre como Sophia, aunque yo había insistido en que los animales salvajes no deben tener nombre ni ser domesticados. Solía dormir en una jaula grande que Baba pidió prestada, o a veces, cuando conseguía colarla, pasaba la noche en mi habitación. Pero la noche era el momento en que Sophia estaba más despierta y juguetona. Se hacía pis en la cama —olía a palomitas con mantequilla—, dejaba cacas de olor dulzón en un rincón del cuarto y mordisqueaba todo lo que podía meterse en la boca. Yo tenía en el pecho cuatro arañazos rojizos y marcas de sus afilados dientes en ambos brazos. Procuraba ponerme camisetas de manga larga cuando estaba cerca de Baba y de Margot. No quería que me dijeran que la tigresa tenía que irse, aunque sabía que quedárnosla no era lo correcto. Reconozco en mi yo joven esa división entre querer que lo salvaje se mantenga libre y, a la vez, sentir ese deseo intenso de retener algo para mí. Solo que no recordaba haberlo sentido tan pronto.

Baba seguía rellenando el vaso de Nicos —que ese era su nombre— y ofreciéndole comida, y Nicos comía y bebía y se reía de las historias de Baba. Se aflojó la corbata y después de otra copa se la quitó. Entré a comer a la cocina y, cuando volví a salir, Margot estaba observando a mi padre darle palmaditas en la espalda a Nicos mientras lo acompañaba a la salida. Yo sabía que no podíamos quedarnos con la tigresa, pero, de algún modo, gracias a algún arreglo o a un soborno, Baba se había librado de la multa, o quizá de ir a la cárcel, por tener un animal salvaje sin licencia. «¡Sophia!», pienso ahora. Vaya nombre para un animal salvaje. Recuerdo la tristeza de tener que dejarla marchar, solo atenuada por el alivio de saber que estaría en un lugar más adecuado para ella, o que quizá incluso la dejarían libre en la naturaleza. Sería más ella cuando no estuviera metida en una jaula o en mi cuarto, libre para cazar y nadar y rugir. En mi fantasía la veo en medio de un paisaje griego de paredes de piedra, olivares y mares salvajes, un lugar sin seres humanos donde podría cazar cabras y encontrar un compañero. No era tan inocente como para imaginarme que podría ser Paxos o alguna otra isla griega, pero sí estaba convencida de que este Nicos, con su ancho uniforme, la había salvado.

Cuando asciendo de nuevo de este Revisitado, esta vez de verdad, todo me parece milagroso, como si viera el mundo —incluso desde la desordenada habitación de Leon— con ojos nuevos, como si lo hubieran limpiado todo. Recuerdo que a los diecinueve años me tiré en paracaídas para recaudar fondos para una organización benéfica marina. Me ataron la espalda con correas al pecho de un soldado y estuvimos en caída libre cerca de un minuto antes de que él desplegara el paracaídas. Después de aquello, durante un mes, cada vez que miraba al cielo volvía a sentir esos sesenta segundos de éxtasis en los que fui más que un ser terrenal. Así es. Durante todo el año siguiente salté una y otra vez, intentando recrear aquel subidón.

Estoy adormilada, pero Leon me lanza sus preguntas y le respondo lo mejor que puedo. Sé que me he convertido en un sujeto, un espécimen que documentar, pero no me importa si eso significa que puedo volver. Que me observe. Que registre lo que quiera. Miro por encima de su hombro mientras escribe mis respuestas en una tabla que ha dibujado en la parte de atrás de su cuaderno, de mi cuaderno. Le digo que he estado allí unas cuantas horas, que casi salí, pero conseguí hundirme de nuevo. Da un respingo en la silla cuando lo oye, se levanta de un salto, incapaz de quedarse sentado de pura emoción. Confieso que, sin embargo, pensar en un recuerdo no me lleva a él y que no parece que pueda controlarlos. Ninguno de los dos puede explicar cómo o por qué sucede eso.

Sujeto: Nefeli. Edad: 27.
Mujer blanca británica con raíces griegas.

	Día 8 / Sesión 3
Tiempo real sumergida	30' 7"
Tiempo transcurrido según informe del sujeto	12 horas / 4 horas (el sujeto refiere dos periodos de tiempo en una sesión)
Sentido del sonido durante la sesión (hablar y oír), del 1 al 10	10
Sentido de la propiocepción durante la sesión, del 1 al 10	10
Sentido de la vista durante la sesión, del 1 al 10	10
Sensación general de realidad durante la sesión, del 1 al 10	10
Fallos (incl. saltos, *déjà vu*, intrusiones, confusión, etc.)	Ninguno

Deseo de repetir, del 1 al 10	10
Cansancio post-sesión	8
Desorientación post-sesión tras 1 min	Leve
Desorientación post-sesión tras 5 mins	Insig.
Desorientación post-sesión tras 30 mins	Insig.

Queridísima H:

Mi trabajo era recoger las partes de varios brazos cercenados de pulpo, etiquetar cada una de ellas para identificar a qué pulpo pertenecía y fijar el fragmento de brazo en formaldehído antes de que fuera sumergido en parafina y cortado en secciones. Observar, registrar. Por supuesto, el estudio se había puesto en marcha para estudiar cómo el pulpo regeneraba sus brazos amputados, pero ya que teníamos las partes de los brazos el IP decidió registrar cómo reaccionaban al separarlas del cuerpo.

Me habría gustado enviar un correo al puto IP con una lista alternativa, solo para verle la cara:

Pulgar hacia arriba
Pulgar hacia abajo
Peineta con un dedo
Peineta con dos dedos
Signo de la paz/de la victoria
Otros

Neffy

DÍA NUEVE

En el desayuno, Rachel está callada y mustia, a pesar de que la conversación gira en torno a las antiguas redes sociales, en cuál estaba cada uno y cuál era mejor. Que Leon esté distraído no ayuda, y en cuanto ella se va empieza a hablar sobre Revisitar y el éxito de lo de ayer. Estoy ansiosa por volverlo a hacer, volver a ver a Baba, a Justin o a Mamá.

—¿Te va bien a primera hora de la tarde? —me pregunta—. Quiero comprobar unas cuantas cosas, hacer un par de ajustes. Ver si puedo conseguir que el Revisitado te lleve al recuerdo en el que estés pensando.

A primera hora de la tarde. Eso es dentro de varias horas.

—Sí, genial. —Intuyo que no sería apropiado mostrar mi desesperación.

—Entonces, ¿funciona contigo, Neffy? —pregunta Piper, y no acabo de creerme su tono de sorpresa. Leon se lo ha debido de contar, aquí todos hablan de todo.

—Y tanto que funciona con Neffy —dice Yahiko mientras se levanta.

—Luego nos vemos —dice Leon, y los dos se van juntos.

—¡Es increíble, Piper! —La cojo del brazo, para sorpresa de las dos—. Era como si estuviera con mi padre en Grecia. No es como sentir que estoy, es como estar de verdad.

Se ríe al verme tan emocionada.

—Dejé que Leon lo intentara conmigo, pero no funcionó. Me alegré, la verdad, ¿quién quiere seguir mirando atrás? ¿Qué ganas con eso? No puedes cambiar nada. Hay que seguir adelante.

—Pero ¿no crees que podemos aprender del pasado? ¿Ver las cosas de otra manera o dejar que guíe nuestras decisiones en el futuro?

—Los seres humanos son inútiles a la hora de aprender de sus errores. Lo único que podemos hacer son nuevos planes.

Paso la mayor parte del día durmiendo, de vez en cuando le escribo una carta a H, pero, sobre todo, me concentro en tratar de ignorar los rugidos de mi estómago y mi deseo de Revisitar, la necesidad de volver a ver a Baba, la idea de poder abrazar a Mamá o besar a Justin. Desde la última vez que los vi en la vida real, mis recuerdos son cada vez más reducidos y se han ido volviendo vagos, rígidos e inmutables. Recuerdo cosas que ya he recordado antes y con cada repetición se va borrando algo de su personalidad, de sus rasgos, como esas estatuas que los transeúntes rozan al pasar tan a menudo que acababan por erosionarse. Y ahora, increíblemente, tengo la oportunidad de detener el proceso e incluso de revertirlo.

Tengo el boli en la mano, lo estoy moviendo, pero mi cabeza no escribe y me paro todo el rato para mirar la hora en el teléfono —ya casi he dejado de comprobar si hay mensajes y señal—, me quedo enganchada mirando fotos o el vídeo que me envió Justin e intentando decidir si es demasiado pronto para ir a la habitación de Leon. Tenía pensado ir a las seis, pero a las cinco ya no puedo esperar más.

Cuando llego, la puerta de Leon no está cerrada del todo. Oigo música, aunque creía que no teníamos en el centro; ninguno de nosotros se había descargado nada en el teléfono y Yahiko no encontró móviles en las habitaciones vacías. Me quedo de pie en el umbral y a través de la rendija veo a Leon y Rachel bailando. Ha limpiado la habitación y están abrazados, girando lentamente al son lastimoso de una trompeta de jazz. Cuando se dan la vuelta y empiezo a distinguir la cara de Leon, veo y oigo que la música emerge de sus labios apretados. Sube y baja, a un volumen sorprendente, reverberando fuera de la habitación. Permanezco sin hacer ruido y veo como Rachel se desenreda de sus brazos, enlazan las manos y él la gira para apretarla contra su pecho. Se mecen juntos un momento y él deja que la música se desvanezca. Me doy la vuelta y miro hacia el pasillo, no quiero que me pillen espiando mientras escucho el rumor de su risa y el tintineo de sus vasos. Los oigo hablar más alto, deben de estar viniendo hacia la puerta, así que me alejo, intentando que parezca que acabo de llegar. La puerta se abre y aparece Rachel, que gira inmediatamente a la derecha sin verme siquiera, pero Leon sale y su expresión es un interrogante.

—Lo siento —digo—, ¿llego demasiado pronto?

—No, no. —Abre la puerta del todo.

Lo sigo dentro, coge dos vasos y una botella vacía del alféizar de la ventana y se dirige al baño.

—¡Hala! ¿Vodka?

—Sip. —Leon deja de intentar esconderla.

—¿Yahiko?

—Yahiko —asiente con la cabeza.

—¿Un voluntario trajo una botella de Russian Standard? ¿Cómo lo hizo?

—Era de una enfermera o de un médico. Yahiko la encontró en una de las taquillas. Probablemente le daban un trago de vez en cuando para sobrellevar el turno. ¿Sabías que Yahiko había forzado las taquillas? —Leon me enseña la botella—. Solo quedaban tres dedos. —Quizá piensa que debería haber dejado algo para que nos lo bebiéramos nosotros.

—¿Y Rachel? —pronuncio su nombre con un tonillo burlón—, ¿habéis hecho las paces?

—Un malentendido.

—¿Y lo que te dijo anoche en la cena?

Parece avergonzado.

—Todo arreglado.

—Vale, porque yo no… Yo no quiero… —Hago un gesto con la mano que nos incluye a los dos—. Yo tengo a alguien. O tenía…

—No, no, vale, está bien. Venga, ¿quieres Revisitar? —Vuelve a dejar la botella y los vasos y coge el cargador solar.

—Sí. Llevo todo el día pensando en mi próximo Revisitado. ¿Es realidad virtual? —Me siento en una de las sillas y me desato las deportivas. Creo que es de buena educación quitármelas antes de tumbarme en su cama.

—RR, no RV. Realidad Recordada. —Saca el estuche plateado de debajo de la cama y lo abre.

—Pero ¿cómo puedo estar allí de verdad?

Leon está en cuclillas conectando el cargador a algo de la caja.

—Potenciación a largo plazo. PLP. La esencia de la memoria es la representación y aquí lo que nos interesa es la memoria episódica en lugar de la memoria declarativa o procedimental o lo que sea. Así que… —Su acento londinense casi ha desaparecido del todo.

—¿Cómo? Un momento. ¿Procedimental? ¿Qué es eso?

Leon se gira para mirarme.

—¿Qué decías que habías estudiado? En la uni.

—Biología Marina. Al final. En Plymouth. —Aunque intenta disimularlo, Leon lanza un suspiro—. ¿Por qué? ¿Tú qué estudiaste?

—Matemáticas en la Universidad Imperial. La memoria procedimental es la que usas cuando aprendes a montar en bici, siempre recordarás cómo hacerlo. La declarativa es la que usas cuando recuerdas hechos. Hay más tipos, pero no importan. Esta tecnología está relacionada con la memoria episódica.

—¿Con los episodios que recuerdo?

—Con los que recuerdas de forma consciente, en un momento y un lugar y con todas las emociones asociadas.

—Entonces, ¿los recuperamos para volver a reproducirlos?

—Más o menos. Salvo que esos recuerdos no están almacenados en un solo lugar. Recordar es un proceso creado sobre la marcha por sinapsis que se disparan y conectan neuronas. —Sigue agachado junto al estuche, pero aún no ha sacado nada. Se nota que este es su tema favorito y que ha estado esperando a que le preguntara—. Tú eres la que pone en marcha el proceso con una buena entrada, a poder ser un recuerdo agradable. Tu padre, ¿no? La tecnología se mete a hurtadillas en el recuerdo, amplifica el PLP y reduce tu nivel de consciencia, el de la persona que eres ahora. Buena idea, ¿no? —No espera una respuesta—. De hecho, el proceso no ocurre solo en el cerebro. Hemos identificado otras cinco zonas del cuerpo y sospechamos que quizá pueda influir también fuera de él, pero eso nos va a costar más. —Me doy cuenta de que está hablando en presente—. Ya entendemos bastante bien cómo se almacena la memoria y cómo se recupera, pero es esa última parte, cómo interactúa la consciencia humana, la que todavía no hemos conseguido explicar del todo. —Se levanta, coloca el estuche sobre la cama y se sienta—. En cuanto hayamos resuelto esa parte, queremos ver si es posible colocar la consciencia de alguien en la memoria de otra persona y dejar que la experimente. Mola, ¿eh?

Lo dejo hablar un poco más sobre neuroplasticidad, fuerza sináptica, la corteza entorrinal y los glutamatos, y cuando por fin se calla le pregunto:

—¿Y por qué nunca he oído hablar del Revisitador?

—En primer lugar, no lo hemos sacado al mercado. No del todo. La versión actual solo funciona en una de cada quinientas personas, más o menos.

—¿Tan pocas?

—Cuando funcionó contigo, no me lo podía creer. Menuda casualidad. No terminamos de saber por qué funciona con unas personas y no con otras. Pero tengo que decir que no he conocido a ningún sujeto que haya tenido una experiencia tan intensa como la que parece que has tenido tú.

—¿Así que ahora soy un sujeto?

Junta las palmas de las manos pidiendo perdón y después se las lleva a la cabeza.

—Disculpa, pero tengo que hacerte un montón de preguntas.

Va hacia su escritorio y coge el cuaderno, pasa las páginas y me las muestra. Está casi lleno.

—¿Y las otras razones por las que nunca he oído hablar de él?

—Bueno, simplemente es que no servía para todo el mundo, aunque hubiéramos encontrado un sujeto con el que funcionaba. Necesitábamos ajustar cosas, hacer algunos cambios.

—¿Como por ejemplo?

—Bueno, ya sabes, verificar las reacciones, los tiempos, cómo los sujetos se desconectan. Nada que deba preocuparte. Venga, ¿estás lista?

Queridísima H:

Después de que los amputaran, los brazos de los pulpos siguieron moviéndose durante media hora, siguieron enroscándose y desenroscándose, intentando averiguar lo que había pasado. Por qué su conectividad estaba desconectada. No hace falta que te diga que los pulpos tienen el sentido del gusto, además del tacto, en las ventosas. Se pegan a la piel humana y cuando los separan hacen un sonido parecido a cuando alguien hace estallar el papel de burbujas.

Dejé que se me pegaran los trozos de los brazos amputados a la muñeca, al brazo, que saborearan, que sintieran. Esperaba que los reconfortara de su angustia, de su confusión. Larry me encontró sentada en el frío suelo de la habitación con parte de un brazo en el cuello. Cuando me lo quitó, el brazo me había hecho un chupetón. En la reunión con el IP y una mujer de RR. HH., me llevé una amonestación verbal y me obligaron a tomarme cinco días libres.

Un pulpo puede regenerar un brazo amputado en cien días. No es un brazo inútil, como las colas que les crecen a algunas lagartijas, sino que alcanza su tamaño completo y sus ventosas funcionan.

Larry se hizo cargo de mi trabajo mientras estuve fuera. En la ficha escribió que los pulpos no parecían afectados por las amputaciones. Seguían comiendo y realizando sus actividades normales. Su piel no se deterioró. Cuando volví, añadí a las notas de Larry: «¿Pero no estamos midiendo su comportamiento con el nuestro?». Ni siquiera traté de disimular mi letra. En la siguiente reunión el IP me acusó de ponerme maquillaje en el chupetón para que pareciera más rojo y dijo que estaba trastornada, que mis ideas antropomórficas eran peligrosas. La mujer de RR. HH. tuvo que pedirle dos veces que se sentara. Estaba totalmente equivocado.

Neffy

Cuando entré en el hotel trepando por la ventana que tenía el pestillo sin echar, el griego que estaba detrás de mí dijo:

—¿No tienes llave?

Había olvidado ese detalle, cómo entramos en el salón. Me decepciona encontrarme aquí, en Grecia de nuevo, y sin Baba. Reconozco mi viejo cuerpo de los diecisiete, el pecho incipiente y las caderas, así como esa mezcla interna de apatía, irritabilidad y repentino entusiasmo. Ahora, a posteriori, también reconozco al griego, por supuesto. Pero para mi yo joven es un extraño, unos años mayor, que me había traído de vuelta de una fiesta en una de las villas al otro lado de la bahía. Sí tenía llave. Estaba en el bolsillo delantero de los vaqueros cortados que había mangado de la habitación de Margot.

—Nop —le dije a este tipo cuyo nombre aún no sabía; quería que me creyera más salvaje de lo que era en realidad, más rebelde, mayor.

Había vuelto a Paxos para pasar el verano, y les había prometido a mis padres —a los dos— que me lo pasaría estudiando después de las malas notas de primero de bachillerato. Pero estaba cansada de los libros y de estudiar, cansada de mi virginidad. Fui a esa fiesta, a la que no estaba invitada, para perderla. Bebí un montón, pero no lo suficiente como para no saber lo que hacía, y quería acabar con ella de una vez. Sentía una piedra dentro de mí, una roca bloqueando una puerta que conducía a algo, aunque no sabía a qué. ¿Iluminación? ¿Aceptación? No estaba segura, pero creía que vería el mundo de forma diferente cuando me librara de ella y este tío parecía majo. Yo, la Neffy de veintisiete años, me río por dentro, estoy avergonzada y quiero mirar hacia otro lado, pero no puedo hacer que el proyector deje de proyectar, no puedo resistirme al olor del viejo hotel. Aterricé torpemente en el salón de los huéspedes y el tipo se subió al alféizar detrás de mí, y por un momento llenó el marco de la ventana antes de saltar dentro de la habitación. La luz de la luna se esparcía sobre los sofás vacíos, las alfombras y las mesitas auxiliares con un brillo perlado demasiado bonito para ser real. Quiero detenerme y echar un vistazo, pero la otra Neffy se detuvo frente a las botellas agrupadas en el aparador del bar autoservicio del hotel. Cogí una y, sin siquiera mirar lo que era, dije: «¿Quieres una copa?». Seguridad ante todo. Esperaba que dijera que no, porque estaba casi vacía; casi todas lo estaban.

—¿Tienes *fagitó*? —preguntó.

Intenté leer la etiqueta de la botella a oscuras.

—No. —Se quedó pensando y dijo en inglés—: Comida. —Y se señaló la boca, como si yo no entendiera el idioma.

—No hay comida —dije—. ¿Una copa?

Agité la botella, pero me di cuenta de que estaba haciendo demasiado ruido. Podía despertarse algún huésped y bajar, aunque solo había una pareja registrada en ese momento. El lugar estaba destartalado, había baldosas rotas que cambiar, paredes que pintar, marcos de las ventanas combados que reparar, los huecos de los enchufes estaban llenos de ciempiés, pero Baba decía que los impuestos eran altísimos. Se quejaba de que los pequeños ya no iban a poder ganar dinero en el sector hotelero nunca más. Nadie quería venir a Grecia con los disturbios, la corrupción, la peste a basura sin recoger. Lo que estaba claro, pensé, es que nadie querría venir a un hotel con goteras y ventanas rotas, con vistas al robusto esqueleto del hotel de al lado, que había crecido hasta el segundo piso antes de que los trabajadores se marcharan porque no cobraban.

—¿Quieres una copa? —susurré.

—*Fagitó kai potó* —negó con la cabeza, apesadumbrado. Me daba por perdida.

Yo sabía lo que quería decir: no entendía que los ingleses pudieran beber sin comer, un pedacito de algo, un bocado para empapar el alcohol. En Grecia, entre los griegos, jamás ocurría eso de beber sin comer. Él pensaba que ya estaba bastante borracha, pero aun así busqué un vaso y serví lo que quedaba en la botella. Olía dulce, pero cuando me lo tragué me quemó. Devolví la botella a su sitio y garabateé una línea ilegible en el libro de registro del bar autoservicio donde los huéspedes anotaban lo que consumían.

Ahora recuerdo que una semana más tarde, cuando la familia alojada en la 115 haga su *check-out*, discutirán con Margot sobre esa firma, le dirán que no es suya, que no bebieron nada del autoservicio. Dejarán una opinión en TripAdvisor tan mordaz y tan bien escrita que se hará famosa durante un tiempo en Twitter y solo lograrán eclipsarla esos tuits sobre los 700 residentes de Zakyntos que habían alegado ser ciegos para recibir dinero del Gobierno (entre ellos, algunos taxistas y una peluquera), pero estuvo el tiempo suficiente como para que las escasas reservas que había para el verano, incluyendo la habitual de la 119, fueran canceladas.

—Espera —me dijo el tipo griego con cara de haber reconocido algo.

Lo agarré de la mano y tiré de él para cruzar la oscura recepción, y por un momento se resistió y se zafó para volverse y mirar hacia arriba. Le dije en inglés:

—Probablemente lo van a embargar pronto.

—¿Embargar? —La palabra le llenó la boca. Su inglés era mejor que mi griego, pero no conocía esa palabra.

—Se lo quedará el banco.

Me encogí de hombros, aunque probablemente a oscuras no me viera. Quería sonar despreocupada, indiferente, madura. Había averiguado que Baba y Margot estaban viviendo del dinero de ella, mejor dicho, del dinero de su madre. Aún mantenían su apartamento en la parte de arriba, pero ahora —esta noche— habían salido. Un fin de semana largo en Creta, me dijeron, pero yo sospeché que estaba pasando algo más. Intento decirle a mi joven yo que preste atención: eso es de lo que deberías estar preocupándote, y no de este tipo ni de esta noche ni de tu virginidad.

Siento como mi joven yo se estremece, una pequeña chispa que se enciende y luego se extingue. Ya estaba girando hacia las escaleras, impaciente. Volví a coger de la mano al tipo y tiré de él escaleras arriba hasta la mejor habitación del hotel. Era la 127, Baba la llamaba la *suite,* pero la llamaba así porque era la única con baño privado y era tan grande que cabía un sofá a los pies de la cama de matrimonio. Encendí la luz sin pensar y la suciedad de la habitación se hizo patente. Habíamos despedido a Dimitra y nadie había limpiado la habitación en todo el verano. Había moscas muertas en el alféizar de la ventana y telarañas en todos los rincones. Apagué la luz rápidamente.

—Espera, ¿cuántos años tienes?

—Dieciocho. —Incluso en la penumbra pude ver que no me creía—. Vale, diecisiete. Pero la edad de consentimiento en Grecia son los quince.

—¡Diecisiete! Eres muy joven.

—No lo soy.

El tipo se desnudó y se metió en la cama, se revolvió un poco y empezó a roncar inmediatamente. Yo también me desnudé, despacio, y me colé bajo las sábanas. Me quedé despierta, demasiado consciente del cuerpo que dormía a mi lado, y cuando amaneció me levanté con la cabeza a punto de estallar. Esperé a que el agua saliera limpia del grifo de la bañera antes de inclinar la cabeza para beber. En el dormitorio el tipo se había incorporado, tenía las rodillas flexionadas bajo las sábanas. Vi su pelo, que le llegaba a los hombros, y la forma de sus ojos caídos, y lo reconocí como Nicos, el hombre que había venido a ver a mi padre por lo del cachorro de tigre, y pude ver su cara sorprendida cuando recordó a la niña que había estado leyendo un libro en la terraza.

—¿Qué hizo mi padre con la tigresa? —Me senté al borde de la cama, aún desnuda.

Nicos se quedó pensando y dijo:

—*Exafanístike.* —Intenté repetir la palabra, pero tenía demasiadas sílabas. Nicos sonrió—. *Exafanístike* —dijo de nuevo, más despacio. Extendió el brazo, cerró el puño y lo abrió suavemente lanzando un soplo de aire con la boca. Una desaparición mágica.

—¿Desapareció?

—No sé cómo. Acordamos que tenía que hacer tigre desaparecer..., deshacerse... —parecía contento de haber recordado esa palabra.

—¿Qué? ¿Deshacerse de ella?

Lo miré fijamente y él me devolvió la mirada con los ojos muy abiertos. ¿La habrían enterrado en Paxos? Durante cinco años la había imaginado libre y salvaje, tomando sus propias decisiones felinas, viviendo su propia vida felina, cuando en realidad estaba muerta y, probablemente, la habían matado el mismo día que se la llevaron. Rocas y tierra arenosa sobre huesos y piel atigrada. Mis bragas estaban en el suelo y me bajé de la cama para subírmelas de un tirón.

—¿Fuiste tú? —le grité—, ¿tú la mataste?

—¡No! —Mi acusación lo ofendía.

—¿Mi padre?

—Un hombre, alguien que conocía. Amigo de amigo.

—Y supongo que no lo denunciaste, ¿no? —Me di la vuelta, encontré el sujetador, me lo abroché poniendo el cierre delante y girándolo después tan rápido que me arañé la piel—. ¿Muchos *mezes* y mucho *brandy*, no? —Uno de los tirantes hizo un chasquido al golpear contra mi hombro, después el otro. No era posible enfadarse desnuda—. ¿O te pagó para que te callaras? —Hice un gesto frotando mi dedo pulgar con el índice—. ¿Un soborno?

Nicos rodó por la cama, salió de debajo de las sábanas y se estiró para tomarme de la mano, pero yo la aparté y él volvió a su posición original, la cabeza en la almohada, los ojos cerrados.

—¿Es eso? —volví a preguntar.

—No, no dinero —contestó.

Mi primer casi amante se extendía ante mí cuan largo era: el oscuro vello trepaba desde la ingle hasta la garganta, como si hubiera bajado la marea dejando atrás su polla, un resto abandonado en una alfombra de algas.

—Entonces, ¿qué? —Le hablaba en voz baja, como él, y cuando me senté de nuevo en la cama abrió los ojos.

—Estuve con una mujer en la ciudad. Mi primera vez.

Negué despacio con la cabeza.

—¿Dónde?

—Una casa grande.

—¿Una casa con una cristalera enorme rodeada de césped? ¿Te llevó él?

La Neffy que soy ahora conoce la respuesta y, aunque es banal, me recuerda lo mucho que una persona puede hacer por otra, por salvarla.

—Zylina. —Nicos se frotó los ojos, avergonzado o tal vez simplemente cansado, pero pronunció su nombre con gratitud—. Pero no tu padre. Tu madrastra, ¿Margot?, ella me lleva.

Después de esa noche, Nicos y yo saldremos del hotel y bajaremos a la playa. Nos bañaremos, me invitará a desayunar e intercambiaremos números de teléfono, y aunque nos llamamos y nos vemos cada vez que voy a Paxos y terminamos siendo muy amigos, nunca volveremos a hablar del tigre.

Leon me deja descansar en su cama y me despierta cuando llega la hora de ir a cenar.

—¿Contigo funciona? —le pregunto, gritando para que me oiga.

Está en el cuarto de baño y oigo el sonido de su pis golpeando el interior del retrete, después el agua y otra vez el retrete. Justin también lo hacía; debe de ser algún juego de puntería. Justin en el cuarto de baño que compartíamos en casa de su padre, el desorden que dejaba… Si consigo volver a verlo, no me importará el charco fuera de la bañera, las toallas mojadas en el suelo, su estúpido juego del pis.

—¿Cómo? —contesta Leon, gritando también.

—¡Que si tú puedes Revisitar! —Oigo la cremallera de su bragueta y entra en el dormitorio—. ¿Puedes hacértelo a ti mismo?

—Estoy sentada en una de las sillas poniéndome las deportivas, cansada y acalorada después de mi Revisitado. El aire acondicionado cae sobre mí y me gusta.

Leon se mete las manos en los bolsillos.

—Sí, antes lo hacía mucho. Nunca era muy claro, nada que ver con lo tuyo. Pero ahora intento evitarlo.

—¿Por qué?

—Demasiada mierda, movidas con mi madre que preferiría no volver a ver. Cuando era pequeño solo estábamos ella y yo. Fue ella quien logró que llegara a la uni. Bueno, ¿ha funcionado? ¿Te ha llevado donde querías?

—No, quería ver a mi madre o a Justin, pero he vuelto a Grecia.

Ladea la cabeza.

—¿Tu novio?

Asiento.

—Esta vez no he visto a mi padre —digo—, pero ha continuado con el orden cronológico.

Mira al techo, pensativo.

—Es extraño. No sé por qué ocurre eso. Solo sé que los recuerdos son como hilos, ya sabes, en el sentido de que cuando piensas en un recuerdo, de repente piensas en otra cosa. Parece que no tienen nada que ver, pero uno te lleva a otro y a otro y a otro. ¿A lo mejor, cuando eres tú quien Revisita, tus recuerdos hacen algo parecido, pero atascados en una sola línea temporal? En realidad, no tengo ni puta idea —se echa a reír—, ¡mientras funcione...!

—Pues funciona. Es increíble.

—Vamos, ya debe de ser la hora de comer algo.

Echa un vistazo a su móvil para comprobarlo. Fuera está oscuro y mi estómago, el mejor reloj del centro, me dice que son casi las ocho.

Queridísima H:

A todo el mundo en ese laboratorio le gustaban los pulpos. No digo que nadie fuera deliberadamente cruel. No con los animales, aunque los alimentaban con gambas y calamares descongelados porque eran más baratos y más fáciles de manejar, pese a que todo el mundo sabe que los pulpos prefieren cangrejos vivos. Uno de los pulpos a los que alimentaba esperó hasta que lo miré y depositó las gambas y el calamar en la salida de la tubería para demostrar que no estaba conforme con el menú del día. Os habríais llevado muy bien.

Además de calamares y gambas, los pulpos en estado salvaje comen pececillos, almejas y, por supuesto, cangrejos, cuando consiguen cazarlos. Las condiciones del laboratorio los privan de esa caza y los pulpos entran en declive. Las gambas y calamares descongelados que les dábamos de comer ya estaban muertos, y, por tanto, cuando llegaba la hora de alimentarlos lo único que podíamos hacer Larry y yo era agitar la comida en el agua y, si el pulpo no se acercaba, soltarla en el tanque. Escribí un mail al IP para sugerirle que pusiéramos las gambas y los calamares en botes, para que los pulpos se enfrentaran al desafío de abrir la tapa. El IP tardó cinco días en contestar y dijo que no. Observar, registrar y cuestionar.

Neffy

—Gracias a todos por venir —dice Piper, como si no estuviéramos ahí porque es la hora de la cena, sino por alguna otra razón. Da unas palmadas con sus manitas, como pidiendo silencio. Estamos todos en la sala de personal y hasta mi estómago está esperando oír el pitido del microondas de la cocina. Dejamos de hablar y la miramos—. Vamos a sentarnos —dice.

Obedezco con gusto; de hecho, lo que quisiera es plegar los brazos sobre la mesa, apoyar la cabeza y dormir. El Revisitado me está pasando factura. Hay sillas suficientes, pero cuando todos nos sentamos Piper sigue de pie.

—Me he fijado en que nos estamos quedando sin ciertos artículos y creo que deberíamos debatir cómo los vamos a repartir, si es que todos estáis de acuerdo en repartirlos.

—¿A qué artículos te refieres exactamente? —pregunta Yahiko. Tiene una expresión ansiosa en la cara, como si viera venir una buena transacción. Solo le falta frotarse las manos.

—¿Condones? —dice Leon, y Rachel pone los ojos en blanco, aunque me doy cuenta de que disfruta.

—Pasta de dientes, café, chocolate —contesta Piper, como si estuviera tachando de una lista.

—Te olvidas del alcohol —apunta Yahiko.

—Espera, espera, ¿tienes más priva? —Leon se estira sobre la mesa, extiende los brazos con las palmas de las manos hacia arriba, suplicantes.

Yahiko se limita a sonreír.

—Y bolsas de té —dice Piper. Me mira fijamente.

—¿Qué? —digo.

Es cierto que tengo cinco bolsas de poleo menta en mi habitación. Las encontré en un bolsillo de la maleta mientras buscaba mi copa menstrual. No sabía que estaban ahí. Pero son mías y no voy a compartirlas. Si lo hiciera se acabarían en un día. Me preparé una taza de poleo menta en la cocina cuando no había nadie, solo para comprobar si podía olerlo o si notaba el sabor, pero no pude. Tiré la bolsita por el conducto de la basura para que nadie me descubriera.

—¿Qué más tienes? ¿Cerveza? —le pregunta Leon a Yahiko, que levanta las cejas y hace su mueca curvando los labios hacia abajo—. ¿Vino? —Leon sigue intentando adivinar y Yahiko sonríe.

—Este tío tiene de todo, joder —dice Rachel.

—¿Tienes más vodka? Qué cabrón. Ya sabía yo que no era verdad que solo quedara un poco en la botella.

—Pensaba que lo que querías era un diodo —dice Yahiko—. Para la radio esa que estás intentando hacer.

Leon resopla.

—¿No has visto las otras habitaciones? —dice Rachel de mal humor—. Todos sabemos que las ha vaciado. Y las taquillas. —Señala con el brazo detrás de ella—. Eres un chanchullero. —No sabría decir si está bromeando o lo dice con mala leche.

Yahiko parpadea y se lo toma como un cumplido.

—Venga, por favor —Piper levanta la voz y todos la ignoramos—, hablémoslo con calma, seamos razonables.

—¿Y chocolate? ¿Tienes chocolate? —continúa Leon. Me dijo que Mike casi le confisca los dos botes de Starbursts que se llevó al centro, pero consiguió camelárselo y le dejó que se los quedara.

Me contó que se los había acabado durante la primera tarde en el centro, pero creo que, igual que mis bolsitas de té, puede que le queden algunos y no se lo haya dicho a nadie—. ¿Qué tipo de chocolate?

—¡A ver! —Piper vuelve a dar unas palmadas.

—Una barra de Mars, dos barritas de un KitKat de cuatro —dice Rachel arrastrando las palabras, aburrida— y quince M&M's.

No miro a Yahiko mientras pienso en el bote de Matchmakers que he metido al fondo del cajón de la mesilla. Él inclina su silla sobre las patas traseras hasta apoyarse en el mostrador, con las manos detrás de la cabeza.

—Solo lo sé —dice Rachel— porque ha estado cambiando un M&M's por cada cinco páginas de un libro de negocios que encontré: *Siete maneras de cagarte en la gente a la que se supone que estás ayudando*.

Da una patada a la pata de la silla de Yahiko y él grita cuando la silla se mueve, con los ojos fuera de las órbitas mientras trata de agarrarse al borde de la mesa para sostenerse.

—¿Has estado haciendo trueque? —Me dejo arrastrar por la discusión.

—Piper también haría trueque contigo, ¿verdad, Piper? Otra cena vegetariana a cambio de que su plan estrella funcione.

—Para, Rachel —dice Leon.

—¿Que pare de qué? —Es toda inocencia y ojos grandes.

—De liarla.

—¿Cuál es el plan estrella? —pregunto.

¿Será eso de lo que han estado conspirando? ¿Querrán algo más que intentar convencerme de que salga a conseguirles comida? Leon no me mira, pero lanza una mirada asesina a Rachel.

—Por favor, por favor. —Piper se aparta de la mesa.

—¿Nadie se ha molestado en contárselo a Neffy? —El tono de Rachel es sarcástico—. Qué sorpresa.

Leon se levanta y aparta la silla de una patada.

—Resulta que vas a ser igual de hija de puta que tu padre.

Rachel salta de la silla y su puño sale disparado de su cuerpo y le alcanza en la garganta. Leon tose y se tambalea. La cara de Rachel se viene abajo: tuerce el labio inferior, sus facciones se pliegan sobre sí mismas y se le llenan los ojos de lágrimas. Leon, con una mano en el cuello, tiende la otra hacia ella, creo que intenta disculparse, pero Rachel se da la vuelta y sale corriendo de la habitación.

—Otra crisis de Rachel totalmente prescindible —dice Yahiko, y tanto él como yo nos levantamos rápidamente. Hablamos a la vez mientras Piper permanece inmóvil con las dos manos apretadas contra las mejillas.

—¿De qué iba todo eso del padre de Rachel? —le pregunto a Leon—. ¿Qué plan estrella? ¿Qué coño es el plan estrella? —lanzo la pregunta a la habitación—. ¿Alguien me lo va a explicar?

—Joder, tío. No deberías haberle dicho eso —le dice Yahiko a Leon.

El microondas pita y nos quedamos todos en silencio, inmóviles.

—Su padre está en la cárcel —dice Piper mientras se dirige a la cocina—. Hoy hace un año que entró. Cumplía sentencia anteayer. Ha estado esperando que apareciera, que viniera a buscarla.

—Ostras —digo, y recuerdo nuestra conversación sobre los animales del zoo y los astronautas atrapados en la estación espacial. Yo solo pensaba en Justin metido en su propia caja de hojalata y en los pulpos en la suya de cristal sin nadie que les dé de comer.

—Le rompió la nariz a su novio —dice Leon— con una de esas pértigas telescópicas que tienen una red en un extremo para limpiar piscinas.

—¡Uf! —digo, llevándome los dedos a la nariz—. ¿Su entrenador de natación? ¿Sigue siendo su novio?

—Lo era —dice Yahiko mientras con la mano hace el gesto de cortar justo por debajo de su mandíbula.

Leon sacude la cabeza, no sé si por Yahiko o por el novio.

—¿Y su madre?

—Se largó hace tiempo —dice Yahiko.

Piper sale de la cocina con cuatro recipientes para microondas en una bandeja. Nos sentamos a la mesa, ella también, y la vemos dividir la comida en cinco partes, parecemos hermanos que vigilan a su madre para que no favorezca más a uno que a los otros.

—¿Pensáis que habrán dejado salir a los presidiarios? —pregunto.

—Por supuesto que no —dice Piper.

—Por supuesto que no —dice Yahiko, imitándola—. ¿Y tener asesinos y pedófilos vagando por las calles? Qué dices. Mejor dejar que se pudran dentro.

La puerta de la sala de personal se abre y me doy cuenta de que no estaba cerrada del todo. Rachel entra, se ha retocado el maquillaje. Se sienta a la mesa y se acerca un plato.

—Estoy segura de que los han soltado —dice—. Nadie sería así de cruel.

Queridísima H:

Los cangrejos vivos de la pescadería eran demasiado grandes y demasiado caros. Un sábado cogí el autobús para ir a la costa, a una cala lejana, y escarbé en las rocas hasta que cogí un cangrejo comestible de tamaño mediano. Lo guardé en la bañera de casa (3,5 cucharadas de sal por cada 1000 ml de agua del grifo) y me lo llevé al trabajo el lunes en una de esas fiambreras de plástico que uso para llevarme los sándwiches.

Esa tarde lo solté en uno de los tanques. El pulpo dejó que el cangrejo corriera hasta un rincón, pero estaba segura de que el cefalópodo era consciente del cambio en el agua, tanto por las pequeñas ondas como por el particular sabor a cangrejo. Lo vi jugar con él como un gato con un ratón, hasta que Larry me dio un grito para decirme que estaba cerrando. Me fui a casa sonriendo todo el camino. Pero darle el cangrejo al pulpo fue una imprudencia, no me di cuenta de que el caparazón se quedaría en el tanque y Larry lo encontraría por la mañana.

Me denunció.

Neffy

DÍA DIEZ

—Bueno, entonces, ¿qué es eso del plan estrella? —le pregunto a Leon.

Estoy tumbada en su cama con los ojos cerrados y siento sus manos recorrerme el cuerpo, presionar ciertos puntos: la parte superior del húmero, el centro de la frente, el hueco que se forma bajo el cuello, el ombligo. Tengo las palmas de las manos abiertas a la espera de los guijarros. Sé que no son guijarros, pero los llamo así.

—¿Qué?

—Ya sabes, el plan estrella del que nadie quiere hablarme.

—¿Quieres Revisitar o no?

—Lo que quiero saber es de qué va lo del puto plan. ¿Debería preocuparme? ¿Vais a encerrarme otra vez en mi habitación hasta que me muera de hambre, y así podéis comeros todo el chocolate y beberos todo el vodka?

—¿Qué?

Abro los ojos de golpe. Leon parece incómodo, ahora sí que me interesa. Me había reservado esta pregunta para cuando estuviéramos solos, sabía que él me lo contaría cuando no estuvieran los demás. Suspira y se sienta en la cama, a mi lado.

—El plan no es mío, es de Piper.

Miro su perfil, dibujando el contorno: los bucles del pelo, la nariz recta, los labios cerrados sobre unos dientes ligeramente salidos, los cercos de barba en las mejillas y la barbilla. Espero a que siga e insisto cuando no lo hace.

—¿Y?

—Ya sabes que piensa que eres inmune.

—Vale.

—Y ya sabes que piensa que tenemos el deber de seguir con el ensayo.

—Por muy irracional que sea.

—Es peor que eso, creo. Piensa que se trata de la continuidad de la especie humana. De lograr que continúe. Así que pensó…

Me apoyo en los codos para incorporarme y me doy cuenta de que ya he averiguado la respuesta a mi pregunta:

—Pensó que tendrías que acostarte conmigo, tener un niño o dos, y ¡tachán!, la humanidad sigue adelante. Y de paso tú echas un par de polvos —le digo.

—No —dice—. No.

—¿Porque te estás tirando a Rachel?

—No me estoy tirando a Rachel.

—Todavía. —Levanto las manos—. Pero podrías, por supuesto. No es asunto mío. Pero, claro, ninguno de los dos sois inmunes, y todos esos pequeñines que Rachel alumbraría en el futuro tampoco lo serían.

—Neffy… —Leon parece consternado, pero no pienso parar.

—Y Yahiko solo quiere follar contigo, así que no sirve. De puta madre. ¿Crees que Piper habrá oído hablar alguna vez del consentimiento? ¿Sabes que me ha robado la copa menstrual? Seguramente para saber cuándo tengo la regla, porque tendré que pedirle tampones a Yahiko y así podrá decirte cuándo estoy ovulando. —Pronuncio la última palabra gritando, Leon se echa las manos a la cabeza y se aleja un poco de mí—. Vaya mierda de plan estrella. —Leon sigue sin decir nada—. En fin. —Me dejo caer de nuevo sobre las almohadas—. ¿Podemos seguir con mi Revisitado, por favor?

He olvidado que esta vez Baba no me estaba esperando cuando bajé del hidrodeslizador como siempre había hecho hasta entonces. Era un momento que anhelaba, disfrutaba de la sensación de que fuera a mí a quien ese hombre apuesto y ruidoso saludaba con el sombrero, como si ambos fuéramos casi famosos. La Neffy mayor sabe que Baba nunca más vendrá a recibirme al puerto y me planteo intentar volver a la vez anterior para disfrutarla, pero no, voy a dejar que esto siga su curso, debo pasar por ello. Esta vez, quería que viniera a buscarme para cruzar la isla con él y tomar una copa en un bar al que solíamos ir juntos, y quizá otra copa o alguna más, hasta que consiguiera reunir el valor para decirle que había decidido abandonar mis estudios de Medicina. Me había costado un año darme cuenta de que no quería ser médico y ahora no entendía cómo se me había ocurrido siquiera. No había pensado que fuera a tener tanto que ver con el cuerpo humano, por dentro y por fuera. Y luego estaba el olor de los hospitales, de los cuerpos en los hospitales; durante las prácticas me había dado cuenta de que no lo soportaba.

Pero Baba no estaba entre el gentío que esperaba en el muelle la llegada del barco, y tampoco estaba sentado en una de las mesitas de la terraza del bar tomándose un café. El cielo estaba bajo, tan pesado y oscuro que parecía pintado al óleo. Las chicharras avisaban de la lluvia cuando metí la maleta en un taxi y pedí al conductor que me llevara a la dirección que me había enviado Margot en un mensaje.

—Tu padre está en la cama —me dijo en la puerta, susurrando. Parecía más delgada, cansada. No era muy tarde, pero el sofá cama de la sala ya estaba desplegado y preparado en el apartamento que alquilaban encima del supermercado—. Me ha dicho que te salude.

Tomó mi maleta y buscó un lugar donde ponerla; acabó por llevarla a la cocina y la colocó detrás de la puerta. La cocina era diminuta, sin ventanas, la encimera estaba llena de comida en paquetes y botes. Me sacó de allí con un gesto, diciendo:

—Te he guardado comida. —Me trajo un bol de *stifado,* aún caliente—. Es vegetariano.

Miré alrededor, pero no había una mesa en el apartamento, así que me senté en el borde de la cama.

Aunque sabía que ya no vivían en el hotel porque lo había embargado el banco, seguía imaginando, ingenua de mí, que nos sentaríamos a tomar una de las cenas de Margot en la mesa de la terraza, que abriríamos una botella de vino y charlaríamos oyendo el sonido del mar. Desde que puedo recordar, por primera vez sentí nostalgia de Inglaterra, aunque Mamá había dejado el piso de alquiler donde vivíamos en una ciudad del montón porque se había vuelto a enamorar, esta vez no de un hombre, sino de una comuna laica en el sur de Inglaterra, donde ahora vivía. Era la última de una larga lista de maridos, amantes y obsesiones.

Comí una cucharada de los champiñones al vino, con un montón de puré de patata de guarnición. Para mi yo de ahora, el sabor es sublime, me llena los sentidos, así que tengo que concentrarme para escuchar lo que me dice Margot.

—He conseguido unos pocos champiñones deshidratados en el supermercado. —Parecía buscar mi aprobación como nunca se había molestado en hacerlo.

—Está delicioso —le dije, y aunque me lo guardé para mí, me sorprendió que no hubiera hecho uno de cordero para mi padre y para ella. El guiso estaba rico y sabroso, me hubiera encantado acompañarlo con un poco de vino, pero no me lo ofreció.

—¿Ya os habéis tomado el vuestro?

—Sí, hace un rato. —Se detuvo junto a la puerta de cristal que daba a un balconcito y vi que había empezado a llover. La cara de Margot se reflejaba, fantasmal y demacrada, entre las gotas del cristal—. No durará mucho —dijo, y se dio la vuelta para preguntarme por el viaje y por mi madre.

No le hablé de la comuna. A Margot nunca se le habían dado bien estas conversaciones vacías: o se quedaba en silencio o era intensa, iba directa al hueso. Sabía que las dos éramos conscientes de eso y mis respuestas superficiales eran solo una forma de rellenar el vacío para lo que vendría a continuación: por qué mi padre no había venido a recibirme junto al hidrodeslizador, por qué estaba en la cama tan temprano. Al final, retiró un montón de ropa y de libros y se sentó en una silla tan cerca del sofá que casi nos rozábamos con las rodillas.

—Mañana Oliver tiene cita con el médico.

—¿El médico? —Tenía la boca llena de puré y champiñones.

—Tiene las piernas hinchadas. —Margot seguía susurrando—. Y le falta el aliento. Se agota con cualquier cosa.

Debí de hacer una mueca, porque dijo:

—No es solo el estrés del cierre del hotel, aunque ha sido horrible. Pasa algo más. No come nada, y ya sabes lo que le gusta comer. —En la siguiente cucharada notaría el sabor a kalamata, perejil, laurel—. Dice que no tiene hambre. —Hablaba en voz muy baja, como si eso fuera lo más terrible que podía ocurrirle a Baba, y ahora, comiendo esta comida, puedo entender que lo era—. Está tan orgulloso de ti, de que estudies Medicina. Se lo dice a todo el mundo, habla de lo lista que es su hija, la doctora, a todo el que quiera escucharlo.

—Yo no… —empecé a decir.

—Quiero mucho a Oliver, Neffy.

—No creo que… —Me pasé la lengua por los labios y me pregunté si esperaba que lo diagnosticara. Antes de que pudiera encontrar las palabras, se oyó un ruido detrás de una de las puertas de la sala, una tos.

Margot me puso la mano en la rodilla y me dijo rápidamente:

—He pensado que podrías acompañarlo al médico.

Oí abrirse la puerta detrás de mí. Tragué una cebolla pequeñita y la sentí viajar, entera, bajando por el esófago, mientras me giraba hacia mi padre, en pijama y bata, y después de nuevo hacia Margot.

—¿Qué? —le pregunté, pero ella ya se había puesto de pie.

—Oliver, ¿qué haces levantado? —Era amable con él, le hablaba con dulzura, como si se dirigiera a un niño que se había levantado de la cama porque había oído hablar a los adultos.

—¡Neffy! —exclamó Baba con su voz atronadora mientras extendía los brazos. Pensé que Margot debía de estar equivocada, que no le pasaba nada en absoluto.

Cuando acabé de comer, Margot acompañó a Baba de vuelta a la cama y me dio las buenas noches. Mientras la joven Neffy se desnuda, mi yo mayor está preocupada por estar en este Revisitado mientras me voy a dormir. ¿Y si no me despierto? Quizá nunca regrese al centro, aunque eso tampoco parece tan terrible, pero sé cómo va a transcurrir este tiempo con Baba y Margot. Sé cómo acaba y no quiero quedarme aquí sentada para verlo. Trato de ascender, pero no funciona y, al final, me quedo dormida.

Por la mañana, Baba me ayudó a plegar el sofá y no hablamos de la cita con el doctor, pero en el desayuno Margot nos metió prisa y, mientras Baba estaba en el baño, me preguntó enfadada si no me daba cuenta de que esto era serio, y me hizo prometerle que no solo lo acompañaría a la clínica, sino que entraría en la consulta con él.

—Si va él solo no servirá de nada, no le dirá que tiene que irse a la cama temprano, ni que va mucho al baño pero no sale nada. Prométemelo.

Se lo prometí, pero de ninguna manera iba a decirle al médico cuántas veces mi padre meaba o dejaba de mear por la noche. No quería ir. «Deja de lloriquear», trato de decirle a mi joven yo, pero nunca me escucha. «Es Baba, cuida de él.»

La clínica de la isla tenía el suelo embaldosado y las paredes blancas, excepto por un único póster que animaba a vacunarse. La ventana estaba enrejada, y el profundo olor a sangre, enfermedad y desinfectante me hacía encogerme en la silla y arrancarme los repelos de las uñas. Baba arrastró la silla para sentarse al lado de la recepcionista, fingiendo que miraba por encima de su hombro lo que había en la pantalla del ordenador, mientras ella se reía y la tapaba con las manos, dejando al descubierto los hierros de su ortodoncia. Al menos que yo supiera, Baba nunca había utilizado un ordenador. Tenía un teléfono móvil, pero raramente lo encendía. Le pedía a Margot que me llamara desde el suyo y se lo pasara. Pensé que parecía más griego que nunca, se había dejado crecer la barba y ya no estaba tan delgado. Si no comía, no se le notaba. Cruzó las piernas y la pernera del pantalón dejó al descubierto un trozo del tobillo, peludo pero grueso, con la piel tan tirante que parecía una salchicha a punto de reventar. Baba se dio cuenta de que lo estaba mirando y tiró del pantalón para ocultarlo. El médico salió del cuarto y habló con Baba en griego, se saludaron como dos viejos amigos. Tal vez lo fueran. Nunca había venido a la clínica, durante el tiempo que pasé en la isla solo había tenido dolor de estómago de vez en cuando, cortes en las rodillas, una picadura de abeja…, problemas que se podían curar en casa. Me levanté también y Baba me presentó en inglés.

—Neffy está estudiando para ser médico. Acaba de terminar primero.

Todavía no había encontrado el momento de decírselo.

—Enhorabuena —dijo el médico en un inglés perfecto—. ¿Dónde estudias?

—En Plymouth. —Miré la cara resplandeciente de Baba y aparté la mirada.

—Plymouth —el doctor lo dijo como si no supiera dónde estaba—, muy bien. ¿Y qué tal lo llevas? ¿Has pensado ya en alguna especialidad?

—Es un poco pronto, ¿no? —dijo Baba, mientras yo decía exactamente a la vez: «Cefalópodos».

—¿Perdona? —dijo el doctor.

Baba me miró fijamente y dije:

—En realidad, aún no tengo ni idea. Es muy pronto.

Baba emitió un «Mmm» y siguieron hablando en griego mientras entraban en la consulta y cerraban la puerta. La recepcionista me sonrió con la boca cerrada y señaló la silla con la cabeza, indicándome que volviera a sentarme. La impresora escupió algunas páginas; ella las cogió, les echó un vistazo y las fue apilando bocabajo en un montón o tirándolas a la trituradora de papel que tenía detrás, que hacía un esfuerzo enorme al tragarse cada página. La piel de mi dedo índice empezó a sangrar y lo chupé, noté el sabor metálico, y pensé que quizá podría decirle a Margot que la recepcionista me había obligado a quedarme en la sala de espera.

Sabía que Baba había aceptado que lo acompañara porque, si no, habría sido Margot quien lo hiciera. Habían discutido por eso mientras yo estaba en el baño, intentando hacer el menor ruido posible. El baño daba justo a la sala y había oído cada ruido que había hecho Baba cuando entró antes que yo.

—Disculpa el ruido —dijo la recepcionista señalando la trituradora.

Saqué el móvil y busqué el número de Nicos.

¡Estoy en Paxos! ¿Estás por aquí?

Su respuesta llegó un minuto después.

Nicos: *¡Neffy! No sabía que venías.*

Yo: *Una movida con mi padre, tenía que venir a ayudar.*

Nicos: *¿Todo bien?*

Yo: *¿Te apetece tomar algo?*

Nicos: *Sí, pero… estoy en Australia.*

Yo: *¿Cómo?*

Nicos: *Te dije que me lo estaba pensando.*

Yo: *Pero no creía que fueras en serio.*

Nicos: *En Grecia no hay trabajo.*

Sabía que era cierto y que debió de ser difícil para él, pero me sentí fatal por mí: ni siquiera podía salir un rato con Nicos cuando terminara la visita.

Nicos: *Ni te imaginas dónde trabajo.*

Yo: *¿Dónde trabajas?*

Nicos: *Adivina.*

Yo: *No sé. Dímelo.*

No me apetecía jugar.

Nicos: *Intenta adivinarlo.*

Yo: *No tengo ni idea, Nicos. ¿En un rollo de surf?*

Pasaron un par de minutos. Quizá estaba buscando en Google Translate.

Nicos: *¡No! ¡Kalýva gia sérfin'nk! ¡No!*

Yo: *Va, dímelo.*

Nicos: *En el acuario de Sídney.*

¿Qué? ¿Cómo lo había conseguido? Me alegré por él, pero me dio envidia.

Yo: *¿En serio? ¿Con qué animales trabajas?*

Nicos: *Soy limpiador.*

Traté de pensar qué decir. Nicos tenía un grado en Ciencias y un máster en Bienestar Animal. Y dos o tres años de experiencia como inspector veterinario.

Yo: *Bueno, por algo se empieza.*

Nicos: *¡Tenemos un pulpo que predice el resultado de las elecciones!*

Yo: *Voy en el próximo avión.*

Nicos: *Te veo en 19 horas y 19 minutos.*

No me podía creer que no fuera a ver a Nicos. Nada era lo mismo. Me pregunté qué estaría haciendo Mamá: recogiendo zanahorias llenas de barro, cocinando lentejas para una casa llena de frikis laicos. Me enfadé con ella porque ahora no tenía una casa donde volver.

Baba salió de la consulta diez minutos después. Los dos se quedaron un momento dándose palmaditas en la espalda y estrechándose la mano, y, por lo que pude ver, prometiéndose tomar algo pronto, aunque no quedaron en nada concreto.

La lluvia nocturna había cesado, había aclarado y hacía calor cuando volvíamos al apartamento. Baba se ofreció a invitarme a un cucurucho de helado en un puesto del puerto, como hacía cuando era pequeña, pero al llegar al mostrador se dio cuenta de que no llevaba dinero y tuve que pagar yo. Paseamos junto a las barcas y cuando volvimos hacia el centro ya me había comido la bola de helado y había mordido el barquillo hasta el final.

—¿Quieres un poco? —le dije, igual que cuando era pequeña.

Él tenía que responder: «Vale, Solo un lametazo», y cuando le pasaba la punta del cucurucho con un poquito de vainilla derretida, fingía sorprenderse al ver que solo quedaba eso. Pero esta vez negó con la cabeza.

—No, gracias.

¿Había olvidado el ritual, o tenía razón Margot cuando decía que no comía nada? No fui capaz de llevarme a la boca el trocito de cucurucho, a pesar de que el helado se me derretía en la mano y se escurría hacia la muñeca. Intenté no pensar en lo que tendría Baba, pero no podía evitarlo. Tenía que haber retenido algo de ese primer año: tobillos hinchados, falta de apetito, mucho pis. ¿Una infección en el tracto urinario? ¿Algo del corazón? Intentando dilucidarlo me acordé de aquellos momentos horribles en los seminarios donde los ponentes recorrían la sala buscando a alguien que respondiera a la pregunta que acababan de lanzar, y yo nunca sabía si era mejor evitar el contacto visual o mirarlos fijamente para que no me eligieran. Lo había intentado de las dos formas. Pero siempre me preguntaban y nunca sabía la respuesta. Y ahora tampoco.

—Estoy pensando en cambiar de carrera —le dije, mientras tiraba el final del helado a una papelera.

—¿Qué vas a hacer ahora? ¿Los cien metros lisos?

—¡Baba! —alargué la última vocal, convirtiendo la palabra en un gemido.

—¿Neffy no va a seguir en Medicina? —Puso una sonrisa triste.

—No es para mí.

—Eso te lo podía haber dicho yo hace un año.

—¿Y por qué no lo hiciste?

—Porque no me habrías escuchado.

—Tienes razón. —Fue un alivio ver que no se enfadaba, pero ahora me parecía una tontería haber pensado que lo haría y haber tardado tanto en decírselo.

—¿Y qué vas a hacer?

—Biología Marina. —Lo miré, pero su cara no reveló nada.

—Me gustaría poder ayudarte con los gastos, la matrícula, pero…

—No te lo estaba pidiendo.

—Ahora mismo vamos un poco justos. Margot está hablando con su madre, a ver si nos puede ayudar. Solo necesitamos ahorrar un poco más. Que nos hagan una web mejor, conseguir reseñas o lo que sea que hace la gente de *marketing*. Calculo que podremos volver a la carga en un par de meses.

—¿Con qué? ¿El hotel? —No me lo podía creer. No podía ni permitirse un helado.

—Sí, con el hotel. ¿Pensabas que iba a rendirme así como así? —Lo había decepcionado, no por abandonar Medicina, sino por no creer en él.

—Vale, vale. —En otro tiempo se lo habría discutido, pero ahora no. Ahora estaba pensando en su corazón, su hígado o su estómago.

—Podemos ir a verlo luego y te cuento lo que estoy planeando.

—De acuerdo —dije. No quería alentarlo, pero no sabía cómo decirle que no era más que un sueño.

Estábamos ya en la puerta del apartamento cuando me abrazó y me dijo:

—Así que Neffy se va con los pulpos, ¿no?

—Así es.

—Eso te pega mucho más.

Todavía rodeada por su brazo, sin mirarnos, encontré el valor para preguntarle:

—¿Qué te ha dicho el médico? —Baba retiró su brazo.

—¿El médico? —lo dijo con tono sorprendido, el mismo que utilizaba en nuestro viejo ritual del helado. Hurgó en el bolsillo del pantalón buscando las llaves—. Me ha hablado de su hija, Ariadne. Se casa el año que viene con un joven de Atenas. He convencido al doctor Papakosta para que haga el banquete en el Hotel Ammos. —Su sonrisa era amplia e inocente, un delirio. Estaba metiendo la llave en la cerradura—. Así que, después de todo, ha merecido la pena ir.

Mientras Leon me quita las piezas de la frente y del pecho y las vuelve a colocar en sus cajitas y en el estuche plateado, me dice:

—Perdona por lo de Piper.

Medio dormida, con una mezcla de alegría y de ausencia, me cuesta un poco entender a qué se refiere y me doy cuenta de que continúa con la conversación sobre el plan estrella de Piper que tuvimos antes de que me sumergiera. Habré pasado en Grecia unas quince horas o así, mientras que aquí, en el centro, ha debido de ser solo... No sé, ¿una hora?

—De todas formas, te habría rechazado. —Me doy cuenta de que arrastro un poco las palabras.

—Pues te habrías perdido esto. —Leon adopta una pose de culturista, con los brazos en alto. Sabe lo ridículo que está con el albornoz de BioPharm y da unos saltitos adelante y atrás, medio de puntillas, lanzando los puños como un boxeador.

—Estupendo juego de piernas, pero no basta.

Se mueve más rápido, resoplando de forma exagerada.

—No tienes libros.

Deja de moverse y baja los brazos.

—Ya sabes lo que dicen: si te vas a casa con alguien y no tiene libros, no te lo folles.

—¡Claro que tengo libros! —dice, lanzando los brazos al aire—. Lo que pasa es que no me los he traído.

Queridísima H:

En la última reunión con la de RR. HH., el IP me acusó de haber comprometido todo el experimento. Dijo que habían tenido que dar un cangrejo vivo a los otros siete pulpos para mitigar mi acción. Eso me puso muy contenta. Él y sus colegas habían decidido que podían y querían seguir adelante con el estudio. El IP volvió a hablar sobre mi reacción a la amputación de los brazos, de cómo lloré y me los pegué al cuerpo. «¿Qué esperabas?», me preguntó. Cuando fui a contestarle, resultó que era una pregunta retórica. Dijo que no creía que estuviera hecha para ser científica. La mujer de RR. HH. me dijo que recogiera mis cosas y me fuera. Me dijo que me darían una carta de recomendación, puesto que el estudio continuaba. Yo sabía que darme una mala referencia podría poner el proyecto en entredicho.

Neffy

Leon tenía razón cuando me dijo que no podría vivir en estado de *shock* durante mucho tiempo. El pulso acelerado, las palmas sudorosas y la cabeza pesada han desaparecido. El tiempo pasa despacio mientras doy vueltas a lo de salir al exterior. Voy de la cama a la ventana, al espejo del baño y de vuelta a la ventana. Un animal enjaulado que recorre el mismo camino dando vueltas y vueltas al cercado. Una vez oí que hay un reportaje del *National Geographic* sobre un tigre cautivo que rechaza dejar el perímetro de su jaula cuando lo liberan en una reserva natural, incluso cuando se llevan la jaula. Desde la ventana veo un poco de basura que vuela lentamente de un extremo al otro de la callejuela. Su viaje serpenteante es una historia de vueltas atrás e indecisión, aunque en ningún momento tiene más elección que la de ser empujado hacia delante, pues el viento invisible dice que regresar es solo una ilusión.

Anoche me desperté sin saber si estaba en el hotel de Baba, en casa de mi padrastro o en alguna otra parte. ¿Era el pasado o el futuro? El tiempo continúa haciendo bucles y pliegues, una sola noche agitada dura días, mientras que el sol sale y se pone en un par de horas. Me senté en la cama y apreté la mano contra la pared de la habitación contigua, preguntándome dónde habrían ido Orla y Stephan y si habrán conseguido llegar.

Espero a que me llame Leon, nerviosa por la posibilidad de ver a Mamá y a Justin. Me pregunto si tratar de no pensar en ellos me ayudará a que el Revisitado me lleve hasta allí. Me preocupa lo de salir al exterior; quiero reunir valor para conseguir comida, o incluso para marcharme, pero estoy desesperada por quedarme.

Estoy sentada en la mesa de la sala de personal releyendo una revista sobre casas y jardines, puesto que no consigo concentrarme en los dos *thrillers* psicológicos que me traje; no me siento capaz de leer sobre el drama de nadie cuando estoy viviendo el mío propio. Si me quedo demasiado tiempo en mi habitación, acabo mirando las fotos del teléfono, pasándolas de una en una hasta que se mezclan, o ampliando alguna —Justin leyendo junto al estanque, Mamá y Clive paseando cogidos de la mano, Baba brindando con una copa hacia la cámara…— y examinando cada detalle en busca de algo que haya olvidado. Esas sesiones de fotos nunca terminan bien, y cualquier cosa que haga es solo para que el tiempo pase más rápido hasta que pueda volver a

Revisitar. La revista estaba en la mesa de recepción. Rachel se llevó las de moda y Yahiko las elegantes de comida y bebida. Esta, con artículos que hablan de que los propietarios de un apartamento en Venecia utilizaron los azules y amarillos para crear una elegante sencillez y de cómo elegir la mejor encimera de la cocina, ha estado rondando por la sala de personal durante días y tiene las esquinas dobladas. Me distrae y la prefiero al periódico que se dejaron, con su titular: LOS CIENTÍFICOS AFIRMAN QUE EL VIRUS ASESINO CAUSA DESMEMORIA. ¡Desmemoria! Dicho así, sonaba como si unas cuantas personas fueran a extraviar las llaves de casa durante un par de horas para luego encontrarlas en el frutero del recibidor, entre postales viejas y cascanueces llenos de polvo que siguen ahí desde Navidad; como si todo fuera a salir bien. Me produce una mezcla de placer y dolor contemplar ese mundo en el que merecía la pena hacer maceteros de macramé que se podían utilizar para «iluminar un rincón sombrío».

—¿En serio estás leyendo eso otra vez? —dice Yahiko al entrar.

—No es peor que la lista que lees una y otra vez de los mejores bares a los que ir la próxima vez que estés en Nueva York.

—Puedo soñar, ¿no?

Quita el capuchón del rotulador negro que hay en el aparador de la pizarra y yo vuelvo a cómo crear un ambiente natural con rosas mientras doy un sorbo al té. He echado agua hirviendo sobre los restos que quedaron en la tetera del desayuno. No tiene nada de té, solo una leve coloración.

—¿Has vuelto a pensar en lo que te pregunté, lo de salir fuera?

Yahiko está de espaldas cuando lo dice, como si no me estuviera preguntando. Mamá empleaba esta técnica cuando yo la ayudaba con la comida, aprovechando la oportunidad de sacar temas como qué iba a hacer con mi vida mientras estábamos ocupadas con otras cosas. Su voz era tranquila, ligera y, bajo la superficie, agitada.

—¿Qué haces? —Piper acaba de entrar.

Cierro la revista resoplando y estoy a punto de enfrentarme a ella por su plan y por entrar en mi cuarto y robarme la copa menstrual cuando la miro y me doy cuenta de que la pregunta va dirigida a Yahiko, que está volviendo a ponerle el tapón al rotulador.

—¿A ti qué te parece? —dice Yahiko con los ojos muy abiertos.

—Eso es tarea mía.

—¿El qué?

—Ir tachando los días. Soy yo quien lo ha hecho hasta ahora, esa es mi letra. —Va hasta la pizarra y golpea con el dedo debajo de un grupo de cuatro palotes tachados, y me doy cuenta ahora de que antes no estaban ahí.

—Son rayas, no letras —dice Yahiko.

—Lo que sean, pero son mías.

—¿Qué pasa, que son de tu propiedad? —Yahiko se echa a reír.

—Lo que pasa —dice, con retintín— es que has estado duplicando días.

—No, los habrás duplicado tú. —Sigue sonriendo, está sacando a Piper de sus casillas y lo sabe. Ella se aleja y va hacia la mesa.

—¿Y si miro en el teléfono qué día es? —pregunto, aunque en realidad me da igual—. Podemos averiguarlo fácilmente.

Ambos me ignoran.

—Se supone que el cumpleaños de Rachel era el martes —dice Piper.

—Bueno, aún puede serlo.

—¿Y qué pasa con la fecha del final del ensayo? —Piper ha cruzado los brazos.

—¿Cuál? ¿Cuando nos van a rescatar?

—Ahora no tenemos ni idea de qué día es ni de cuánto llevamos aquí.

—Pero está en los móviles —intento interrumpir, pero no les interesa. Esto va de más cosas que la fecha a la que estamos.

—¡Exacto, ni idea! —Yahiko vuelve a destapar el rotulador y hace otras cuatro rayas cruzadas por otra, y luego algunas más, mucho más grandes y emborronadas que las demás.

—¡Venga ya! —exclama Piper.

Trata de quitarle el rotulador, pero Yahiko lo agita alrededor de la cabeza de Piper mientras ella intenta agarrarle la mano. El rotulador choca con su mejilla y le hace una larga raya que baja desde el ojo a la barbilla, como una falsa cicatriz mal dibujada. Ella se pone a gritar y se aprieta la mejilla con la mano mientras retrocede hasta la mesa como si Yahiko fuera a ir a por ella. Él se detiene con los ojos y la boca muy abiertos, como si le hubiera hecho un corte de verdad. Entonces, Piper agarra mi taza, todavía medio llena de té tibio, y se la tira. El líquido sale despedido describiendo dos arcos, uno a cada lado, y salpica la pizarra. La ha lanzado fatal y probablemente no le hubiera dado, de no ser porque Yahiko se agacha y gira bruscamente, y la taza le da de lleno en la cara, en medio de las gafas, y cae de rodillas, agarrándose la nariz. La taza se hace añicos contra el suelo y las gafas se le caen.

—¡Piper! —le grito, estirándome todo lo que puedo sobre la mesa hacia los dos.

—¡Son mis rayas! —Sus labios se separan para mostrar los dientes mientras le hace una peineta a Yahiko, que aún está agachado en el suelo, y cuando ve que no le responde me la hace a mí—. ¡Soy yo la que marca los días! —Rodea la mesa y sale dando un portazo.

—¡Me ha roto la nariz! Si me la ha roto, te juro que la mato, joder —dice Yahiko con una mano en la cara y con la otra buscando a tientas en el suelo—. Mierda, mierda, mierda.

—Espera, te vas a cortar.

—No veo nada sin gafas.

Me acerco a él y le agarro las manos.

—Levántate, estás sangrando. —Dos hilillos de sangre brotan de un corte en el puente de la nariz.

—¿Sangrando? —dice horrorizado y se levanta, se lleva las dos manos a la cara. Da un paso y oímos el crujido y el chasquido de sus gafas al romperse—. ¡Joder! ¡Hostia puta!

Va a agacharse de nuevo, pero llego antes y cojo las dos partes de las gafas, partidas por la mitad. Los dos cristales están hechos pedazos.

—Quizá se puedan arreglar —le digo mientras le entrego las dos mitades. Recojo los trozos de los cristales, son de una especie de plástico, no de cristal. Se los pongo en la mano.

—Te juro que la mato, joder.

—No me había dado cuenta de que las necesitabas para ver.

—Pues claro que las necesito para ver.

—Pensaba que eran, no sé, algún accesorio de moda. Quizá encontremos pegamento. A lo mejor se pueden pegar con celo.

—Lo tomo del codo y lo siento en una silla—. Espérame aquí.

Voy a la cocina, veo las estanterías de aluminio y el microondas industrial y encuentro la nevera con la comida dentro. Hay menos incluso de lo que pensaba. En la parte de arriba del congelador hay una bandeja con cubitos de hielo. Saco unos cuantos y los dejo en la encimera hasta que encuentro un paño de cocina, los envuelvo y regreso corriendo a la sala, donde le doy el paño a Yahiko para que se lo apriete contra la cara.

—Qué frío —se queja.

—Exacto. Vamos, ven conmigo.

En el consultorio lo siento en una silla, me pongo unos guantes y le retiro los dedos con los que se toquetea intentando limpiarse la sangre de la nariz. Ya ha dejado el paño con los cubitos sobre el aparador. Hasta ahora, solo había asomado la cabeza a esta habitación: es pequeña, con un par de sillas, un escritorio con un ordenador y un armario metálico. Dentro hay cajones con material médico. Encuentro unos paquetes de las mismas pinzas que tuve que ponerme en la nariz cuando me inocularon el virus, las bolsas que se usaban para los pañuelos y unas tijeras. Las saco de su estuche esterilizado, pero entonces descubro que los apósitos y otros objetos están en una vitrina de cristal cerrada con llave.

—¿Tendrá Piper la llave? —digo para mí misma, pero Yahiko se levanta de un salto.

—Joder, venga ya. —Busca a tientas las tijeras y las introduce entre el cristal y el marco de la vitrina. Doy un grito ante la violencia, pero la puerta se abre de golpe—. Solucionado. Deja las tijeras de golpe donde estaban y se sienta, vuelve a coger el paño y a apretárselo contra la cara. Saco un paquete de toallitas antisépticas, lo abro y le inclino la cabeza hacia atrás mientras retiro el paño.

—Por lo menos era solo una taza y no uno de esos palos para limpiar piscinas. —No se ríe, solo hace gestos de dolor y retira la cara mientras le limpio la herida con cuidado. Sin las gafas parece diferente, como desnudo y asustado, muy inocente—. Creo que no necesitas puntos, pero se te van a poner los dos ojos morados. —Trato de sonar segura, aunque nunca me han enseñado a coser heridas.

—Hostia puta —dice para sí mismo.

—¿Te acuerdas de la niña y el hombre que vimos desde la habitación de Rachel? —Lo digo más para distraerlo de lo que estoy haciendo que otra cosa. Vuelvo al armario y revuelvo un poco hasta que encuentro un apósito del tamaño adecuado. Yahiko pone los cristales rotos sobre el escritorio, se acerca y empieza a deslizarlos con la punta del dedo. Me mira y vuelve a mirar su puzle—. ¿Por qué nos escondimos de ellos?

—¿Qué? —En realidad no me está escuchando. Me muevo para ponerme en su línea de visión.

—¿Por qué no los invitamos a entrar?

Yahiko deja de hacer lo que estaba haciendo, me mira y parpadea, miope.

—Porque lo más probable es que estuvieran infectados. Porque solo te han puesto a ti la vacuna. El hombre estaba contagiado seguro. Porque, como bien sabes, no tenemos comida para más gente. —Sacude la cabeza ante mi ingenuidad y vuelve a su rompecabezas.

—Pero podría haberme puesto el EPI y haberlos traído sin que tocaran nada. Haberlos metido a una habitación y traerles algo de comida que tuviéramos.

—¿Y después qué? ¿Te estás ofreciendo a salir fuera para traer más comida?

—Esa niña —insisto— no debía de tener más de diez años.

—¿Y qué quieres hacer? ¿Ir a buscarla?

No hablaba en serio. Se llevó la mano a la nariz como si fuera a subirse las gafas, pero sus dedos se toparon con la herida y la palpó de nuevo, comprobando la magulladura.

—No, no, pero ¿qué haremos con la siguiente persona que veamos?

—Desde la ventana de Rachel se ve gente todo el rato.

—¿En serio?

Se endereza y noto que se ha dado cuenta de que lo que ha dicho puede disuadirme de salir.

—Bueno, no tantos. Unos cuantos. He dejado de contar quién pasa. Esa niña era la única que andaba normal desde dos días después del Día Cero. Los pocos que había se comportaban como, yo qué sé, como locos. Vi a una mujer bajando la calle a cuatro patas, con las manos y los pies. No podía mirarla. No podíamos dejarla entrar. Y el tío que iba con la niña podría haber sido cualquiera, podría habernos hecho cualquier cosa. Romperle la cara a alguien con una taza de té o con una pértiga limpiapiscinas.

—Pero ¿por qué debemos ser nosotros los que decidamos quién sobrevive y quién no? Quizá si lo hubiéramos alimentado y cuidado, habría mejorado.

—No, estaba contagiado y habríamos muerto todos.

Quito el plástico del apósito.

—Ven aquí.

Él se acerca y se lo pego en el puente de la nariz. El apósito es demasiado rosa para el color de su piel. Cojo su mano y la levanto.

—Ponte el hielo, te ayudará a bajar la inflamación. Coge más hielo cuando lo necesites.

—¿Te gustaría dejar entrar en el centro a gente como el padre de Rachel?

—A saber lo que cualquiera de nosotros hemos hecho en el pasado. Yo podría ser una asesina, solo que lo bastante lista como para que no me pillaran y para no ponerlo en el formulario de solicitud. —Yahiko me mira, levanta las cejas, pero no es la expresión burlona de siempre. Es otra que no logro descifrar, tal vez hasta de horror—. Tranquilo, no lo soy. —Él sigue mirándome fijamente—. ¿Qué pasa? —le pregunto, y al final vuelve la vista a sus cristales rotos.

—No puedes salvar a todo el mundo, Neffy. —Sigue reorganizando los trocitos y de pronto da un golpe en la mesa—. Falta un puto trozo.

Queridísima H:

Quizá tuve suerte con los tiempos y con las referencias del laboratorio. Vi una vacante para trabajar en el acuario local. Igual que con el trabajo del laboratorio o cuando cuidé del cachorro de tigre, no estaba muy segura: tener animales confinados en tanques, aun cuando tengan programas de cría para especies raras... No se me escapa la ironía que hay en eso. Pero necesitaba dinero y conseguí el trabajo. Parte de mis tareas consistían en ayudar al público de «¡Descubre las Criaturas!». Me contrataron para cuidar de los pulpos, pero cuando empecé solo tenían dos, así que me ponían a cubrir huecos donde hiciera falta. Nadie quería las estrellas de mar, así que le cayeron a la nueva.

El tanque frente al cual debía estar era una cuba ancha y poco profunda con un montón de rocas de fibra de vidrio y unos cuantos «tesoros hundidos» medio sumergidos en agua salina. Tenía que firmar en la hoja de turnos y comprobar el número de estrellas de mar que había en el tanque, comparándolo con el que había anotado: tres. Corría el rumor de que una vez desapareció una; nadie sabía seguro si se había escapado del tanque sin que nadie se diera cuenta o si se la habían llevado.

—¿Te gustaría acariciar una estrella de mar? —le dije a un niño que dudaba cerca del tanque, y me miró con la misma incredulidad que si le hubiera invitado a meter la mano en un cubo de tiburones—. Tranquilo, no hacen nada.

Asentí mientras le sonreía. Los padres del chico estaban detrás de él, la madre con un vestido de flores y el padre, un poco apartado, con unos vaqueros demasiado azules y una camiseta tan ceñida que delataba la barriguita por encima del cinturón y hasta le marcaba el hueco del ombligo. Se me ocurrió que tal vez no era el padre del niño, sino un cliente misterioso que me estaba controlando o un supervisor disfrazado. Se supone que debían fingir que eran personal de limpieza, que recoge la basura con una pinza y la echan a una bolsa, pero ¿cuánta basura se genera en un acuario?

Comprobé la lista para ver qué estrella habían acariciado la última vez. Había establecida una rotación estricta para que ningún animal se estresara por un exceso de caricias, pero me parecía que el resto de asistentes no era tan cuidadoso como yo.

—Súbete la manga para que no se te moje —le dije. Me daba exactamente igual que se le mojara la manga, pero no quería que se contaminara el agua con lana, helado o algo peor.

Hubiera preferido que los invitados (así teníamos que llamar a los clientes) se lavaran las manos antes o, mejor todavía, que no pudieran acariciar a las estrellas de mar, pero supongo que entonces yo no tendría trabajo.

La siguiente en la lista era la estrella de mar roja con espinas negras.

—Mira, puedes acariciar a Ringo. Tócala solo con un dedo.

Extendí mi dedo índice y el niño me imitó. Ringo, tiene cojones. Las *Protoreaster nodosus,* o estrellas de mar nudosas, comen microorganismos o criaturas muertas. Me hubiera encantado que comieran dedos de niño pequeño. Al desovar, los animales se apoyan en la punta de sus brazos y liberan a la vez huevos y esperma.

—Son estrellas de mar con chispas de chocolate —le dije, y el niño, con el dedo aún sobre Ringo, se me quedó mirando mientras su madre se echaba a reír con complicidad, compartiendo la broma. Me hubiera encantado decirles que no bromeaba, que es su nombre común. Pero opté por sonreír y dije—: ¿Notas las espinas? Son fantasmagóricas, ¿verdad?

Miré de reojo al hombre que podría ser, o no, el padre del niño. No sonreía. «Fantasmagórica» era la palabra que nos habían indicado en la reunión de la mañana a todos los asistentes que trabajábamos de cara al público. Si un supervisor me oía pronunciarla, conseguía un crédito. Con diez créditos conseguía un vale de tres libras que podía cambiar por una comida y un postre en la Central de la Magia, la cafetería del personal.

—Creo que Ringo está un poquito cansado —le dije.

—No está cansado —contestó el niño sin dejar de acariciarlo.

—¿Te apetece acariciar a Freddie? Está un poco solo, ¿no crees? —dije, mientras miraba la ficha.

—Prefiero a Ringo. —El niño miró a su madre, que frunció el ceño mientras el padre-supervisor seguía mirándome fijamente. El niño frotaba más fuerte con el dedo, más rápido.

El padre-supervisor se cruzó de brazos.

—¿Y qué te parece Lucky? —intentaba que mi tono de voz sonara calmado—, le encanta que la acaricien. —Lucky, clara con espinas rojizas, estaba metida hasta la mitad en uno de los cofres del tesoro de fibra de vidrio.

—Ringo —dijo, poniendo dos dedos sobre la estrella.

Apreté los puños sin que lo vieran y forcé una voz cantarina.

—Si le frotas las espinas ya no será una estrella con chispas de chocolate y se pondrá triste, ¿no crees?

Con un movimiento brusco, la madre agarró al niño por la muñeca y de un tirón la sacó del agua.

—¿Qué te he dicho? No te puedes quedar todo el rato en el mismo sitio. —El chaval gimoteó y se fue arrastrando los pies mientras su madre tiraba de él.

El hombre, aún junto al tanque, se me acercó y me preguntó en un susurro:

—¿Tienen cerebro?

—No —contesté, quizá un poco brusca—. Las estrellas de mar carecen de un cerebro centralizado, pero tienen un sistema nervioso complejo con un anillo nervioso alrededor de la boca y un nervio radial que se extiende a lo largo de la región ambulacral de cada brazo, en paralelo al canal radial. —El hombre retrocedió y se dirigió a los caballitos de mar.

Esa noche, cuando salí del acuario iba pensando en Ringo, si sabría de alguna manera dónde estaba y si preferiría estar en mar abierto. Fui una de las últimas en salir. El guardia de seguridad —el único con el que me llevaba bien— me preguntó:

—¿Qué tal, Neffy?

—¡De fantasmagórica madre! —le contesté.

Al día siguiente tenía turno en «¡Descubre las Rayas!», con esas caritas tan graciosas que parece que te miran desde detrás de una sábana a la que le han hecho unos agujeros para los ojos y la boca.

Neffy

Por la tarde llamo a la puerta de Leon y entro. El grifo del baño está abierto y lo oigo frotar algo.

—Ey, soy Neffy —digo, como el que no quiere la cosa—. ¿Todo bien?

Me detengo junto al escritorio y veo que ha hecho a un lado las piezas de la radio —los cables, los lápices y unos mecheros desmontados— para hacer sitio al estuche plateado, que está abierto y con todas las piezas fuera, colocadas junto a la pantalla iluminada. Leon sale del baño con sus deportivas blancas en la mano. Las sostiene en alto.

—No les puedo quitar las marcas negras. Mi madre las quitaba, pero yo no soy capaz.

—¿Y con típex?

—Puede. —Se chupa la punta del dedo y frota.

Me acerco al escritorio.

—¿Así que esta es la pieza que me pones en la frente?

Cojo la pequeña caja redonda y la sacudo un poco. Hay un disco suspendido en el líquido, del tamaño de la uña de mi dedo meñique pero negro, con algo que parecen filamentos plateados por toda la superficie. Ese sensor, marcado con una «B», es el que va en el pecho, pero sé que el pobre Leon va a picar de inmediato y no podrá evitar acercarse y explicarme dónde va cada cosa y cómo ha estado haciendo ajustes basándose en la información que le he ido dando y a las preguntas que he ido respondiendo. Lo escucho y emito sonidos que muestran mi interés en los momentos adecuados.

—¿Quieres comprobar si todo lo que has hecho lo ha mejorado? —Me mira escéptico, y pienso que quizá he sido demasiado directa—. He pensado que, tal vez, si trato de no pensar en un recuerdo en concreto, como Justin en la piscina natural de casa de su padre, mientras, al mismo tiempo, trato de recordarlo… ¿Quizá eso funcionaría? —Arrugo la cara, sabiendo que lo que estoy diciendo no tiene mucho sentido—. ¿Tal vez eso me llevaría allí?

Leon resopla y suspira, murmura que un Revisitado al día es suficiente, pero sé que es solo pose y que acabará dejándome.

Casi me pongo furiosa cuando me encuentro en la recepción de la clínica de Atenas esperando a Margot. Sé lo que me espera y no lo quiero. Quiero a Justin y, a la vez, no quiero nada. Me digo a mí misma que me hunda, que esté tranquila, que me deje llevar. Al final, si no es en el próximo Revisitado será en el siguiente: Justin aparecerá.

A través de la cristalera, del exterior llegaban las bocinas de los coches y el lamento de las sirenas. Cerré los ojos e intenté convencerme de que estaba en un hotel en el centro de la ciudad, pero era imposible conseguirlo con el olor a desinfectante, a flores y a enfermedad, y el chirrido de los zuecos de goma en el suelo de vinilo. Empecé a arrancarme los repelos de las uñas. Me preocupaba la cobertura sanitaria de Baba en Grecia, ¿tendría seguro? ¿Recibiría tratamiento siendo expatriado? Ni siquiera estaba segura de si era expatriado o ciudadano griego. ¿Cómo podía faltarme información tan básica? Nunca se me había ocurrido pensar en qué personas tenían que pagarse la atención sanitaria y quiénes podían hacerlo. Lo único que sabía era que él no tenía dinero.

Justo cuando caí en la cuenta de que debía de ser la madre de Margot quien pagaba el tratamiento, igual que debió de pagar el apartamento de Paxos, Margot apareció de repente y se abalanzó sobre mí para darme un abrazo. Yo no era mucho de abrazar, pero me alegré de verla.

Cuando me soltó, siguió cogiéndome de las manos.

—Gracias por venir. Gracias por todo. Lo que estás haciendo es muy gordo, Neffy, es descomunal, y yo… —Se llevó las manos a la cara para limpiarse las lágrimas que empezaban a brotar.

—Quiero ayudar. ¡Solo es un riñón! —dije negando con la cabeza y riéndome.

—Ya, ya lo sé. —Y volvió a tirar de mí para que la abrazara. Y la abracé.

Baba estaba incorporado en la cama con una máquina al lado que emitía un zumbido. Intenté no mirar los tubos que entraban y los que salían. Margot me acercó una silla y nos dejó solos. Tal vez no pudo soportar la expresión de mi cara, que me esforzaba por ocultar. «¡Es Baba!», me digo, pero está muy cambiado. Era increíble cómo había encogido, era demasiado pequeño para la cama del hospital. Le habían salido canas en las sienes y ya no llevaba barba. Tal vez era eso lo que lo hacía parecer tan poca cosa. Sonrió.

—No sé qué hotel de mala muerte se creen que es este —me dijo.

Le devolví la sonrisa, esperando la broma. Debía de llevar toda la mañana preparándola, guardándola para mí.

—¿Dónde está el minibar? ¿No se fían de mí o qué? He puesto una queja en una de esas tarjetitas y la he echado al buzón de recepción.

La máquina de diálisis zumbaba y emitía chasquidos, como si ella también se estuviera quejando de que Baba no tuviera un *gin-tonic*. Los dos la ignoramos.

—Estoy segura de que te traerán todo lo que quieras.

—Excepto sexo, drogas y *rock and roll*.

—Nada de *rock and roll* en el hospital. ¿No has visto que lo pone en un cartel enorme en la recepción?

—Bueno, pues entonces solo el sexo y las drogas.

—No sé qué le parecerá a Margot.

—Vale, entonces solo sexo, ¿no?

Podíamos haber seguido así durante horas. Margot no lo podía soportar. Era una forma de evitarnos, pero siempre nos comportábamos así. Yo no le pregunté por sus riñones y él no me preguntó por la ecografía y el resto de pruebas que me harían en breve ni por los formularios que había tenido que firmar declarando que quería donarle un riñón y que no había ninguna compensación económica ni presión alguna para convencerme.

Llevábamos evitando esas conversaciones desde que tengo memoria. Aunque yo me topara con sus cajas de pastillas en el baño o lo viera ir a Corfú tres veces por semana para la diálisis, lo negábamos, no hablábamos de lo que estaba pasando. Mi padre seguía fingiendo que comía y bebía lo que le daba la gana, cuando en realidad Margot cocinaba platos sin yema de huevo, con pavo en lugar de cordero, y llenaba la nevera con leche de almendras y no de vaca. Margot era muy intensa, y si no podía serlo delante de mi padre, lo era conmigo. Compró complejos vitamínicos y un exprimidor, libros de recetas veganas y un

DVD de ejercicios que nunca salió de su envoltorio de celofán. Mi padre estaba en lista de espera para un trasplante, y como era su pariente más cercano —el único pariente de sangre del que tenía conocimiento—, acepté que me hicieran las pruebas.

Nunca dijo «¿por qué a mí?». Si le hubieran preguntado, sé que se habría reído y habría dicho que había vivido una vida buena y plena, y Margot se habría levantado y se habría ido de la habitación. Yo lo consentía, jaleaba sus historias, me reía y me quedaba despierta mucho rato después de que Margot se hubiera acostado. Nos habíamos saltado la pequeña clínica de la isla para conseguir una cita que yo ni siquiera recordaba haber pedido en un sitio más grande, un hospital de Atenas donde me harían algunas pruebas y un escáner.

Me levanté para salir de la habitación una hora después. Ya estaba en la puerta cuando me dijo «Gracias». Yo le resté importancia con la cabeza.

—Vuelvo en un momentín con un whisky y una bolsa de cacahuetes garrapiñados del minibar.

Cerró los ojos y esta vez en la máquina sonó un borboteo. Baba llevaba dos años en lista de espera: 1535 pacientes esperaban un trasplante en Grecia, lo había buscado, y la cifra crecía cada año. El índice de donación de órganos en Grecia era el peor de Europa. En Inglaterra, había dejado esa web abierta en mi portátil, en el estudio que Mamá alquiló cuando lo de la comuna laica no salió bien. Cuando pasaban los minutos y la pantalla se apagaba, le daba discretamente un golpecito, con la esperanza de que ella lo viera y entendiera por qué tenía que hacer esto por mi padre.

Es desconcertante recordar algo dentro de otro recuerdo, es como si me cayera hacia atrás sin que nada pudiera pararme.

Mamá estaba de pie en la cocina, de espaldas al ordenador y con una taza en las manos, cuando suspiró y dijo:

—Ay, cariño.

—Por ti también lo haría —le dije.

Ella debía de llevar mucho tiempo esperando que surgiera esta conversación.

—Esa no es la cuestión. Yo también lo haría por ti, pero eso es porque los padres harían cualquier cosa por un hijo, le darían una parte de su cuerpo, su vida, pero no funciona igual al revés. Eres demasiado joven para entender las implicaciones de lo que estás haciendo.

—Tengo veinticuatro años. Soy adulta. Sé exactamente lo que estoy haciendo.

Me parecen tan lejanos los veinticuatro ahora, a los veintisiete. Entonces no tenía ni idea de lo que hacía, tal vez nunca la tenga.

—Tu otro riñón te tendrá que durar el resto de tu vida. Quizá otros setenta u ochenta años, quién sabe, tal vez más. —Estaba calmada, como siempre. Lo había pensado bien—. A veces tu padre… No sé, no lo entiendo. Creo que no te lo tendría que haber pedido. —Me miró de esa forma suya tan intensa.

Puse una bolsita de té en el tazón y se lo acerqué para que lo llenara de agua hirviendo.

—Papá no me ha pedido que le done un riñón. Ha sido Margot. —El chorro de agua tembló, pero no se derramó.

En la clínica de Atenas me hicieron sentarme innecesariamente en una silla de ruedas, me condujeron a la sala de radiología y me pidieron que me tumbara en una camilla elevada. Margot se sentó a mi lado y me dio la mano mientras una enfermera me untaba la barriga con gel.

—¿Quieres saber el sexo del bebé? —le pregunté a Margot, pero la broma no funcionó y se rio un poco tarde. Era digna hija de mi padre, pensé, con mis chistes malos.

Con una sonda, la radióloga presionó fuerte en un lado del abdomen y después en el otro. Apartó un poco el monitor para que ni Margot ni yo pudiéramos verlo, ni siquiera de reojo, y sentí que Margot me soltaba la mano como si mantenerlas juntas delatara lo que las dos estábamos pensando: eso no era bueno. La radióloga era profesional, tenía experiencia. Me limpió el gel de la tripa, pasó un trozo de papel azul por la sonda, apagó la pantalla y dijo en perfecto inglés:

—Estoy segura de que no hay nada de lo que preocuparse, pero quiero pedir una segunda opinión.

Margot y yo esperamos sin hablar, sin mirarnos. La radióloga volvió con una mujer que llevaba el pelo cardado, muy hueco, con un montón de laca. Repitieron el proceso —el gel, la sonda, la pantalla vuelta— y hablaron entre ellas en griego, demasiado bajo como para que pudiera entenderlas: palabras médicas que igualmente no habría entendido, y sospechaba que Margot tampoco, aunque su griego era mejor que el mío.

Al fin, después de que la radióloga hubiera limpiado la segunda tanda de gel, la mujer mayor se volvió hacia mí sonriendo sin enseñar los dientes. Me habló en griego, y Margot y yo nos miramos entre nosotras. La radióloga nos lo tradujo desde el otro lado de la camilla:

—Tenemos que hacer un TAC para comprobarlo, pero siento decirle que parece que solo tiene un riñón.

Queridísima H:

Un pescador capturó al pulpo con una red en una playa de Büyükada en Turquía. Lo identificaron como un *Callistoctopus macropus,* un pulpón adulto. Lo pesaron, lo midieron y lo transportaron en un cubo con la tapa bien cerrada durante los cien minutos de viaje en ferri hasta el muelle de Eminönü. Allí, un funcionario colocó un poco de agua de mar en una bolsa grande de plástico y la cerró con una goma bien apretada. Después, puso la bolsa en una caja con otros invertebrados y se pasó una hora rellenando los formularios de Transporte de Animales. Cargaron la caja en un camión y el pulpo viajó cincuenta y ocho minutos hasta el aeropuerto de Estambul, donde la descargaron después de comprobar y sellar todos los documentos. Cinco horas más tarde la subieron a la bodega de un avión que volaba a Heathrow. Autorizaron los documentos en todos los transbordos. Un mensajero enviado por el acuario recogió la caja. Cerca de la salida 9 de la M3, la dirección de la furgoneta empezó a fallar y el conductor se vio obligado a detenerse y esperar ayuda. La furgoneta estuvo parada en el arcén durante tres horas en medio del calor. Cuando la bolsa de plástico llegó al acuario, el pulpo apenas estaba vivo, o eso me dijeron. Ese pulpo eras tú, queridísima H.

Neffy

Hoy es Yahiko quien llega tarde a cenar, y Rachel, Leon y yo estamos muy callados, mientras que Piper actúa como si no hubiera pasado nada, cocinando y dividiendo la comida en cinco. Alguien ha borrado las rayas que trazó Yahiko en la pizarra por la mañana y ha limpiado los restos de loza y de líquido derramado por el suelo. La comida de Yahiko está en la mesa y me pregunto si debería llevársela a la habitación, comprobar de nuevo que la persona que falta está bien. Decido comer antes. La única que habla mientras comemos es Piper: dice que hay que tener ordenadas las habitaciones, tirar la basura a la bolsa y limpiar los baños. Está decepcionada porque alguien ha roto la cerradura de una de las vitrinas del consultorio y ha tenido que repasarlo todo para hacer inventario. Mientras está hablando irrumpe Yahiko.

Rachel es la primera en levantarse y se lleva la mano a la boca.

—Madre mía —dice cuando le ve la cara.

Leon se levanta también y retrocede. La piel que rodea los ojos de Yahiko está teñida de un oscuro color púrpura.

—No es lo que pensáis —les digo—, solo son moratones.

Yahiko está gritando, puedo distinguir «zorra» y «gafas», pero Piper, que apenas lo ha mirado, sigue hablando sobre el armario del consultorio y de que tenemos que tachar lo que utilicemos de la hoja que está preparando.

—¡Que cierres la puta boca! —Yahiko grita con los brazos en jarras, y en un hueco del monólogo de Piper dice—: Creo que Boo está abajo. Fuera, en la calle.

Piper se calla.

—Claro que no puedo asegurar que sea ella porque no tengo mis putas gafas, pero he hablado con alguien por el interfono.

Hablamos todos a la vez y le preguntamos: ¿era la voz de Boo? ¿Está sola? ¿Cómo sonaba?

—¿Está enferma? —pregunta Piper mientras salimos atropelladamente hacia el ascensor, donde el portátil sigue atascando las puertas.

Suena el timbre del portero automático y nos sobresaltamos todos a la vez.

Yo soy la que está más cerca. Pulso el botón y en la pantalla vemos una cabeza en ese gris monótono que ya conozco. Es impactante ver una cara inclinada hacia arriba, mirando a la cámara, un recordatorio de que fuera de nuestro pequeño mundo hay vida de alguna clase. La luz ilumina una frente y algo de pelo bien peinado.

—¿Es ella? —Yahiko mira más de cerca.

Podría ser Boo, puesto que es mujer, bajita, tiene la piel morena y la cara redonda como ella.

—¿Hola? ¿Estás bien? —grito a la rejilla.

La mujer emite algunos sonidos, tal vez son palabras, suenan rápidos y confusos, ininteligibles. Quizá el interfono no funcione bien.

—Pregúntale si es Boo —dice Rachel.

—Es ella —dice Leon.

—Quienquiera que sea, no suena bien. —Piper se cruza de brazos.

No voy a esperar a que haya consenso. Ni siquiera voy a esperar a ver si es Boo.

—Bajo a buscarte —digo.

—¡No! —Piper me aparta la mano del botón. La pantalla se queda en blanco—. No puede subir. Evidentemente.

—A saber si es Boo —dice Yahiko. Se pasea de un lado a otro, nervioso—. ¿El cuello no parecía casi…? No sé, no veía bien. Y los ojos… No tenían buena pinta.

—Estoy seguro de que es Boo —dice Leon.

Piper sigue agarrándome la muñeca y yo me la quito de encima.

—Si no es Boo, es alguien que sabe que estamos aquí y necesita ayuda.

—Bueno, ahora seguro que saben que estamos aquí gracias a ti y a Yahiko —dice Piper.

—Puede que fuera Boo —dice Rachel. Por la cara que pone, noto que está recordando cosas sobre ella, igual que yo. Rachel me contó que Boo le consiguió un cargador para el móvil cuando pensó que el suyo se le había estropeado y que le cambió la cena por otra que le gustaba más. Pequeños detalles. Parece estar calculando si son suficientes como para salvarle la vida arriesgando la propia. Pero ¿no es eso lo que hizo Boo conmigo? Entró en mi habitación para traerme tostadas, té, agua y medicinas—. Pero la piel… —Su mirada se encuentra con la mía y añade—: O igual es la calidad de la cámara.

—Lo que estaba diciendo era un galimatías —dice Piper—, quienquiera que sea no puede subir. Estamos de acuerdo, ¿no? Tenemos que cuidarnos. No podemos salvar a nadie más si no nos salvamos antes nosotros.

—Era tailandés —dice Leon—, estaba hablando en tailandés.

—Pensaba que ya estábamos salvados —le digo a Piper.

Leon me adelanta y pulsa el botón.

—¿Boo? —Tiene la boca pegada a la rejilla. Esta vez en la pantalla no vemos una cara, sino un zapato de tiras con un tacón muy alto y un trozo de pierna.

—No parece Boo —dice Rachel—, no llevaría esos zapatos, al menos para trabajar.

La pierna y el pie no se mueven.

—¿Qué zapatos lleva? —pregunta Yahiko.

—No viene a trabajar —dice Leon—, viene a pedir ayuda o a ver cómo estamos. Puede llevar los zapatos que le dé la gana. ¿Vosotros tenéis claro qué zapatos vais a llevar cuando llegue el fin del mundo?

—Desde luego, no serán unas deportivas viejas y sucias como las tuyas —dice Rachel.

—¡Parad de discutir! —les digo, y, sorprendidos, paran.

—Se largó, ¿os acordáis? —dice Piper—, abandonó su trabajo, que tenía la obligación moral y legal de completar, y nos dejó aquí solos. Es mala praxis de manual. Si no estamos de acuerdo, deberíamos votar.

Yahiko y Leon se detienen y se quedan mirando a Piper, pero la mano de Rachel se convierte en un puño y golpea a Piper en la cara. Sus nudillos se topan con el pómulo de la mujer y la cabeza de Piper sale disparada hacia atrás mientras echa las manos hacia arriba: se tambalea y casi se cae, pero recupera el equilibrio y se abalanza para agarrar un mechón de pelo de Rachel. No la suelta, Rachel suelta un alarido, y las dos mujeres se inclinan hacia delante agarrándose los hombros como en una llave de lucha libre. Los arañazos de Rachel deben de haber alcanzado su objetivo, porque ahora están gritando: Rachel y Piper, y también Yahiko.

—¡Eh! —grita Leon mientras se interpone entre ellas y agarra a Piper por la muñeca, apretándola hasta que se suelta.

Por un momento, me alejo de mí misma y de este sitio y de esta gente y nos veo tal como somos. Insulares y territoriales, protegiéndonos por todos los flancos, y no es eso lo que quiero ser. Esta gente me salvó; ahora soy yo quien debe hacerlo. Mientras están ocupados, los rodeo y tiro del portátil que hay entre las puertas del ascensor. Meto el pie en el hueco. Fuerzo las puertas para separarlas y me cuelo dentro. Pulso el botón de la planta baja. «Cerrando puertas», dice una voz de mujer como de otra era. Y ahí estoy, en la oscuridad, con el estómago encogido.

«Abriendo puertas», dice la voz de mujer, y salgo al vestíbulo de la planta baja. La seguridad que tenía arriba se desvanece de pronto y me pregunto qué hago yo aquí plantada al fondo del vestíbulo. Me planteo volver al ascensor, pero me obligo a seguir avanzando. El aire acondicionado está apagado en la planta baja, pero aun así hace fresco: la marquesina que hay fuera impide que el sol llegue hasta aquí. En la esquina, a través de la cristalera, veo el coche accidentado, la ambulancia y el autobús, que es mucho más grande, mucho más real que cuando lo vimos desde la habitación de Rachel: un mausoleo de dos pisos que sigue instándome a lavarme las manos. También hay basura, restos que flotan arrastrados por el viento y objetos que la gente tiró cuando huía de la ciudad. Justo enfrente del vestíbulo, en el exterior, veo a Boo. Incluso a distancia está claro que es ella, por su tamaño y su postura, que reconozco aunque la había olvidado. Lleva los tacones a tiras que hemos visto en el monitor, una falda de punto rosa que le llega por encima de las rodillas y una chaqueta a juego sin solapas y con hombreras. Un bolso con una cadena dorada cuelga de uno de sus hombros. Ella también me ve, su cara se transforma de alegría mientras pronuncia mi nombre y, aunque me cuidó durante poco tiempo, tengo una abrumadora sensación de familiaridad y de consuelo, como si fuera Mamá quien estuviera ahí fuera para recogerme tras una horrible excursión escolar. Quiero que me saquen de todo esto, que me lleven a casa y que alguien que sepa lo que hace me cuide. Nos acercamos a la puerta a la misma velocidad y nos encontramos con el cristal en medio. Estiro la mano hacia el botón de salida, pero Boo golpea el cristal con la palma de la mano.

—¡No! No abras —dice, y esta vez la oigo.

De cerca veo que tiene la cara más redonda que antes, ligeramente pálida, y los ojos saltones. El año pasado, en el acuario, los peces del pequeño tanque de animales exóticos contrajeron una enfermedad que les inflamó los ojos. El cuidador los aisló en un tanque aparte y los trató echando unas gotas en el agua, pero una mañana lo encontré llorando, con la cabeza contra el tanque donde los peces flotaban como si fueran trozos de verduras en un caldo transparente. Cuando estaba enferma, ¿tenía el aspecto que tiene ahora Boo? Parpadeo y recuerdo la presión detrás de los ojos.

—¡Neffy! —Había olvidado también su acento, la forma en que pronunciaba mi nombre alargando la «y», que sube y baja—. Has sobrevivido. —Sus palabras salen despacio, la lengua le llena la boca—. He venido a ver. Y los otros dos a los que inocularon la vacuna, ¿cómo se llamaban? ¿Están bien también?

—No lo sé, se fueron.

Su cara se apaga.

—Pero tú has sobrevivido. —Parece que quiere confirmar que estoy aquí de verdad, al otro lado del cristal.

—Sí —digo, pero no siento la alegría que ella espera de mí. Mi supervivencia parece demasiado improbable sin poder comparar los síntomas con Orla y Stephen—. ¿Tú cómo estás?

Boo se coloca bien la cadena del bolso en el hombro, abre el broche y lo cierra.

—Bueno, no muy bien. —Le tiembla la voz.

—¿Me dejas que te lleve arriba? Podemos cuidarte.

—No. —Apoya la mano en el cristal cerca de donde está el botón que abre la puerta en el interior, y oigo el choque de su alianza en el cristal—. No abras la puerta. Mira, podría entrar si quisiera. —Me enseña el cordón que cuelga de su cuello con el lema BIOPHARM VACUNAS: TUS SUEÑOS, NUESTRA REALIDAD, y me muestra la funda transparente con su identificación y el código de barras—. Habría subido si nadie me hubiera contestado.

—Por favor. Tienes razón, me recuperé —digo, pero no abro la puerta y mis palabras suenan huecas, y solo ahora, después de mi impetuosa decisión de bajar a verla, pienso en las personas que hay arriba, ninguna de ellas enferma. ¿Puedo, debo llevar a esta mujer y al virus dentro? ¿Puedo siquiera convencerla o forzarla de alguna manera, dado que parece estar en sus cabales y no quiere entrar? Pienso en las medicinas y el material que vi en el consultorio mientras buscaba el apósito para Yahiko: calmantes, crema antiséptica, catéteres, suero fisiológico. Suministros básicos. ¿Abriría la puerta a mi familia, a Justin, si estuvieran enfermos? ¿Me lo permitirían siquiera?

—No —dice Boo, y se saca la blusa de seda de la falda rosa medio desabrochada. Me enseña la barriga, apoyo las manos en el cristal y hundo la cabeza al ver el color de su piel y lo tirante que está—. Y mira. Ya no gira. —Levanta la mano y abre los dedos. La alianza está totalmente incrustada en la carne cuando hace la demostración.

—Lo siento.

—No, yo sí que lo siento —dice, negando con la cabeza—, sabía que estabas muy enferma, pero tuve que irme. Siento mucho haberme marchado. Tenía que irme a casa con mi... —Mira alrededor, como si fuera a encontrar detrás de ella la palabra perdida, y empieza a llorar mientras vuelve a abrir el bolso, revuelve un poco en él y saca un pañuelo con el que secarse los ojos.

Podría buscar colirio en el consultorio, o algo que le sirviera.

—No pasa nada, de verdad, hiciste lo que tenías que hacer. ¡Y mira! —Intento sonar animada—. ¡Tienes razón, me administraron la vacuna y el virus y he sobrevivido! —Niega con la cabeza, pero yo sigo—. De hecho, estaba pensando, ¿dónde está el resto de las vacunas? Si solo nos la inyectaron a tres personas, debe de haber más almacenadas en alguna parte.

—No, no —dice, y me pregunto si tendrá la nueva variante y le habrá inflamado el cerebro igual que el cuerpo y no me está entendiendo.

Vuelvo a preguntarle:

—¿Dónde está el resto de las vacunas?

—Se las llevó la doctora. Las cogió y se marchó, no sé dónde se fue. —Las lágrimas gotean desde su labio inferior.

Cierro los ojos e inclino la cabeza, respiro profundamente. Aunque la hubiéramos encontrado, ¿cómo íbamos a saber qué hacer con ella, si teníamos que diluirla, y con qué?

Abro los ojos.

—¿Cómo te las apañas? ¿Has venido andando? —Me pregunto cómo habrá llegado sola hasta aquí, cuando hemos visto tan poca gente desde las ventanas del centro. Tal vez sea una de las últimas.

—Casi se me olvida cómo llegar hasta aquí. He dado un montón de vueltas. —Se ríe de su propia estupidez—. Y tengo los pies… Me están matando.

Apoyándose en la ventana, Boo levanta un pie y toquetea la pequeña hebilla de los zapatos, la carne se le sale por los huecos que quedan entre las tiras. Se agacha con dificultad hasta sentarse en el suelo, la falda tirante sobre los muslos, y me siento a su lado, solo con el cristal entre nosotras.

Se desabrocha un zapato y suspira de alivio, después hace lo mismo con la otra hebilla hasta que consigue liberar el otro pie de su estrangulamiento.

—¡Mucho mejor! —Se apoya en el cristal para descansar con las piernecitas extendidas—. ¿Me queda bien? —Se pasa las manos por la chaqueta rosa. Tiene tres botones dorados en la parte delantera y algunos más en los puños. Se lleva la mano a la cabeza para señalar el tocado de gasa que lleva prendido al pelo—. Espera. —Abre el bolso y saca una foto, la aprieta contra el cristal y la sujeta con las puntas de los dedos. Me acerco.

Es la foto de una boda. Hay un grupo de gente delante de una fuente, un chorro de agua se eleva detrás de ellos. Los novios están en el centro, con sus padres a ambos lados, y el novio está inclinado sobre la novia diciéndole algo gracioso. Han pillado a la novia en el momento en que se lleva las manos a la boca y se echa a reír con los ojos muy abiertos, un poco inclinada hacia delante. Recuerdo que Boo me habló de su hija, que estaba embarazada y a la que le gustaba la lluvia. La foto está tomada un segundo a destiempo, ya es anacrónica. Boo es una de las seis personas: la madrina, con el mismo traje rosa y los zapatos de tacón que lleva ahora, y a su lado hay un hombre mucho más alto.

—Mi hija y mi como-se-llame —dice—. Han muerto. —Mira la foto y la besa dos veces antes de volver a meterla al bolso.

—¿Marido?

—Eso, marido.

—Lo siento. —Las palabras suenan completamente fuera de lugar—. Por favor, ven dentro. —A estas alturas, las dos sabemos que no lo digo sinceramente. Niega con la cabeza—. ¿Te ha subido la fiebre? ¿Tienes sed? —Me planteo volver arriba a ver si Yahiko tiene alguna botella de agua.

—Eh, que la enfermera soy yo. —Boo me hace un gesto con el dedo. Sonrío y me pregunto si será por eso por lo que sigue viva.

Boo apoya la frente contra el cristal, cierra los ojos despacio y los vuelve a abrir. Nuestras cabezas están a unos milímetros de distancia.

—¿Cómo conociste a tu marido?

—¿A mi marido? —Durante un rato, no dice nada más y pienso que tal vez haya olvidado la pregunta—. ¿Te he contado que trabajé en las urgencias de un hospital? Fue hace mucho tiempo, nada más llegar a Inglaterra. Vino un hombre, un hombre blanco muy alto. Tenía que levantar mucho la cabeza para verle la cara. —Hace el gesto y el recuerdo la hace sonreír—. Había corrido tres maratones. ¿Sabes la tontería esa? Subir una montaña y luego bajarla, arriba y abajo, arriba y abajo. ¡Por gusto! Todo el día y toda la noche machacándose los huesos. Se hizo una fisura en el talón. Lo tuve claro. Soy buena enfermera. Le dolía cuando le presionaba, pero él quería que le hicieran una resonancia. Montó un follón. Hablé con la jefa de servicio, que estaba cansada y enfadada. Siempre cansada y enfadada. Me dijo que los pacientes no pueden decidir el tratamiento, especialmente cuando el problema se lo han causado ellos mismos. Corría porque quería, dijo. Mándalo a casa y dile que repose, que se ponga hielo, que lo tenga en alto, todas esas cosas. Así que se lo dije, pero el hombre alto y blanco no se quedó muy contento. Quería su resonancia, pero le dije: lo siento, lo siento, la jefa de servicio ha dicho que no. Y se marchó. Diez minutos más tarde, la jefa de servicio vino a buscarme. Dónde está el hombre de la fisura, preguntó, quizá deberíamos hacerle una resonancia para asegurarnos de que no tiene fractura. —Boo se cruza de brazos, casi puedo oírla chasquear la lengua—. Así que lo llamé por teléfono. Le dije: nos gustaría que volviera, la jefa de servicio cree que deberíamos hacerle una resonancia. Cuando volvió estaba encantador, sonriente, feliz de que le hiciéramos la resonancia. Busqué una silla de ruedas para que un celador lo llevara. Para entonces todo estaba tranquilo y pudimos hablar un rato. Él me contó más cosas sobre correr y las montañas y me dijo que corría maratones benéficos, que había recaudado miles de libras. ¿Sabes para qué? Para una organización benéfica para los afectados del tsunami en Tailandia. Pensé que deberíamos regalarle diez resonancias.

Al reír, hace como un gorgoteo y mueve los hombros arriba y abajo y, de pronto, se echa a llorar otra vez con los ojos pegajosos. Apoya la cabeza en el cristal y tengo ganas de abrir la puerta y salir a darle un abrazo, como si yo fuera la madre y ella la hija. Dice algo más para sí misma y me inclino para oírlo, pero debe de ser tailandés.

Al final, me pregunta quién hay arriba cuidándome. No le digo que no es exactamente eso lo que está pasando; que lo que quieren es que salga a por comida, pero que me da demasiado miedo salir, y que una parte de mí quiere marcharse para ver si Mamá y Justin están en Dorset, pero que he preferido quedarme en el centro con la esperanza de ver sus versiones recordadas.

—Yahiko —le digo—, de la habitación de enfrente. ¿Te acuerdas de él? El de las gafas grandes.

—Yahiko —lo dice alargando la «o» y entonándola como la «y» de Neffy.

—Y Rachel. ¿La guapa de pelo largo?

—Rachel.

No estoy segura de que se acuerde de verdad, pero sigo.

—Piper, más o menos como tú de alta, con mucho carácter.

—Piper.

—Y Leon.

—¡Ah, sí, Leon! Me acuerdo de él. —Sonríe—. Un chico encantador. Qué bien que estéis juntos. Podéis cuidaros entre vosotros, no os pondréis enfermos. Me aseguré de dejar mucha comida. ¿Estáis todos bien?

—He perdido el olfato y el gusto, y hace frío. No podemos apagar el aire acondicionado. Por eso llevo el albornoz y toda esta ropa.

—Los controles están ahí dentro. —Agita la mano.

—Yahiko intentó apagarlo, pero está atascado.

—Están en el chisme ese.

—Los buscaré —le digo para que deje de buscar la palabra olvidada.

Boo recoge el bolso, se queda mirando los zapatos con fastidio y finalmente los deja allí. Resoplando, se apoya en la ventana para ponerse de pie y yo me levanto a la vez.

—¿Dónde vas a ir?

—A casa. Con quien ya sabes. —No quiero ni pensar en lo que eso significa.

—¿Sabrás llegar?

—Claro —dice confiada.

Me gustaría que se quedara aquí, charlando, darle agua, ayudarla. En todo caso, no me necesita, ya me he dado cuenta. Decidió venir hasta aquí a ver si estamos bien y ahora se marcha a casa con su marido muerto. Envidio su decisión, sus planes, su determinación, y no se me ocurre nada que decirle. Nada puede arreglar esto.

—Cuídate, Neffy. —Da la vuelta y empieza a andar. Cada paso es lento y premeditado, doloroso.

—¡Boo, espera! —Golpeo el cristal.

Me quito las deportivas y me saco los dos pares de calcetines. Apoyo la mano en el botón para abrir la puerta y el cerrojo se libera. La temperatura del exterior me golpea: el final de un día cálido, con los pequeños ruidos y el aliento del mundo real. Sin el zumbido del aire acondicionado, solo el sonido de las hojas moviéndose, un pájaro, el murmullo de algo metálico enfriándose según lo van cubriendo las sombras de una tarde de finales de verano. Y un olor. Inhalo un aroma sutil, algo floral, dulce —hierba y tierra, tal vez—, pero enseguida desaparece. Podría salir. Podría salir y no tener un techo sobre mí ni paredes que me protejan de las cosas que me atemorizan. Podría salir y encontrar un poco de hierba donde hundir los dedos de los pies, tumbarme debajo de uno de los plátanos de sombra de Londres y contemplar sus hojas, mirar más allá, al cielo despejado. Pero cuando levanto la vista, el sol se refleja en una de las ventanas de los apartamentos de enfrente, los de encima de las tiendas, y su resplandor me deslumbra. Y entonces el aire parece estar cargado de una amenaza invisible y el silencio delata malas intenciones, como si hubiera alguien mirando detrás de los visillos. Boo se ha detenido en medio de la calle y se ha vuelto hacia mí. Sostengo contra el pecho las zapatillas con los calcetines dentro, como si ahora no quisiera deshacerme de ellas. Me acerco titubeante al umbral de la puerta, estoy a punto de cruzarlo cuando Boo dice:

—¡Tíramelas! —Extiende los brazos para cogerlas. Lanzar cosas se me da fatal, nunca destaqué en ningún deporte. Lanzo cada una de las deportivas a ras de suelo y, sorprendentemente, caen cerca de ella. Boo las mira y lanza un suspiro—: No me pegan mucho. —Se vuelve a sentar con dificultad, ladeada en el bordillo, y se pone los calcetines y las zapatillas apretando fuerte el lazo.

Queridísima H:

Tenías fama de alborotadora: una pulpo a la que le gustaba escupir a los cuidadores y no dejaba que la agarraran. Decían que eras una tiquismiquis con la comida y que te aburrías con facilidad. Habían pagado mucho dinero por ti un año antes, eras su ansiado pulpón adulto, pero con solo un vistazo supe que eras una pulpo blanco, *Eledone cirrhosa,* que habita, además de en las costas de Turquía, en las de Inglaterra. Debías de ser joven cuando llegaste y tendrías unos dieciocho meses cuando empecé a trabajar en el acuario. Allí no había sentado muy bien que no fueras de la especie que habían comprado e invirtieron mucho tiempo y mucho dinero intentando averiguar dónde había ido a parar su pulpón. Tuvieron que cambiar la placa informativa del tanque, pero mantuvieron tu nombre: Hydna. Hubiera preferido que no tuvieras nombre, pero podría haber sido peor. Había conocido un Octy, un Squidge, un Squirt y un Octoman. Hydna fue una nadadora de la Antigua Grecia, una buceadora que, junto a su padre, contribuyó a la destrucción de la flota persa en el 480 a. C. cortando las amarras de las anclas de los barcos.

Cambié el ciclo de luz de tu tanque y te alimenté con cangrejos vivos. Todos los días metía la mano en el agua para que pudieras sentir mi sabor, y el cuarto día estiraste un brazo para tocarme. ¿Te acuerdas? Tus brazos, con una única hilera de ventosas, eran finos y se estrechaban de una forma muy elegante, de forma que cuando estabas en reposo se enroscaban limpiamente y parecían la cola de un caballito de mar. Enseguida empezaste a salir de tu madriguera cuando me acercaba al tanque, pero los días que libraba empapabas al resto de cuidadores. Al final llegó un día en que te estiraste por encima del borde del tanque y enroscaste tus brazos en mi muñeca. Es posible enamorarse de un pulpo.

Neffy

«Cerrando puertas.»

Solo al ascender a oscuras pienso que debería haber subido por las escaleras. Al bajar estaba demasiado encendida, pero ahora, mientras los números amarillos anuncian las plantas uno y dos, me aterroriza pensar que pueda fallar la corriente y el ascensor pueda quedarse detenido entre dos pisos. Sé que no habrá nadie al otro lado del botón de emergencia.

«Abriendo puertas.»

El área de recepción está en silencio, pero están todos allí, esperándome en medio del aire gélido. Tomo aire, pero no me entra. Yahiko, sentado en la silla de la recepcionista, la hace girar despacio en un sentido y en otro mientras los otros están de pie. Leon da un paso adelante y me abraza mientras Rachel me frota la espalda.

—Has hecho lo correcto —dice Piper. Tiene un apósito en la mejilla que le cubre la zona donde deben de estar los arañazos de Rachel.

Dejo que me acepten de nuevo en el redil, pero no estoy segura de que entiendan mi conflicto entre la culpa y el alivio.

—¿Quieres unos zapatos? Te los consigo —dice Yahiko.

—Has hecho bien —me dice Leon mientras me suelta.

—No es que no la haya dejado entrar —digo. Pero tampoco le insistí para que subiera; no abrí la puerta salvo para lanzarle unos zapatos de segunda mano. ¿Podía, debía haberlo intentado más?—. Ella no ha querido. —Parece que me estoy justificando.

—¿Quieres un poco de té? —me ofrece Rachel.

—Quiero Revisitar.

—Tal vez deberías descansar —dice Piper.

—No, quiero Revisitar. Eso me descansa.

Se miran entre sí en una especie de pacto colectivo para evitar que salga corriendo a por Boo.

—Vale, uno rápido —dice Leon. Noto en su voz una mezcla entre las ganas de tomar notas en una nueva sesión y la conciencia de que con esta serán tres veces hoy y él lo está permitiendo. Me tiendo en su cama con los guijarros en las palmas de las manos e intento no pensar demasiado en Justin en la piscina natural. Pero, naturalmente, mi Revisitado no me lleva a donde quiero ir.

Mamá me rodea con sus brazos —a mi yo de veinticinco años— y mi yo de veintisiete se hunde en ellos, aspira el aroma, siente la suavidad de su piel abrumada por la alegría que me produce y porque al fin estoy con ella, y sé a quién más veré con un poco de suerte. Pero también me duele saber que, de nuevo, sé lo que va a ocurrir y no puedo hacer nada para evitarlo. Me separa un poco de ella para mirarme y me vuelve a abrazar. Quiero decirle: «Soy yo, estoy aquí».

Pero la Neffy joven no sabe nada del futuro, ni que esta es una de las últimas veces que tocará a nuestra madre, que podrá olerla, que verá que se le ha corrido la raya del ojo y no se ha dado cuenta o que tiene el pelo encrespado por detrás, en una parte que no se ha peinado al levantarse.

—Qué morena te has puesto —me dice Mamá mirándome—. Te favorece mucho. ¿Cómo estás? —Había pensado no decirle nada sobre lo de mi único riñón, pero Margot me hizo sentir culpable, dijo que esa es la clase de cosas que una madre tiene derecho a saber sobre su hija. Había llamado a Mamá desde Grecia y se había echado a llorar—. ¿Cómo está tu padre?

—Estoy bien. Él también —respondí, intentando soltarme de su abrazo.

Tenía veinticinco, pero aún me comportaba como una adolescente: no quería que armara un follón ni tener que hablar con cada uno de mis padres sobre el otro, como si hacerlo supusiera reconocer que en algún momento estuvieron enamorados, tuvieron relaciones sexuales, me hicieron.

Estábamos fuera de la casa de Clive en Dorset, con sus cubos de cristal entrelazados que reflejaban los árboles y el cielo. Estaba rodeada por un foso en miniatura —agua que corría entre la piedra tallada—, tan pequeño que podías cruzarlo sin alargar la zancada. Mi yo mayor recuerda que, después, Mamá lo llamará «el riachuelo» y notaré cuánto quiere a Clive y todo lo que tiene que ver con él, como su arquitectura de líneas afiladas, y que tendré una enorme esperanza de que esta vez le dure.

—Margot también está bien. —Lo digo con sorna, incapaz de callarme el patético comentario, pero mi perspicaz y generosa madre no pica el anzuelo. Me había llegado un mensaje de Margot justo cuando el taxi paraba en la puerta de casa, pero no lo había leído, a pesar de que Margot casi nunca me escribía.

El taxi dio la vuelta en la zona pavimentada de la entrada y fui hacia él mientras sacaba el monedero del bolso.

—No hace falta, Clive tiene cuenta —me dijo Mamá—. Venga, entra a ver la casa. ¿Qué tal en el tren? Voy a encender el hervidor. Clive y Justin están en Londres, pero volverán pronto. Hoy cenaremos temprano. Clive y yo vamos a salir luego, lo siento, estaba organizado mucho antes de saber que vendrías. No te importa quedarte con Justin, ¿verdad? Así os conocéis.

El corazón de mi yo mayor da un salto ante la mención del nombre de Justin, unos nervios secretos se me instalan en el estómago y en la punta de los dedos. Clive era arquitecto, tenía su propio estudio y diseñaba casas ecológicas. Había recibido premios y salía en la tele. ¿Y Justin? Aún no sabía nada de él.

—¿Esto es todo lo que traes? —Mamá intenta coger mi bolsa, pero la retengo—. ¿Te has dejado las cosas en Grecia? Ya sabes que aquí tienes una habitación. ¿Te la enseño ahora o prefieres comer algo primero? Te hemos puesto al lado de la habitación de Justin. Estarás muerta de hambre. ¿No estás muerta de hambre?

Cuando estaba nerviosa, Mamá no paraba de hablar y yo sabía que ahora lo estaba por la casa, por su nuevo marido, por mi nuevo hermanastro. La seguí por un pasillo con paredes lisas de piedra, o tal vez de hormigón, y suelo pulido. La luz caía formando ángulos nítidos desde las altas ventanas y el final del pasillo descubría una sala acristalada de doble altura que daba a un jardín con abedules, grama azul y más piedra. Entre los árboles se abría una vista sobre los campos y la colina, donde una casa solitaria se escondía en un pliegue del paisaje.

Nos quedamos las dos ahí de pie.

—Hala —dije.

—Sí, hala —contestó.

Nos volvimos para contemplar la habitación, más allá de los sofás en forma de L colocados alrededor de una estufa de leña, de una mesa en la que cabía una docena de personas o más, hasta el otro extremo de la sala y el área de la cocina, tan grande como algunas de las casas en las que habíamos vivido. Todas las superficies estaban vacías, nada de tostadora ni de hervidor, ninguna cucharilla sucia ni los platos sobrantes de la comida ensuciaban la encimera, y me pregunté qué habría hecho con todas sus cosas, con todo lo que había guardado desde la época en que estuvo en la India y que había arrastrado, igual que a mí, de una casa a otra, hasta que me acordé de que las había regalado cuando se instaló en la comuna laica. Aligerar la carga, lo llamó. Esta casa no tenía nada que ver con ninguna de las anteriores en las que habíamos vivido juntas. Esta era de una belleza austera y Mamá, que ya estaba entrando con su maxivestido en la zona de la cocina, la iluminaba como un pajarillo azul que revolotea de un sitio a otro incapaz de posarse. Vi cómo me miraba de reojo, entre cohibida y emocionada, intentando descifrar lo que estaba pensando, si obtendría mi aprobación, y me dio vergüenza que mi opinión fuera tan importante para ella cuando, en realidad, la única razón por la que había vuelto a Inglaterra era porque había conseguido, gracias a Dios, una entrevista para trabajar en el acuario.

—¿Un té? —me preguntó, y apretó un armario blanco detrás de otro para abrirlos buscando el té o las tazas o la tetera, riéndose porque no se acordaba de dónde estaban—. Todavía no me he hecho del todo a la casa. ¡Es tan grande! —me susurró al oído.

—Solo un vaso de agua. De verdad.

Me llevó por un pasillo acristalado que daba al mismo jardín cubierto de hierba y conducía a un dormitorio luminoso, con armarios hábilmente empotrados en la pared y una cama de matrimonio con la colcha tirante y bien arremetida.

—Es preciosa, parece sacada de *¿Quién vive ahí?*

—También es tu casa —dijo, como si pudiéramos compartir la responsabilidad de haber aterrizado aquí. Me enseñó el baño, me dejó asomar la cabeza para ver una cabina de ducha y una bañera, y en el suelo a su alrededor, como la línea de pleamar, alcancé a ver unas cuantas toallas llenas de espuma—. Justin —dijo en un tono excesivamente alegre—. Es un baño compartido entre las dos habitaciones, espero que no te importe.

Mi corazón, que sabe, vuelve a dar un salto. Mamá deslizó la puerta de cristal de mi habitación, la dejó abierta y salimos a un sendero que serpenteaba entre los macizos de grama.

—Al fondo hay una piscina natural. Con lirios, ranas y todo.

—Lo dijo entusiasmada, como si estuviéramos de vacaciones y hubiera descubierto algo que la web no mencionaba y no pudiera creer la suerte que tenía—. Anda, ven, ayúdame a encontrar las dichosas bolsas de té.

Mamá puso cuatro platos en un extremo de la mesa del comedor, con servilletas, copas y la cubertería. Me pregunté cómo habría aprendido a hacerlo, porque cuando era pequeña casi siempre comíamos en bandejas apoyadas en el regazo, sentadas frente a la tele en el sofá en el que estuviéramos durmiendo temporalmente entre maridos y casas. Encajábamos el rollo de cocina entre las dos mientras veíamos una comedia romántica, y arrancábamos un trozo para limpiarnos la boca y las manos cuando acabábamos de comer.

La ayudé a preparar unas ensaladas mientras se asaba el pollo, y por dentro estoy tan nerviosa como ella. Cuando llegan, quiero gritarme al oído: «¡Es Justin!». Estaba más joven y, Dios mío, rebosante de vida y de alegría. Me dedicó una sonrisa de superioridad, como si él también pudiera anticipar el futuro. Estábamos de pie en la cocina con copas de champán y, oh, el sabor del champán. Mamá dijo que era una locura que Justin y yo no hubiéramos podido conocernos antes de que nos sentáramos en los extremos opuestos de la mesa en la boda. En realidad, no me acuerdo mucho de él aquel día: creo que nos dimos la mano y que nos reímos cuando Clive dijo que ahora teníamos un hermano cada uno, como si mi madre y su padre hubieran estado buscando un niño que jugara con el suyo. Mi yo mayor quiere detenerse en sus mejillas sonrosadas, en el pelo medio rubio, pero los ojos de la Neffy joven recorren su rostro, apartan la mirada y vuelven a recorrerlo. Siento la burbuja que se estaba formando dentro de mí, y no porque me hubiera tragado el champán demasiado rápido.

En la mesa, Clive habló de la casa usando palabras como simetría, percepción alterada, hueco de sombra y secuencia lineal. Mamá estaba sentada absorbiéndolo todo y mirándolo con ojos de cordero degollado, aunque seguro que ya lo había oído antes. En un par de meses, Justin empezaría sus prácticas de arquitectura de dos años en el estudio de su padre.

Nos pasamos los platos de comida, Justin se sirvió pollo y negué con la cabeza cuando me lo ofreció. «Vegetariana», le dije. Mamá me preguntó por el laboratorio y los pulpos, y mentí y les dije que todo iba bien y cambié de tema a la boda y a lo bonito que había sido aquel día.

Mientras Mamá y Clive se enfrascaron en su propia conversación sobre el vestido que llevaba una de las invitadas —demasiado escotado—, Justin me pasó la ensalada de lentejas y queso feta y me dijo:

—Qué bien huele tu pelo. A mostaza.

—¿A mostaza?

—Bueno, o a limón.

—¿En qué quedamos? —Me eché a reír.

—¿Limón?

—Venga, nos quedamos con eso.

—Perdí el olfato hace unos años. —«Ay, Justin», piensa mi yo actual. Tú y yo y prácticamente el resto del mundo—. Pero ya lo he recuperado casi del todo.

Me di cuenta de que no había soltado el plato, aunque yo ya lo había cogido del otro lado.

—Pero a veces confundes el limón con la mostaza, ¿no? Claro, como los dos son amarillos... —Tiré suavemente del plato y Justin lo soltó. Cuando le pasé las lentejas a Clive, se unió a nuestra conversación.

—Me costó un ojo de la cara que le arreglaran la nariz —dijo.

—Pues no hiciste muy buen negocio —le dije.

Justin resopló y Mamá se echó a reír tapándose la boca con la mano.

—Muy bueno —dijo Clive.

Cuando Justin me pasó los tomates con albahaca, rozamos los meñiques. Incliné la cabeza para mirar su perfil:

—Bastante recto, eso sí.

—Completamente recto, como puedes comprobar. —Se dio un golpecito en el puente de la nariz.

Clive sacudió la cabeza ante nuestras bromas y le dijo a Mamá:

—Fue solo un catarro fuerte. Estuvo en la cama un par de días.

—Por lo menos una semana —dijo Justin.

—Bueno, pues una semana. Nada serio, pero cuando se le pasó no olía nada. Dejó de comer, no le hacía ningún caso a la comida. Perdió seis kilos.

—Esbelto como un galgo. —Justin aspiró las mejillas y recorrió sus costados con ambas manos.

—No es para tanto —dije.

—Eh, cuidadito.

Mientras Clive seguía hablando, Justin me sostuvo la mirada un poco más de la cuenta y sentí como se me encogía el estómago. Una pequeña descarga eléctrica en el vientre. Fui yo quien rompió.

—Lo llevé a Londres a que lo viera mi amigo y nos mandó a uno de los mejores otorrinos del país. Parece que ha recuperado casi todo el olfato, pero a veces no son los olores adecuados en los momentos adecuados.

Mamá asentía mientras servía un muslo de pollo en el plato de Clive con la mano.

—Fantosmia. —Justin movió las manos a los lados de la cabeza e hizo un ruido fantasmal. Siento el eco de algo, un fallo técnico, pero el recuerdo continúa.

—Un día huele a pan recién horneado sin que lo haya, otro día…

—Alfombras nuevas —Justin cerró los ojos y se quedó ensimismado—, el pelo de un gato después de estar tendido al sol. —Se llevó el dorso de la mano a la frente.

—Los medicamentos para la epilepsia han ayudado bastante, pero hay algunos efectos secundarios, como era de esperar.

—Un aumento de la libido —dijo Justin, y me tocó a mí resoplar.

Mamá volvió a pasar la ensalada de col.

Después de cenar, Justin puso el lavavajillas y yo fregué a mano los boles grandes. Aunque no hablamos, yo era tremendamente consciente de su cuerpo y del movimiento de sus extremidades, como si entre nosotros hubiera una bolsa de aire que se comprimiera o se expandiera mientras limpiábamos. Mamá y Clive se arreglaron para ir a ver a un grupo local que tocaba en el granero de una granja al final de la carretera.

—No son de tu rollo, Neffy —dijo Mamá, dando la impresión de que tampoco eran del suyo—. Es rock de abuelos —susurró mientras salía.

Justin y yo los despedimos en el umbral de la puerta.

—No volváis muy tarde —dijo él, dándose golpecitos en la muñeca.

—O no podréis salir en un mes —grité, pero ya estaban en el coche.

—Hala. ¿Otra copa de vino? —me preguntó Justin mientras cerraba la puerta.

—Otro vino, sí —dije, pero ninguno de los dos se movió hacia la cocina.

Tal vez fue él quien se adelantó, o tal vez fui yo, pero ahí estábamos, besándonos furiosos, feroces, como si hubiéramos estado reprimiendo estos sentimientos durante meses, o semanas, y no durante una hora. Introduje las manos bajo su camisa, las apoyé contra su pecho, y él se la quitó por encima de la cabeza y yo me quité la mía. Me subió el sujetador y empezó a besarme los pechos. Lo detuve para cogerlo de la mano y tirar de él hacia los dormitorios, parando solo un instante para decidir a cuál y elegir el suyo.

—¿Te parece bien? —me preguntó.

Como respuesta, le di la espalda y le dije:

—Desabróchame.

Justin me soltó el sujetador, me agarró los pechos y me mordió en la nuca, fuerte. En la cama recorrió mi cuerpo besándome hasta llegar al vientre y yo le acerqué las caderas a la cara.

Cuando los dos estuvimos desnudos, rebuscó en el cajón de la mesilla, me abrió las piernas y se arrodilló entre ellas para ponerse el condón.

—Qué bien preparado.

—No he sido yo, mi libido lo puso en el cajón.

Y antes de que se me ocurriera qué contestarle, ya estaba dentro de mí.

Al terminar nos quedamos juntos, tendidos uno al lado del otro, bromeando y riéndonos, y no oímos llegar el coche, solo la puerta de la entrada cerrándose.

—¡Joder! —digo.

No era tarde. Justin pasó por encima de mí, tambaleándose al pisar el colchón. Tenía las piernas abiertas, los brazos extendidos y el pene colgando, pegajoso.

—Colosal —le dije, ahogando la risa.

Justin se balanceó un poco antes de saltar de la cama.

—¿Qué tal el concierto? —preguntó a nuestros padres alzando la voz.

—¿Ya estás en la cama? —oí preguntar a Clive.

Justin abrió la puerta y asomó la cabeza.

—Me he retirado pronto.

Tenía un culo estupendo.

—¿Neffy también? —preguntó Mamá sorprendida.

—Sí, debía de estar cansada. O igual no le gustaba la compañía.

—Qué cabrón —susurré mientras recogía la ropa.

—Bueno, pues buenas noches —dijo Clive y mi madre lo repitió. Parecía decepcionada de que no me hubiera quedado despierta.

—Buenas noches, Papá. —Justin cerró la puerta y vio que me dirigía al baño compartido—. Yo primero —dijo entre dientes mientras me agarraba la muñeca y forcejeamos en silencio, riéndonos y tirando del otro para alejarlo del baño, hasta que al final me dejó pasar primero.

En el baño, sentada en el retrete, recordé que tenía un mensaje de Margot: *Creo que he encontrado una clínica en EE. UU. para tu padre. Tienen los últimos avances. Llámame en cuanto puedas.*

Mientras salgo del Revisitado, recuerdo que por la mañana, en el desayuno, Clive y Mamá se reirán, contarán historias sobre los abuelos que estaban pegados al escenario y dirán que ellos se quedaron al fondo, al lado del generador, y que desde ahí no se oía la música, ni falta que hacía. «Se nota que has descansado», me dirá

Mamá. «Qué bien te sienta el aire del campo.» Y yo le daré la razón, intentando no cruzar la mirada con Justin. Las siguientes noches, y a menudo también durante el día, cuando vemos que no nos van a pillar —hasta que tenga que marcharme para hacer la entrevista de trabajo—, Justin y yo follaremos como animales: en la ducha de nuestro baño compartido, en los dormitorios, en una tumbona al lado de la piscina natural. Nunca me sacio. Conseguiré el trabajo en el acuario, pero les diré que no puedo empezar hasta el mes siguiente para poder volver a la casa. Justin me dejará marcas de dientes por todo el cuerpo y tendré que disimularlas con maquillaje, y yo le arañaré la espalda hasta que sangre. Hará que me mee de risa y me escuchará atento cuando le cuente lo de la enfermedad de mi padre y los planes de Margot. Estoy segura de que nuestros padres no tienen ni idea de lo que está pasando.

Cuando al final tenga que irme y esté sentada en la parte de atrás del taxi que me llevará a la estación para coger un tren a Plymouth y a mi nuevo trabajo, desesperada por tener que marcharme, Mamá meterá la cabeza por la ventanilla abierta y me dirá: «No estés triste, cariño. Justin estará aquí esperándote cuando vuelvas». Antes de que pueda preguntarle cómo lo sabe, retirará la cabeza y dará una palmada en el techo del taxi para indicarle que ya puede arrancar.

Queridísima H:

Había erizos y estrellas de mar en tu tanque, pero no había peces ni, por supuesto, ningún otro pulpo. Te llevé pelotas de pimpón y te dejaba la comida en recipientes con tapa, pero en cuanto descubrías cómo resolver el puzle, te aburrías. Enriquecimiento, se llama, o, en este caso, formas de tener a un pulpo entretenido de manera artificial. No se oye hablar de pulpos que se coman sus propios brazos en libertad. En estado salvaje, los pulpos cazan, preparan sus madrigueras y se aparean. Sabía que en el acuario nunca te permitirían aparearte porque era altamente probable que te comieras a tu pareja.

El pulpo macho tiene un brazo adaptado, un *hectocotylus,* que inserta en el manto de la hembra para depositar paquetes de esperma, normalmente a una distancia prudencial. Qué inteligente, o al menos qué bien adaptado. Recelosos de que después del apareamiento puedan ser devorados, algunos pulpos macho preparan sus madrigueras cerca de las hembras, para así poder alcanzarlas deslizando su *hectocotylus* entre las rocas y aparearse con sus vecinas sin tan siquiera salir de casa.

Neffy

DÍA ONCE

Por la mañana, estoy tendida en la cama mirando al techo, inmóvil, saciada por haber visto a Justin y a Mamá pero también deseando volver, ahora mismo: correr por el pasillo a ver a Leon y pedirle que me deje Revisitar. Sé que no puedo hacerlo. Tengo la sensación de que cuanto más se lo pida, más me lo va a restringir. Por ahora, debería conformarme con recordar a Mamá con su vestido azul, su aroma, la suavidad de sus mejillas. Y Justin: la envergadura de sus hombros sobre mí, el tacto de su cuerpo apretado contra el mío, las conversaciones que teníamos después del sexo y las risas que, al final, dejé de intentar contener:

—¿Qué sentís las mujeres cuando llegáis al orgasmo?

—Es como encender un fuego que se extiende por todo hasta que llega a las manos y a las plantas de los pies y arden en llamas.

—Qué bonito.

—¿Y vosotros?

—Como cuando tienes muchas ganas de ir al baño y de repente puedes ir. Pero con un poco más de magia.

Siento un dolor físico en el pecho por su ausencia, como si me hubieran arrancado un miembro o un órgano, una parte de mí. Es entonces cuando noto las lágrimas que me resbalan por el cuello y me doy cuenta de que estoy llorando. Me vuelvo hacia la almohada y sollozo, deseando tener el valor suficiente para salir al exterior. Cuando era pequeña tenía un gato. Era atigrado, con una manchita blanca en el pecho y en las patas, y venía con Mamá y conmigo en cada mudanza a una nueva casa o piso, con cada nuevo novio, cada nuevo marido. Al final, el gato se negaba a salir de su caja, prefería la seguridad y la familiaridad del confinamiento.

Me limpio los ojos y me pongo boca arriba, enfoco la vista y me fijo en la cámara que hay en medio del techo de la habitación: un pequeño bulto blanco como las paredes, pero con algo oscuro en el centro. La había visto antes, pero no la había registrado. El ojo de un pulpo. Miro fijamente al objetivo y la lente me devuelve la mirada. Salgo de debajo de las sábanas, me pongo de rodillas en la cama y miro hacia arriba:

—¿Hola? —Me aclaro la garganta, avergonzada del sonido de mi voz—. Si estáis ahí, si nos estáis viendo, necesitamos ayuda. Necesitamos comida, información, un rescate, algo. —No sé a quién me estoy dirigiendo y no creo que haya nadie mirando, pero tal vez las cámaras sigan grabando, archivando el tiempo, creando sus propios recuerdos subjetivos de mi vida vista desde un solo ángulo, llenando espacio en algún disco duro o en alguna base de datos de internet—. Necesitamos ayuda, ¡venid a ayudarnos, cabrones! —Esto último me sale como un graznido patético. Y ahora ese ojo que no parpadea me pone furiosa, mirándome por encima del hombro, juzgando mis decisiones, mi debilidad, mi indecisión.

Fuera, el pasillo está vacío. Olfateo el aire y me pregunto si lo que me parece oler será la peste del conducto de la basura de la sala de personal. Yahiko no vino ayer con los zapatos ni Rachel con el té, aunque es posible que Leon les dijera que no me molestaran tras mi Revisitado. Me he puesto calcetines, pero el suelo está frío.

En el consultorio, abro el armario y cojo los apósitos. Los mismos que le puse a Yahiko en la nariz. Saco dos, tacho el 20 al lado de «Apósitos» y escribo perversamente 19 en la lista de Piper.

De vuelta en mi habitación, libero los frenos de la cama y tiro de ella hasta que la barra del pie, donde los médicos suelen colgar sus notas, queda debajo de la cámara. Quito los plásticos de los apósitos y me los pego en el pulgar; me subo a la cama, intentando mantener el equilibrio sobre el colchón. La barra es un tubo brillante de metal curvado. Apoyo en ella un pie y me impulso hasta subir el otro pie a la barra; toco el techo con la punta de los dedos para estabilizarme, balanceándome como una nueva alumna de yoga demasiado entusiasta que hace un estiramiento exagerado e impracticable. Pego uno de los apósitos sobre el objetivo y estoy pegando el otro cuando me caigo de espaldas, rebotando pesadamente en el colchón, sin aliento. El segundo apósito se queda colgando del techo de un modo absurdo.

—No funcionan —me dice Rachel desde la puerta. Me incorporo, avergonzada por haber sido descubierta—. Yahiko descolgó una mientras estabas enferma y la desmontó. Dijo que era un modelo muy básico. Incluso si hubiera habido alguien mirando en algún momento, ya no estarán, ¿no crees? Estarán muertos —dice esto con naturalidad, de una forma diferente a como lo dijo cuando nos conocimos, y me fijo en que no se ha puesto maquillaje esta mañana, tal vez solo la raya del ojo—. Bueno, al margen de eso, Yahiko tiene unos zapatos para que te pruebes.

En la habitación de Yahiko —sin ventana exterior— la luz está encendida y él está sentado en la cama, encorvado y con la cabeza baja, cuando llamo y entro. Huele a humedad, sin duda puedo olerlo. Cuando levanta la cabeza veo que lleva puestas las gafas, ha reconstruido la montura y los cristales con tiras de cinta adhesiva blanca, pero hay tantos trozos que parece un extravagante embaldosado. Se las quita despacio y las guarda en un hueco que queda detrás de la jarra de agua, avergonzado. El cerco bajo sus ojos se ha vuelto más oscuro, un intenso color berenjena, y están hinchados.

Me gustaría echarles un vistazo, si él me dejara, pero mi mirada se ve atraída por todos los objetos que hay en su habitación. Es la primera vez que estoy aquí, y aunque ya sabía que Yahiko había recogido cosas de las otras habitaciones, no tenía ni idea de la cantidad. Un estrecho camino se abre paso desde la puerta, zigzagueando entre montones de objetos que me llegan a la cintura: ropa de cama y almohadas, rollos de papel higiénico, ropa, libros, maletas y mochilas. El hueco de debajo de la cama está atiborrado de cosas y veo más montones en el baño.

—Madre mía, cuántas cosas.

Entro un poco más. Me recuerda horriblemente a las fotos que he visto de los montones de zapatos, gafas y ropa de Auschwitz. Toda la información personal, las referencias individuales a quién los llevaba o se preocupaba por ellos desaparecía al estar amontonados entre tantos otros objetos idénticos. Aunque estas cosas las habían abandonado, no habían sido tomadas por la fuerza.

—Para lo que necesites, Yahiko es tu hombre. —Me giro y veo a Rachel, que me ha seguido.

—Todo lo que quieras —dice él, taciturno.

—¿Qué número calzas? —me pregunta Rachel—. Te he buscado del cuarenta y uno.

La cama está desbordada de calzado: sandalias, botas, deportivas, Vans y unas pantuflas con cabezas de león.

—Aquí hay muchísimas cosas —digo mientras miro en una bolsa que contiene ropa sucia de hospital.

Yahiko coge una de las pantuflas con leones, se la pone en el regazo y empieza a acariciar la melena, moviendo el apelmazado pelaje marrón adelante y atrás.

—Lo ha ordenado todo —dice Rachel—, ¿a que sí, Yahiko? —Se pasa el pelo por delante de un hombro y se lo peina con las uñas, suave y brillante.

—Creo que lo tengo. —Yahiko se aprieta la zapatilla contra el pecho y se inclina sobre ella, de modo que parece tener una larga perilla naranja.

—Sí, pero ¿qué va a hacer con todo esto?

—Bueno, nadie va a volver a por nada, ¿no? Y le da seguridad. ¿A que sí, Yahiko? —habla con él como si no pudiera oírla bien—. Todos necesitamos algo, ¿no?

—En serio, creo que lo tengo —vuelve a decir Yahiko y emite un pequeño gemido mientras se lleva la zapatilla peluda a los labios.

—Piper dice que su diógenes no hace daño a nadie. Estamos más preocupados por ti. Revisitas demasiado, eso no es sano. —Ahora suena más a Piper que a ella—. Y Leon me ha dicho que...

La interrumpo, me irrita que se preocupen por la frecuencia de mis Revisitados.

—¿Qué te ha dicho Leon?

—Creo que tengo el virus —dice Yahiko.

—¿Qué estás diciendo? —le suelta Rachel.

Yahiko se frota el tobillo. Lleva unos zapatos elegantes, de vestir, creo que se llaman, negros y brillantes, con calcetines finos. Parece un vendedor de coches. Debe de estar congelándose.

—No puedes tenerlo —dice Rachel—, ¿dónde lo podrías haber cogido?

Levanta sus ojos miopes y nos mira, primero a Rachel un momento y después a mí, y veo que ella retrocede hasta la puerta.

—¿De mí? No me acerqué a Boo, abrí la puerta y le lancé las zapatillas. ¿Qué síntomas tienes? —Soy consciente de que estoy subiendo la voz y me esfuerzo en bajarla—. ¿Tienes el torso inflamado? ¿Tienes náuseas?

—Los ojos —susurra— y...

—Rachel, pásame unos guantes —le pido. Hay un dispensador en la pared justo fuera de la habitación de Yahiko—. No, espera, ya voy yo.

Ella se aleja por el pasillo cuando me acerco a sacar los guantes de la caja. Me los pongo y me acerco a Yahiko, le inclino suavemente la cabeza hacia atrás y me muevo para que la luz de arriba le dé directamente en la cara. En la Facultad de Medicina aprendí algunos trucos mnemotécnicos para hacer un historial clínico, pero ahora no los recuerdo. Tiene la nariz hinchada alrededor del apósito, tiro de su párpado superior hacia arriba y del inferior hacia abajo, repito la operación con el otro ojo. Él se deja hacer de buena gana y tengo la sensación de que este examen lo alivia, lo reconforta que alguien se esté encargando, incluso alguien que solo ha estudiado un año de Medicina. Y una fuerza interior equivalente crece dentro de mí cuando asumo el papel de médico competente, de la misma forma que cuando actúas e interpretas un papel haces que sea real.

—Tienes dos ojos morados y una contusión con inflamación en el tabique nasal. —Se relaja al oír términos médicos—. Deberías conseguir otra bolsa de hielo y aplicártela. Definitivamente, esto no es ningún síntoma del virus. ¿Me permites que te examine el vientre?

Sueno eficiente y clara, le presiono el hombro para que se tienda en la cama, y él sube los pies con los zapatos lustrados por encima del edredón y los pone sobre el montón de calzado que me habían preparado. Espero a que se abra el albornoz, levante la sudadera y se desabroche la camisa. Su vientre es asombrosamente cóncavo, la piel cae floja desde el borde de la caja torácica y las costillas, con el contorno afilado, parecen estratos. Su torso me recuerda al cadáver de una cabra muerta que vimos un verano en Paxos, en la cuneta de la carretera, cuya carne fue desapareciendo poco a poco hasta que solo quedó la piel sobre los huesos. Para ocultar mi conmoción y el destello de culpa que la acompaña, le palpo el vientre en distintos lugares y le pregunto si le duele. Niega con la cabeza cada vez. Le bajo la camisa.

—Ya puedes sentarte —le digo mientras me quito los guantes, dándoles la vuelta.

Yahiko no me mira, solo se sienta en el borde de la cama con su camisa desabrochada y con la cabeza baja de nuevo.

—No tienes el virus. No hay inflamación, ni dolor, ni decoloración. No te pasa nada, aparte de los dos ojos morados y la abrasión en la nariz. —No menciono que está desnutrido.

—Pero creo que se me olvidan las cosas —susurra.

—¿En serio?

—¿Como por ejemplo? —dice Rachel. No me acordaba de que estaba mirando. Si lo hubiera examinado correctamente, le tendría que haber pedido que se marchara.

—No me acordaba del nombre del primer ministro cuando me he despertado. —Yahiko se está meciendo.

—¿Solo eso? —Rachel suelta una carcajada.

—Es alguien bastante fácil de olvidar —le digo—, o lo era. O, al menos, se merece que lo olvidemos. —Me siento en la cama junto a Yahiko—. Escucha, estoy segura de que Rachel o yo nos habríamos dado cuenta si se te olvidaran las cosas, pero estás bien. Has estado enfadado por todo lo que pasó con Piper, pero no olvidadizo.

—Neffy tiene razón —dice Rachel—, no he notado nada y habría sido la primera en decirte que estabas como unas maracas.

Yahiko esboza una débil sonrisa y forma con los labios la frase: «Que te jodan».

—Sabes que a mí también se me va la olla de vez en cuando, ¿verdad? —dice Rachel dulcemente.

Yahiko baja la mirada en señal de reconocimiento.

—Cuando llegué al centro tuve una pequeña crisis —me explica—, empecé a leer cosas de los antivacunas, ¿en Instagram? —lo pregunta como si yo también lo hubiera visto—, y no estaba segura de querer seguir adelante con el ensayo. Eso lo retrasó todo... también las vacunas. ¿A que sí, Yahiko? —Yahiko asiente muy levemente—. Y después cambié de opinión otra vez, pero ya era demasiado tarde. No nos pusieron la vacuna a ninguno de nosotros.

—Estabas asustada, todos lo estamos —le digo.

—Acojonada —dice.

—Y hambrientos —dice Yahiko.

—Y hambrientos. —Sé a qué se refiere Yahiko, pero el mero hecho de pensar en salir me hace ansiar los guijarros en las palmas de las manos. Le quito la pantufla—. De todas formas, creo que no me pegan mucho. —Pienso en Boo alejándose con mis deportivas y su traje rosa de madrina—. ¿Qué tienes del cuarenta?

Queridísima H:

Tu brazo es un hidrostato muscular. Un músculo que funciona sin necesidad de estar vinculado a un hueso. Como la trompa de los elefantes. Eso es lo que les contaba a los niños más mayores que rodeaban el tanque de «¡Descubre los Pulpos!», donde esperabas. El volumen del brazo de un pulpo es siempre constante. Si se extiende, se hace más delgado. Si se encoge, se hace más grueso. Elegía a uno que fuera especialmente descarado, de esos que tenían siempre respuestas para todo y que pensaban que los pulpos eran repugnantes y viscosos. Le decía: «Tú tienes algo parecido al brazo de un pulpo, algo elástico y flexible». El chico —casi siempre era un chico, pero no siempre— se reía y hacía un comentario burlón para hacer reír a sus compañeros. «¿No me crees? Abre la boca y saca la lengua», le decía. El chico nunca lo hacía, mantenía la boca cerrada, y a mí me daba igual. Mucho mejor: conseguía que el resto de la clase sí sacara la lengua.

Neffy

—Boo se acordaba de ti —le digo a Leon. Estoy apoyada en la pared de su cuarto de baño, mirándolo en el espejo mientras se lava los dientes con su cepillo eléctrico. El mío es manual—. Me dijo que eras un chico en-can-ta-dor.

Sonríe y le sale espuma blanca de la boca.

—Soy un tío completamente encantador —dice, o eso creo—. Si no estuviéramos aquí, la habrías dejado entrar, ¿verdad?

—¡Claro! Bueno, no. No lo sé. —Echo hacia atrás la cabeza y miro el techo del baño mientras él sigue cepillándose—. Solo quería intentar que se mejorara. Que se recuperara, aunque probablemente es imposible. Tal vez debería haberla obligado de algún modo a que se quedara en una habitación. Aislada, yo qué sé. —Me muerdo el interior del labio—. En el primer año de la uni me apunté a una optativa de Filosofía. Era sobre libertad positiva y negativa. Se me ha olvidado casi todo, pero había algo sobre la autonomía, creo, y su contrario era algo así como la interferencia de otras personas o del Estado. Ya sabes, diciéndonos lo que tenemos que hacer, controlándonos. Ojalá me acordara.

Dice algo con la boca cerrada y la pasta de dientes se le sigue saliendo.

—¿Qué?

Deja de cepillarse, pero sigue con el cepillo en la boca mientras habla.

—Isaiah Berlin.

—¡Eso es, Isaiah Berlin! —Continúa cepillándose, pero el cepillo se está quedando sin batería—. Una parte de la libertad es poder tomar buenas decisiones por nosotros mismos, y la otra es que el Gobierno, o alguien, nos obligue a hacer cosas o nos impida hacerlas.

Leon hace un sonido afirmativo.

—Bueno, pues yo no creo estar tomando buenas decisiones. Nunca las he tomado. El trabajo, dejar que Justin se fuera a Dinamarca, apuntarme a este ensayo. Joder. —Golpeo la cabeza contra la pared—. Y aún no sé qué hacer. ¿Me quedo o me voy?

—Leon se enjuaga, escupe en el lavabo—. Todo lo que he hecho o que pueda hacer en el futuro interfiere con la libertad de otros, ¿no crees?

—La libertad para el lucio es la muerte para los pececillos —dice, secándose la boca con la toalla.

—Exacto. Y la libertad para los pececillos es la muerte para las moscas, o lo que sea que coman los pececillos.

—Simplemente tenemos que tomar la mejor decisión que podamos e intentar tener en cuenta las consecuencias para los demás.

—Haces que suene fácil.

—A veces no es fácil en absoluto; por ejemplo, cuando la mayoría toma una decisión y tú no la compartes.

—¿Qué, como lo de salir o no a buscar comida? Ya sé que todos pensáis que debo hacerlo.

—Tienes que decidir si estás de acuerdo con el consenso.

—¿Y tú lo estás?

—Sí, lo estoy.

Deslizo la espalda por la pared y me quedo agachada en el suelo del baño.

Empieza a tararear una canción como si fuera un mensaje.

—¿Qué es? —le pregunto.

—¿No la conoces? —Niego con la cabeza—. «I Wish I Knew How It Would Feel to Be Free». Nina Simone. —Canta unas estrofas y yo recuesto la cabeza y cierro los ojos para escuchar. Tiene una voz hermosa—. Si te sirve de algo, creo que lo estás haciendo guay. Rachel me contó cómo calmaste a Yahiko ayer.

—Sí, es verdad.

—Venga. —Me coge de las manos y tira para levantarme.

—¿Puedo Revisitar ya? Por favor. Lo necesito.

Cierra los ojos un momento y suspira. Entro en su dormitorio y me tumbo boca arriba en su cama, con las manos abiertas. Justin, pienso. Justin.

Por las ventanas de la habitación de Baba en este tercer hospital podía ver el Pacífico estrellándose contra las rocas desprendidas y, más allá, los matorrales arañando las colinas caqui. En alguna parte ahí abajo, fuera de mi vista, estaba la Autopista Uno, que termina en San Francisco. Justin no está aquí. Yo no quiero estar aquí, pienso. Por favor, esto no, aunque sé que los dioses del Revisitado nunca escuchan lo que la Neffy de ahora quiere. Los aspersores que había cerca se pusieron en marcha sobre el césped, pero no los pude oír, solo oía el zumbido de la máquina de diálisis detrás de mí. Volví a enfocar la vista en el cristal y vi a Baba tendido completamente vestido en una cama de hospital con una manta roja doblada sobre las pantorrillas. Tenía las mejillas hundidas y unas oscuras ojeras bajo los ojos. Ahora me acuerdo de que tomaba una medicación para las náuseas que le provocaba estreñimiento, laxantes para el estreñimiento, y algo más para la diarrea. Tres veces por semana tenía que acudir para su diálisis a esta clínica californiana que estaba a cincuenta millas de la casa de la madre de Margot, donde nos alojábamos todos.

Del pecho de Baba salió un ronquido y me volví rápidamente hacia la habitación a la vez que Margot se incorporaba de su posición medio tumbada en el sofá, donde estaba mirando el menú de la comida con los pies encima de la mesita baja. ¡Margot! Me alegro tanto de verla, aunque sea aquí, en este lugar… Quiero preguntarle qué le habría gustado que yo hubiera hecho de otra manera, pero no es posible.

Lleva unas sandalias de plataforma con tiras de piel blancas que le rodean los tobillos, como si estuviera atada a unos zancos bajos. No cruzamos la mirada, las dos estábamos pensando lo mismo, a pesar de que sabíamos que a Baba todavía no se le habían acabado las opciones porque, por segunda vez, yo me había ofrecido a intentar ralentizar su marcha hacia la muerte. De momento, solo se estaba aclarando la garganta.

—Hace un momento he oído a dos enfermeras que hablaban —dijo Baba—. Un príncipe árabe y su corte han ocupado toda la planta de arriba del hospital. ¿Por qué a ellos les dan todo eso y yo solo tengo esta habitación de mierda?

—¿Habitación de mierda? —dijo Margot bajando los pies al suelo y tirando el menú sobre la mesita.

La interrumpí antes de que pudiera continuar.

—No, si yo te entiendo. Mira qué mierda de vistas al mar. Ya podía estar el océano un poco más calmado para que pudiéramos nadar un poco. —Me acerqué a Margot y hundí la cara en las flores que había sobre la mesita—. Y esto… ¡No huelen a nada! —Moví la mano en el aire como si ordenara a alguien que viniera para llevárselas.

Llena de humor negro, mi yo mayor se ríe en silencio ante la falta de olor. Las flores apenas olían, eso era cierto, todo era pose en aquel lugar. Ahora me doy cuenta de que el hospital huele a crema facial y otras lociones, como un *spa*, pero, por debajo, de vez en cuando me llega un tufillo familiar a antiséptico, a enfermedad, a sangre. Fui hasta el sofá, me senté junto a Margot y le apreté la mano. Mi teléfono vibraba en el bolsillo de los vaqueros, pero no lo miré. El mensaje sería de Justin y diría: *No lo hagas*.

—Y no me hagas hablar de la comida —dijo Baba.

Cogí el menú y le eché un vistazo.

—¿Quién quiere risotto de setas silvestres con tomate de la huerta seguido de lenguado al limón en salsa de mantequilla? Hombre, por favor.

Nos echamos a reír mientras Margot apoyaba la cabeza en el sofá.

—No hay ningún príncipe árabe arriba —dijo—, no es ese tipo de sitio. Aquí solo hacen investigaciones serias.

—Estamos de broma, Margot —dijo Baba.

—De broma —dijo agotada—, claro.

—Y solo tiene una planta —añadió él, y solté una risita aunque sabía que la sacaría de sus casillas.

Después de que la enfermera entrara y apagara la máquina de diálisis, quitara los tubos y pegara un esparadrapo en el brazo de Baba, un auxiliar trajo té Earl Grey, rodajas de limón recién cortadas en un platillo, una jarra de leche y un plato de galletas. Llamaron a la puerta y entró el doctor Adeyeye.

Margot ayudó a Baba a sentarse en un sillón, el doctor se sentó en el otro y Margot y yo en el sofá. Parecería una reunión social, la visita de un amigo, si no fuera porque Baba se había dormido. La diálisis lo dejaba agotado. El médico llevaba traje y corbata y su pelo completamente blanco contrastaba con su piel negra. Su filtrum era muy marcado —el surco que une la nariz y el labio superior, uno de los pocos (e inútiles) datos anatómicos que recordaba de la Facultad de Medicina—, como si dos placas tectónicas se hubieran juntado y formado un par de escarpadas cordilleras montañosas paralelas. Y cuando sonreía, lo cual hacía a menudo, su boca se ensanchaba y su labio superior se convertía en una fina línea granate, mientras su filtrum desaparecía completamente. Pillo a mi yo joven intentando evaluar su rostro para ver si podía confiar en él. «No es por el doctor por lo que deberías preocuparte», pienso intensamente, pero ella no se da cuenta.

—Ya sé, Oliver, que ayer estuviste con el cirujano de trasplantes. Y que te lo expliqué casi todo en nuestra videollamada, Neffy, ¿puedo llamarte Neffy?, pero siempre es mejor vernos cara a cara para responder cualquier pregunta que tengáis. ¿Os parece bien?

Nos miró atentamente a uno y a otro, practicando la técnica que, probablemente, aprendió en un curso de formación sobre la relación entre el contacto visual y los buenos resultados de los pacientes. A mí me miró más rato. Ya había visto el interior de mi cuerpo en las radiografías, ecografías y TAC, partes de mi cuerpo que nadie más había visto, ni siquiera yo. Ahora estaba mirando dentro de mi cabeza para ver si seguía dispuesta a esto. Metí las manos debajo de los muslos para ocultar el temblor.

—No tengo ninguna duda de que habrás hecho un montón de búsquedas en internet, a tu edad es lo normal —me dijo—, y quiero asegurarme de que entiendes que estamos hablando de un órgano en primordio, no de células madre como dicen muchos artículos *online* sobre la organogénesis. La diferencia es grande. Las células madre pueden convertirse en cualquier órgano; las primordiales están bloqueadas, por así decirlo, para convertirse en un órgano específico, en nuestro caso un riñón.

Mi teléfono no paraba de vibrar y todos me miraron. Lo saqué del bolsillo y lo apagué. La llamada era de Justin. En Inglaterra era de madrugada.

Baba tenía los ojos cerrados. Quiero parar un momento y mirarlo, guardármelo, pero me giro hacia el doctor Adeyeye, que ahora solo nos habla a Margot y a mí mientras trata de sonreír a la vez.

—Los riñones son órganos difíciles, muy complejos. Tu padre y tú vais a estar en vanguardia de estos avances tecnológicos. Vais a ser pioneros, abriréis camino a la posibilidad de que miles de futuras vidas mejoren. —Sonaba como los vídeos que había visto, producidos por el hospital para explicar lo que hacían. El mismo tono suave y tranquilizador. Tal vez también le pagaban por hacer la voz en *off*—. Y, naturalmente, a prolongar la vida de tu padre. El procedimiento, como sabes, no está exento de riesgos. En este ensayo clínico pondremos la seguridad por encima de todo. Monitorizaremos y evaluaremos cada etapa. Obviamente, todos esperamos que salga bien, pero la seguridad es nuestra prioridad. Tenemos que asegurarnos de que los dos estáis bien atendidos. Si alguno de los procedimientos que tenemos planificados supone un riesgo demasiado alto para ti o para tu padre, nos detendremos. Esto debe quedar muy claro.

El doctor Adeyeye hizo una pausa para tomar aliento y su filtrum volvió a aparecer por un momento. Cuando continuó recordé, también de mi único año en la Facultad de Medicina, por qué lo tenemos. El filtrum es el lugar donde todo acaba por unirse en la cara en desarrollo de un embrión: el paladar, el labio superior, la nariz y las mejillas apretados como el cierre en la masa de un dim sum. Me pregunté si en el riñón habría algo equivalente.

—… resultados extremadamente positivos con tejido embrionario porcino implantado en primates —el doctor Adeyeye seguía hablando—. En el momento óptimo, te implantaremos el primordio en la pared del útero. Empezaremos el tratamiento con inmunodepresores inmediatamente, y podrás venir con tu padre cuando venga a diálisis para que te hagamos ecografías periódicas y veamos cómo van las cosas. Pero estimamos que la maduración funcional debería producirse entre los ciento veinte y los ciento cincuenta días. Entonces...

Tal vez fue una reacción al olor de la clínica, a la suave y americana voz del doctor o a la idea de lo que potencialmente había aceptado hacer, pero una imagen absurda irrumpió en mi cabeza e interrumpí el fluido discurso del doctor Adeyeye con una pregunta:

—¿Tendré que dar a luz? —Frunció el ceño y su filtrum reapareció unos segundos. Él y Margot se quedaron en silencio mientras asimilaban mi pregunta—. En serio, ¿tendré que parirlo?

Miré a Margot y luego al doctor, y tuve que apretar los labios para no dejar salir la burbuja que estaba creciendo dentro de mí mientras imaginaba a una mujer de espaldas con un camisón victoriano, con los pies en los estribos empujando y gimiendo. «Empuja», decía el doctor Adeyeye, y de repente salía un riñón.

Y me eché a reír. Me había olvidado de esto. Me reí de verdad, me doblé de risa cubriéndome la boca con las dos manos.

—Quizá deberíamos volver a vernos mañana —dijo el doctor Adeyeye tras una pausa— y repasar entonces cualquier cuestión pendiente.

—Lo siento —dije, aún riéndome—, perdón.

Nada de aquello tenía ninguna gracia.

—No va a hacerlo —dijo Baba. Estaba despierto.

A mi lado, Margot se tensó.

—Venga ya, Papá, claro que lo voy a hacer. Claro que sí.

—Os dejo que lo habléis los tres. —El doctor Adeyeye se levantó. Quise tirarle de la chaqueta para que se sentara de nuevo. Se acercó a mi padre y le apretó el hombro—. Bueno, pues hasta mañana. Voy a decirle a la enfermera jefe que venga para fijar una hora. —Y salió cerrando despacio la puerta tras él.

—He decidido que no quiero que lo hagas —dijo Baba—. Tienes solo veinticinco años. Esto no está bien.

—¿Lo has decidido ahora? ¿Cuando ya estamos aquí? —dijo Margot.

—Tengo veintiséis —le dije a Baba—. Es mi cuerpo. Tú no tienes nada que decir. —Me recosté en el sofá y me crucé de brazos. La risa había desaparecido por completo y me sentía completamente vacía.

Margot levantó las manos desesperada, enfadada.

—¿No lo podías haber dicho antes? ¿Cuando estábamos en Grecia? —Su voz está revestida de un sarcasmo que nunca le había oído.

—Puedo negarme. —Baba también se cruzó de brazos.

—¡Por el amor de Dios, Oliver! No seas infantil. Si a Neffy le parece bien, si a los médicos les parece bien, déjale que lo haga.

—¿Y qué pasará a largo plazo? ¿Y si esto implica que no pueda tener hijos? El doctor Adeyeye no lo sabe. No ha dicho nada al respecto.

—Eso es porque nunca se ha hecho antes —le dije.

—Podemos preguntarle mañana —dijo Margot—. Es decisión de Neffy y a ella le parece bien. ¿Verdad, Neffy?

Asentí, aunque ¿me parecía bien? No estaba segura. Todo aquello era extraño. Demasiado parecido a la ciencia ficción como para imaginar que iba a ocurrir de verdad dentro de mi cuerpo. Y la idea de tener que venir al hospital tan a menudo tampoco ayudaba.

—No me gusta, creo que es mala idea —dijo Baba.

—¿Y cuál es la alternativa? —Margot volvió a apoyar los pies en el borde de la mesa.

Baba negó con la cabeza.

—Yo soy el padre. Ella es la hija. Es antinatural.

La misma discusión que tuve con Mamá cuando iba a donarle el riñón, antes de que fuera imposible.

—No es más antinatural que si te hubieran trasplantado su riñón.

—Nosotros, Neffy y yo, somos los conejillos de indias aquí. Somos las ratas de laboratorio, los putos cerdos, los monos. —Estaba sudando y tenía la cara demasiado roja.

—Alguien tiene que ser el primero siempre —dijo Margot—, a alguien le hicieron el primer trasplante de riñón, el primer injerto de piel, la primera cirugía a corazón abierto.

—¿Y sabemos qué pasó con esas personas? No, porque no duraron ni cinco minutos. No permitiré que jueguen con mi hija, ni con sus órganos. No está bien.

—O sea, que vas a rendirte, ¿no? Pues nada, te rindes y te mueres. —Margot lanzó los brazos al aire—. Después de que tu hija te haya hecho este generosísimo ofrecimiento.

—Sí, este ofrecimiento de mi hija y de tu madre.

—O sea, que se trata de eso, ¿no?

—Pues mira, sí. Convenciste a tu madre para que hiciera una donación extremadamente generosa a este maldito hospital.

Donación. Ahora sé lo de la donación, pero en aquel hospital californiano nadie me había hablado de ninguna donación. Pensaba que este tratamiento experimental lo llevaba a cabo el hospital para lograr un avance en medicina. Si habíamos pagado, pensé, ¿suponía eso que se iban a esforzar más para que funcionara? ¿Y qué pasaba con la gente que no se podía permitir hacer una donación? Si técnicamente era un ensayo clínico, ¿no tendrían que pagarnos ellos? ¿No tendrían que pagarme? No le había contado a Baba que para venir a California el acuario me había obligado a pedir una excedencia sin sueldo, que empecé a trabajar un mes más tarde de lo que debía, que estaba atrasada con el alquiler, que mi tarjeta de crédito estaba en números rojos y no sabía cómo iba a pagar los intereses.

—Mamá quiere ayudarme, de verdad, igual que tu hija te quiere ayudar a ti.

—Excepto que tu madre paga con dinero y mi hija paga con su cuerpo.

—¿Y cómo crees que hemos llegado tan rápido hasta aquí?

Baba siguió hablando a la vez que ella:

—Pagar por todo esto es obsceno. No está bien. Puto risotto de setas silvestres y putas vistas al océano. Y una manta roja. —Hizo un gesto hacia la cama, donde se había quedado la manta con la que cubría sus piernas.

—Ya salió el proletario, el obrero, el hombre de clase trabajadora que quiere que todo el mundo reciba el mismo trato.

—Sé lo que significa la manta roja. Que debo tener un servicio especial.

—Tú no eres ninguna de esas cosas, Oliver. Dirigías un hotel en una isla griega.

—Como si fuera un puto VIP.

—¿Crees que te habrían ofrecido algo así en Inglaterra? Por no hablar de Grecia. —Resopló y negó con la cabeza.

—Si una persona paga, al final acabaremos pagando todos.

Margot empujó la mesa con sus zapatillas de plataforma. El jarrón de flores se tambaleó y volvió a estabilizarse.

—Mi madre paga para salvarte la vida. Y tú eres un cabrón desagradecido.

Estaban uno frente al otro, con la cabeza adelantada, preparados para embestir.

—Es el útero de Neffy, Margot. Su útero.

No me terminaba de gustar que mi padre pensara en mi útero, ni que lo mencionara. A mí no me gustaba pensar en sus testículos, sus riñones, cualquiera de sus órganos.

—Claro, Oliver. El lugar en el cuerpo de una mujer que está diseñado específicamente para que crezcan cosas.

No se enteraron de que me levantaba.

«¡Quédate! ¡Que te quedes!», me grito desde fuera del escenario. No me escucho. No me puedo oír.

—¡Pero bebés! ¡Para que crezcan bebés! Nuestros nietos, no un riñón.

—Tengo que ir al baño —murmuré mientras cogía el bolso sin hacer ruido.

Cuando cerré la puerta detrás de mí como había hecho el doctor, ellos seguían a lo suyo. Un enfermero pasó empujando un carro y me saludó con una sonrisa bien ensayada. Hizo como que no se daba cuenta de lo que ambos podíamos oír.

En recepción pregunté a la mujer del mostrador si me podía prestar un papel y un lápiz. *Me voy un par de días para pensármelo bien. Por favor, cuídate y no te preocupes. Le mandaré un mensaje a Margot,* escribí. Le pedí a la mujer que se lo entregara a Oliver en la suite Rosa dentro de media hora.

Volví a encender el teléfono y vi tres llamadas perdidas de Justin y unos cuantos mensajes. Odiaba que tuviera razón al decirme que tenía que pensármelo un poco más. No quería que me dijera lo que tengo que hacer. Aun así, le devolví el mensaje: *Me voy a San Francisco a pensarlo bien.*

Cuando revisé el monedero vi que tenía unos cincuenta dólares. Si lograba llegar a la ciudad, seguro que encontraba un hostal. No quería volver a casa de la madre de Margot, necesitaba un poco de espacio.

Fuera, el aire californiano soplaba cálido, con una brisa salada procedente del océano. Los pulpos gigantes de California vivían en esas aguas, quizá hubiera unos cuantos ahí abajo ahora mismo. En unas prácticas hace tiempo tuve el placer de conocer un pulpo gigante llamado Giovanni. Era enorme, unos seis metros de largo, pero lo suficientemente amable como para dejar que me tocara la cara.

Bajé el sendero que serpenteaba hacia la carretera y me topé con el aparcamiento, me puse a hacer dedo y en media hora había encontrado a alguien que me podía llevar a San Francisco.

Mientras salgo del Revisitado, me acuerdo de un ejercicio de Lengua que tenía que hacer en el colegio: escribir una carta a nuestro yo joven. Qué consejos nos daríamos, de qué no teníamos que preocuparnos, qué debíamos hacer de otra manera, nos dijo el profesor. Ay, tantas cosas…

Queridísima H:

Tutelado. ¿No es ese el adjetivo? Buscaría en Google la definición exacta si tuviera internet. Cuando una persona vive bajo las normas y regulaciones de alguien más durante mucho tiempo, o muy intensamente, se vuelve incapaz de actuar por su cuenta. Lo mismo ocurre en el zoo: los animales favoritos de la gente —los tigres y las orcas—, criados en cautividad, a menudo no se apañan bien cuando los dejan en libertad. ¿Y qué ocurre con las criaturas marinas? Los peces pequeños no parecen tener problemas, pero ¿y los pulpos? Nadie lo sabe. Los acuarios los dejan en libertad de forma rutinaria, pero solo cuando han sido capturados ya adultos y no han estado en cautividad más que unos meses. ¿Y los humanos? Creo que ya sabemos lo que suele pasar.

Neffy

Hace dos días, cuando volvía a mi habitación, entré en el cuarto que uno de los voluntarios abandonó en el pasillo donde está el de Leon. Por curiosidad. La ventana que daba al pasillo estaba bajada, como en el resto de las habitaciones: alguien las debió de bajar mientras me estaba recuperando. El nombre en la puerta decía «Robin». Me quedé en el umbral y vi que la disposición era la misma que en el cuarto de Leon: el baño a la derecha, un ventanal grande enfrente. Entré un poco y cerré la puerta detrás de mí para que nadie me viera; me sentía como si la estuviera allanando. Por la ventana vi que daba al mismo patio trasero que la de Leon, y que el contenedor seguía volcado. Para evitar pensar en lo que Leon me había contado —la mujer por la carretera, el hombre con la cara hinchada y el ruido de los perros por la noche—, me volví para examinar el interior. Estaba claro que Robin se había marchado a toda prisa, pero quizá Yahiko había pasado por aquí para rebuscar: los cajones del escritorio colgaban abiertos, el edredón y la almohada estaban en el suelo. Pero quienquiera que lo hubiera dejado así, Yahiko o Robin, no había visto la cazadora vaquera que estaba colgada detrás de la puerta. En el bolsillo interior había una cartera con algo de dinero y una tarjeta de débito, junto a un carnet de estudiante que acreditaba a Robin Willis como alumno de la Universidad de Reading. Por la foto —cuello ancho de jugador de rugby, acné—, supuse que tendría dieciocho o diecinueve años. En otro bolsillo había un libro de autoayuda muy manoseado. Era una pena: de todas sus cosas, la que más falta le haría —si seguía vivo— sería esta. *Como dejar de sentirse abrumado: cuando el mundo te deprime.* Me puse a hojearlo, pero justo entonces oí que se abría la puerta de Leon y me llamaba. Di un respingo culpable por estar en la habitación de Robin fisgando en sus objetos personales, como hacía Yahiko. Volví a meter el libro y la cartera en los bolsillos de la cazadora de Robin y salí deprisa al pasillo.

Me había afectado tanto la atmósfera de abandono que se respiraba en la habitación de Robin que durante horas me sentí desasosegada y ya no intenté abrir ninguna otra puerta, a pesar de que pasaba por la habitación contigua a la mía —el cuarto de Orla—, por la que estaba vacía y por la de Stephan cada vez que cruzaba el pasillo hacia la de Leon.

Esta tarde, sin embargo, sin ser consciente de haber tomado la decisión antes de hacerlo, tiro de la manilla de la habitación de Orla. Como era de esperar, está cerrada. Intento mirar entre las lamas de su persiana para ver si se ha dejado algo, pero están perfectamente encajadas en el marco y la luz está apagada. Voy hasta la habitación de Stephan y también está cerrada. Iba de camino al Revisitado —seguramente pronto volveré a ver a Justin—, pero, en vez de ir hacia el cuarto de Leon, vuelvo a la habitación vacía entre la de Orla y la de Stephan. No hay nombre en la puerta y no está cerrada. Una vez dentro, está claro que, como me dijo Leon, no se la asignaron a ningún voluntario. Al parecer, Boo le dijo que tuvieron que prescindir de uno de los voluntarios nada más llegar porque pasaba algo con la ducha, y, efectivamente, cuando asomo la cabeza en el cuarto de baño veo que falta la alcachofa. La cama no tiene colchón y la habitación está completamente vacía. Me he acordado de no encender la luz, pero me acerco a la ventana. Da a la misma callejuela que la mía, tenemos casi la misma vista al edificio de ladrillo rojo de enfrente y, en un ángulo un poco más oblicuo, al apartamento de Sophia. Desde aquí puedo ver lo que imagino que será su cocina. Aprieto mi frente contra el cristal y me pregunto cuántos días hace que no la veo. Su puerta principal, que debe de compartir con los otros apartamentos del bloque, está retranqueada. Solo veo una placa con tres timbres. Pero los grandes cuadrados de papel siguen en la ventana del salón, donde Sophia me escribió su respuesta. Una palabra en cada cristal: SÍ, ESTOY AQUÍ, en mayúsculas rellenadas con bolígrafo negro. Debería escribirle otro mensaje, pienso, ¿qué daño podría hacer? Y me pregunto qué aspecto tendrá este edificio, esta habitación, la de Stephan, la de Orla, mi habitación, desde las ventanas de Sophia.

Queridísima H:

La tapa de tu tanque estaba entreabierta, el cerrojo descorrido. ¿Me lo dejé así o lo abriste tú? No estabas en tu madriguera; estuve segura de ello en cuanto la brillante luz de mi linterna no te hizo salir a regañadientes. Presa del pánico te busqué en el tanque de peces exóticos y sus alrededores, con la esperanza de encontrarte antes de que pudieras meter un brazo en él. No estabas pegada al cristal mirando dentro, y sabía que si no te encontraba pronto tendría que dar la alarma, aunque supusiera meterme en un lío. Al final, te encontré cerca de los caballitos de mar, no te habías ido muy lejos. Tal vez no sea fácil para un pulpo atravesar un suelo embaldosado. Me dejaste cogerte, pero te agarraste a mí cuando intenté devolverte al tanque: cuando lograba despegarme un brazo, pegabas otro. Pero entraste, tuve que meterte dentro, y no se lo dije a nadie. Más tarde revisé la zona donde te dirigías: hacia un desagüe en el suelo. Me puse a cuatro patas y olfateé. ¿Eso que olía era el mar?

Neffy

Leon está sentado en su escritorio tratando de hacer un agujerito con unas tijeras en una cuña de madera, algo que debían de utilizar para mantener las puertas abiertas.

—¿Qué haces?

—Intento hacer un agujero, pero no hay manera. —Arroja las tijeras y la madera al otro lado del escritorio—. Puta radio. Bueno, de todas formas, nadie debe de estar emitiendo.

Y de pronto recuerdo algo que vi en el apartamento de Sophia, en el alféizar de la ventana. ¿Seguía allí cuando he mirado hace un rato?

—Había una radio… —Dejo la frase a medias, pero, de todas formas, Leon no me estaba escuchando.

—He estado pensando en el número de veces que has Revisitado y creo que quizá deberíamos reducirlo un poco, limitarlo a una vez al día, ¿vale?

No quiero hablarle de la radio porque sé que me hará salir. Por supuesto que tendría que salir. Salir sería lo correcto.

—Claro —digo—, no hay problema.

Leon suspira. Los dos sabemos que voy a Revisitar.

Para cuando el coche estaba cruzando el Golden Gate, Justin ya me había reservado una habitación en un pequeño hostal en el barrio de Cow Hollow de San Francisco y ya se había sacado un billete para venir en el próximo vuelo.

Me sorprende que esta vez el Revisitado me haya llevado al segundo siguiente a donde me había quedado en el anterior. Tal vez, pienso —y tengo que acordarme de contárselo después a Leon—, tiene que ver con la intensidad de las emociones, puesto que rara vez me lleva a momentos anodinos.

Envié un mensaje a Justin para decirle que no hacía falta que viniera, que solo necesitaba algo de espacio y un poco de tiempo para pensar, pero la verdad era que quería verle la cara y sentir su cuerpo junto al mío, aun cuando sabía que trataría de persuadirme de no seguir adelante con el tratamiento.

Los dos tíos que pararon su Subaru para recogerme —Marcus y Gary, con sendos bigotes rizados a juego— se iban de puente a un hotel al Valle del Río Ruso, al norte de San Francisco. Me senté detrás y dejé que me invadiera el *jet lag* mientras ellos hablaban entusiasmados de la impresionante piscina del hotel, las bicis gratis y la forma tan guay en que el restaurante servía las coles de Bruselas. Sus nervios por el viaje y su forma de buscarse con la mirada, aun cuando Marcus iba conduciendo, explicaban que no se pararan mucho a preguntarme de dónde venía y por qué estaba haciendo autostop en la Ruta Uno, así que pude darles la información más breve posible sobre mi padre y la clínica y, al menos durante unas horas, no tuve que plantearme qué debía hacer. Un poco al norte de Monterrey les conté que Justin me había reservado una habitación y que había cogido un avión para reunirse conmigo y les pareció tan romántico que insistieron en llevarme hasta la puerta del hostal.

Me comí una pizza en un sitio al final de la calle, escribí un mensaje a Margot para decirle que había llegado bien y que los quería a los dos y que lo estaba pensando detenidamente. Pero lo que hice fue irme a la cama temprano, taparme con unas sábanas horteras y quedarme dormida inmediatamente. Mi yo mayor aún no está acostumbrada a esto: existir dentro de un cuerpo dormido. Me preocupa que si yo también me duermo, pueda perderme el momento de despertar y dormir para siempre. Preferiría salir del Revisitado y volver a sumergirme por la mañana, pero no funciona así. Al final me duermo, y sé que por la tarde del día siguiente veré a Justin.

Después del desayuno, caminé por la ciudad sin rumbo fijo y cuando me cansé me senté en el banco de un parque y miré entre las casas para ver el mar. No conseguía que mis pensamientos se estuvieran quietos, no lograba concentrarme y al cabo de un rato busqué en mi teléfono si había pulpos en San Francisco. Google me dijo que había dos acuarios en la ciudad, pero no había oído hablar de ninguno de ellos. El único californiano que conocía por mi trabajo estaba en Monterrey. Elegí el acuario Steinhart, en la Academia de Ciencias de California. Si hubiera llevado la tarjeta de trabajadora del acuario me habrían dejado entrar gratis, pero me la había dejado en Inglaterra.

Compré una entrada completa para el acuario. Dentro tenían una poza de marea, un pantano con un caimán albino y la obligada exhibición de pingüinos. «La Dimensión Desconocida» era un tanque de siete metros y medio de profundidad con ondeantes arrecifes de coral y miles de peces. Los peces halcón de nariz larga, que parecían hechos de ganchillo, nadaban con una especie recién descubierta de pez arcoíris, mientras las medusas peine bioluminiscentes lanzaban sus tentáculos junto a las ofiuras. Pero atravesar este escenario de techos oscuros y carteles muy iluminados sin poder colarme por alguna puerta invisible a la zona entre bastidores de suelos de hormigón, hileras de lámparas y tanques con ruedas me hizo sentir fatal, así que me apresuré a pasar a la exposición de la Costa de California. Una enorme ventana en forma de ojo mostraba unas algas que se mecían en un oleaje artificial, un banco de pejerreyes mocho que resplandecían con sus lomos plateados al girar al unísono, una anguila lobo naranja brillante que se enroscaba en el lecho de arena, erizos de mar y anémonas de distintos tipos que envolvían una gran roca central. Me senté frente a la ventana durante una hora o más, mientras los niños y algunos adultos aparecían y circulaban a mi alrededor.

Un grupo de escolares de unos nueve o diez años con chaquetas azul marino y faldas de cuadros se abalanzaron todas a la vez al cristal y apretaron la cara contra él mientras lanzaban exageradas exclamaciones de asco ante lo que veían. Y entonces, tan rápido como habían llegado, decidieron continuar; algún movimiento sutil de la coleta de una discreta líder y desaparecieron. Seguí sentada y esperé, pero el pulpo gigante de California que indicaba el cartel del tanque de al lado no apareció. Acabé por pensar que, probablemente, lo habrían sacado para alimentarlo.

En el reverso de mi entrada al acuario, con un boli que encontré al fondo del bolso, escribí una lista de razones por las que no debería cultivar un riñón para mi padre:

1. Es un tratamiento experimental muy arriesgado que no se ha probado antes en humanos.

2. Nadie conoce los efectos a largo plazo.

3. Es raro.

4. Tendré que ir al hospital muchas veces.

Taché la última. Era patético preocuparse por eso. Y después escribí otra lista de por qué debería cultivar un riñón para mi padre:

1. Podría salvarle la vida.

Saqué el teléfono del bolso para llamar a Margot y comunicarle mi decisión, pero no tenía cobertura y lo volví a meter en el bolsillo lateral junto con la entrada doblada del acuario.

Cuando volví al hostal Justin estaba durmiendo en la cama, tumbado boca arriba. Para regocijo de mi yo mayor, esta vez me quedo mirándolo. Una vez, me hizo una foto durmiendo, con la boca abierta, floja, y legañas en los ojos medio cerrados. Pero Justin parece sereno cuando duerme, cuidadosamente tendido como un caballero de piedra sobre una tumba. Me desnudé, me senté en el borde de la cama y saqué el teléfono del bolso. Detrás de mí, Justin se revolvió y noté como se giraba y se retorcía hasta acercarse a mí. Su mano se deslizó por mi muslo. Subió como una araña por mi vientre y las costillas, donde se detuvo para apretar a ciegas un pecho, como si tratara de averiguar qué era. Me eché a reír por fuera y por dentro. Sus dedos recorrieron mi brazo y treparon hasta la mano, donde descubrieron mi teléfono móvil.

—No, no, no —dijo Justin fingiendo autoridad, y dejé que me lo quitara—. Ven aquí.

Me tumbé y me deslicé hacia atrás hasta apoyar el hombro en su pecho. Su cuerpo irradiaba calor. Puso un brazo sobre mí, me acarició un pecho y me acercó a él, aspirando, inhalando el olor de mi pelo, de mi cuello. Pensé que igual me tenía que haber lavado antes de entrar.

—Hueles como la tierra después de la lluvia —me dijo, mientras me rozaba el culo y la parte baja de la espalda con la polla. La apretó con la mano y la empujó para meterla entre mis piernas.

Se oyó un leve zumbido y me di cuenta de que era mi móvil, que Justin debía de haber dejado bajo su almohada. Estuvimos un rato así, frotándonos, hasta que no pude esperar más y me di la vuelta, me puse de rodillas, a cuatro patas, y él se puso detrás y entró en mí. Me separó las rodillas, me agarró las caderas y me mantuvo quieta. Alargó un brazo por delante con los dedos humedecidos para frotarme al ritmo que se movían nuestros cuerpos. Sus ruidos me hacían moverme más deprisa y sacudirme contra su pelvis, elevando el coxis para recibirlo mejor. Sus dedos siguieron moviéndose en círculos hasta que un ardor imparable surgió de mi interior. No me oía a mí misma, solo oía a Justin decir «sí, sí», y pensaba «no pares, no pares», y llevé mi mano hasta la suya para apretar sus dedos con fuerza contra mí.

Nos dejamos caer hacia delante y quedé bocabajo, con el peso de su cuerpo sobre mí y la cara aplastada de lado en la almohada. Sentí como se contraía y el exquisito sonido de succión de su polla resbaladiza saliendo de mí. Nos echamos a reír. «Buenas tardes», dijo, como haría un policía inglés en una comedia antigua.

Justin estaba tumbado boca arriba, rodeándome con un brazo, y yo estaba a su lado, con una pierna enganchada a la suya. Noté que se estaba quedando dormido y le di un codazo.

—¿No tienes hambre? Yo me muero de hambre, ¿y tú?

—Siempre tienes hambre después de follar —dijo medio dormido.

—¡De eso nada! —dije, levantando la cabeza. Luego la dejé caer de nuevo—. ¿En serio?

—No he dormido nada durante el vuelo. Si no tienes dinero, yo tengo unos cuantos dólares, ve a por comida y déjame dormir. Mañana te convenceré de que no lo hagas. —Balbuceaba como si no pudiera abrir bien la boca.

—No lo conseguirás. Ya he decidido.

Mi estómago rugía. Justin sabía que me había tenido que coger una excedencia sin sueldo para venir a California, y como seguía pagando el piso en Plymouth iba muy justa. Me pregunté si estaría mal utilizar su dinero para comprar comida. Cogerle dinero de la cartera me parecía peor que dejar que me pagara un hostal con su tarjeta de crédito.

—Ve y cómprate una pizza.

—Cené pizza anoche.

—¿Y?

—No me quiero mover.

—Y yo no quiero que te muevas. —Me abrazó fuerte.

—Fiorentina, con un huevo encima, poco hecho para que la yema se extienda sobre las espinacas y la mozzarella. Con extra de alcachofas. Y champiñones al ajillo.

«Pilla la pizza», trato de decirme a mí misma. «Por lo menos pilla la puta pizza.»

Salí rápido de la cama y fui al baño, me senté en el retrete y me limpié. Había dejado el papel higiénico perdido con sus fluidos.

—Joder, Justin —le grité, riéndome.

—¿Qué pasa? —fingió ponerse a la defensiva—. Hacía por lo menos dos semanas.

—¿Y no te has hecho una paja en dos semanas?

—Te lo he guardado todo para ti.

—Gracias.

Vuelvo a tumbarme en la cama, a pesar de que quería la pizza.

—Le conté a tu madre lo que piensas hacer —dijo Justin distraído, con voz somnolienta.

—¿Cómo? —Me incorporé para mirarlo. Tenía los ojos cerrados y una sombra cubría su labio superior con una barba incipiente. Tenía la piel reseca en el puente de la nariz por el aire acondicionado del avión—. ¿Se lo has dicho? Joder, Justin. Ya se cabreó bastante cuando supo que quería donarle un riñón a mi padre. ¿Por qué coño se lo has tenido que contar?

—Porque le dije que iba a venir a convencerte de que no lo hagas. —Por un momento sentí que mi pecho ardía de ira ante su arrogancia, pero se extinguió inmediatamente por la certeza de que no lograría convencerme.

Me aparté de él y le di la espalda.

—He hecho una lista de pros y contras y mañana vuelvo a la clínica.

Se apoyó en un codo para incorporarse.

—Neffy, no.

—Sí. Ya está. Iba a llamar a Margot cuando me has quitado el puto teléfono.

—¿Tienes siquiera dinero para volver a la clínica?

—Pensé que te lo podía pedir prestado.

Negó con la cabeza.

—Para eso no.

—O sea que para una pizza sí, pero no para salvar la vida de mi padre.

—Esto es completamente diferente y lo sabes.

—Le pediré a Margot que me lo mande o volveré a hacer autostop. Voy a volver.

—He venido a salvarte de ti misma. —Sonrió tratando de convencerme.

—No necesito que me salven. Sé perfectamente lo que estoy haciendo. —Hablaba en serio.

—Yo creo que no.

—Es mi decisión, es mi cuerpo. —Me di la vuelta y rebusqué mi teléfono en el bolso, que estaba en el suelo—. Voy a mandarle un mensaje a Margot ahora mismo. Me mandará dinero. Cogeré un taxi a la clínica si es necesario. Su madre lo pagará.

El teléfono no estaba en el bolso. Me abalancé a sacarlo de la almohada de Justin a la vez que él hacía lo mismo. Llegué primero: cuatro llamadas perdidas de Margot y un mensaje de voz. Saqué las piernas de la cama y me senté. La colcha de *chintz* se había caído al suelo alfombrado.

—Voy a llamarla. Mira, me ha llamado.

«No llames, no lo hagas, no hagas esa puta llamada», me grito. Pero no me escucho.

Marqué el número de Margot mientras miraba a Justin por encima del hombro. Contestó a la primera.

—Neffy —dijo, y supe por su tono de voz que Baba había muerto—. Te he llamado. —Se echó a llorar—. Te he llamado, pero no contestabas. Ha tenido un ataque al corazón. ¿Dónde estabas? ¿Qué hacías?

Justin se puso de rodillas detrás de mí y, mientras me iba dejando caer sobre su pecho, me cogió el teléfono de la mano.

—No, no —fue todo lo que pude decir.

Él habló con Margot mientras me sujetaba con el otro brazo para evitar que me cayera al suelo.

—Soy Justin. Sí, su hermanastro. Sí, estoy aquí con Neffy. Lo siento, lo siento mucho.

Vuelvo a sentirlo, su muerte me desgarra, me abre en canal, me hace pedazos. Que mi padre haya muerto sin saber que había decidido volver me sigue resultando insoportable.

Queridísima H:

¿Sentiste que algo iba mal? Volé de vuelta a Inglaterra con Justin unos días después y dejé que Margot se ocupara de los preparativos para trasladar el cadáver —¡el cadáver de Baba!— de California a Paxos. Le llevó más de dos meses organizarlo todo. El acuario me dio tres días libres por motivos personales además de las dos semanas de excedencia sin sueldo, y pasé dos de esos días viajando, así que tuve que volver al trabajo inmediatamente. Fui directa a tu tanque. Formaste unos marcados picos con los ojos y tus colores destellearon, pasando rápidamente del rojo intenso al naranja moteado y al blanco, una alfombra persa que se elevaba y ondeaba agitada. ¿Estabas enfadada conmigo por haberme ido tanto tiempo?

—Baba ha muerto —creo que dije por encima del tanque—, no lo salvé.

Apoyé la cabeza en las manos sobre el borde del tanque y dejé que mis lágrimas cayeran al agua. Había leído que las lágrimas de emoción, las psíquicas, tienen una composición química diferente a las lágrimas fabricadas para lubricar. ¿Notaste el sabor? ¿Lo supiste? Porque viniste hacia mí con las pupilas dilatadas y me acariciaste la mejilla con la punta del brazo, saliste del tanque y te abracé llorando.

Neffy

Leon y yo estamos en la sala de personal, aclarando las dieciséis jarras de agua y poniendo a hervir la tetera una y otra vez.

Debíamos haber hecho esta tarea por la mañana, porque ahora no tendremos agua fresca para beber con la cena. Piper está en la cocina y mis glándulas salivales, mi estómago, mis intestinos y toda mi sangre —contra mi voluntad y contra el Revisitado de la muerte de mi padre— están atentos al zumbido del microondas mientras se hace la comida.

Leon está preocupado. Se quedó afectado cuando salí del último Revisitado llorando y sin aliento. Le conté lo de mi padre y dijo: «Definitivamente, vamos a tener que reducir el tiempo que pasas ahí abajo. Y acuérdate de que solo deberías Revisitar buenos recuerdos. Ya sé que es difícil, pero es importante seguir intentándolo».

Ahora, en la cocina, sujeta firme una jarra mientras la lleno de agua del hervidor.

—He Revisitado a mi madre de nuevo esta mañana —dice.

Sin mirarlo, cojo la jarra y la pongo en la pila que hemos llenado de agua del grifo para enfriar más rápido el agua hervida, mientras espero a que siga hablando.

—Siempre me resulta confuso, inconexo, como si estuviera soñando. Y no es nada fácil hacerse el Revisitado uno mismo: hay que poner una alarma para poder salir. —Coge un paño de cocina del respaldo de una silla—. Mi madre también murió. En los primeros días de la pandemia. ¿Te lo he contado?

—¿Estaba en el hospital?

—Nunca llegó a la UCI. Murió en una camilla en Urgencias. Dijeron que no había camas disponibles. Putos mentirosos. Estaba con ella en casa justo antes de que llegara la ambulancia. Estaba seguro de que podía haber hecho más y quería ver, saber. Así que volví a ese momento en nuestro salón. Estaba tumbada en el sofá y parecía que los ojos se le iban a salir de la cabeza. —Cierra los suyos—. Tenía un color horrible.

—¿Estaba hinchada? —le pregunto con delicadeza.

—¡No! —Abre los ojos, acusadores—. No sé, era una mujer grande. Con sobrepeso, ya sabes. Estaba todo el día detrás de ella para que adelgazara, pero no me hacía caso. Le gustaba comer, eso decía, siempre estaba cocinando y picando. No me había fijado en la cara que pusieron los enfermeros cuando entraron en la habitación.

—¿Puedes controlar dónde vas?

—Sí, siempre lo consigo. En fin, he visto como miraban lo grande que era y me he dado cuenta de que estarían pensando en cómo la iban a bajar por las escaleras, porque el ascensor estaba averiado otra vez. Debería haberles dicho algo, o haberla obligado a que me hiciera caso con la comida. En el Revisitado solo he encontrado culpa, vergüenza y remordimientos. No me ha ayudado. No sirve de nada volver atrás y ver su dolor y el tuyo. No puedes cambiar nada. Mi madre estaba obesa y decidieron llevar a la UCI a alguien más delgado, a alguien que lo merecía más, y dejaron que mi madre muriera en una camilla en Urgencias. —Leon ha retorcido el paño de cocina hasta convertirlo en una cuerda tensa con la que golpea una taquilla, haciendo un ruido metálico.

—Qué putada —digo—. Todo esto es una putada.

Desde la puerta de la cocina, Piper dice:

—Recuerdo haber oído que la tasa de mortalidad de las personas negras era mucho más elevada, incluso teniendo en cuenta factores socioeconómicos.

—¿Cómo? —dice Leon.

—Y teniendo en cuenta también los factores geográficos.

—Mi madre no era negra.

Piper abre la boca, pero, por una vez, no tiene nada que decir.

—Mi madre era blanca —Leon dice la palabra como si la subrayara.

El microondas pita y Piper vuelve avergonzada a la cocina.

Leon niega con la cabeza.

—Joder, la gente, cuántas suposiciones.

—Lo siento —digo, aunque no tengo motivo para disculparme en nombre de Piper.

—Mi padre es el que era negro. Murió antes de que yo naciera. Rachel irrumpe en la habitación con Yahiko y se queja de que el agua está tibia cuando nos sirve a todos. Mientras Leon reparte los tenedores, le pregunto a Yahiko por gestos si está bien, pero no estoy segura de que vea bien sin las gafas y sus ojos todavía tienen un aspecto horrible. La inflamación ha bajado un poco, pero alrededor del color púrpura ha aparecido un amarillo sucio. Hoy ya ha desayunado con nosotros, pero estuvo callado; trato de evaluarlo para ver si está más delgado, más débil. Sé que estoy buscando una razón para no sentirme mal por no salir, pero no la encuentro. Cuando ya estamos todos sentados, Piper viene con la bandeja y reparte las raciones. Ella y Leon no se miran.

—¿Notáis lo mal que huele el conducto de los residuos? —digo—. Está empezando a apestar.

—¿Estás recuperando el olfato? —pregunta Piper.

—Creo que sí. Tal vez deberíamos bajar al sótano y meter la basura en bolsas o algo.

—Podemos discutirlo en la próxima reunión.

Pongo los ojos en blanco mirando a Rachel y ella sonríe un poco.

Yahiko mira mi plato como si estuviera calculando si es más grande que el de los demás, y me pregunto si darme más comida es parte del plan de Piper para asegurarse de que sigo ovulando. Debería haberme preguntado: al menos en los cefalópodos, la alimentación del macho es casi tan decisiva como la de la hembra. En todo caso, tengo arroz con una salsa naranja que quiere parecerse al curry. Me llevo una cucharada culpable a la boca y decido guardar un poco para Yahiko. Muevo un grano de arroz a la parte delantera de la boca, lo saco con los dedos y lo examino. Me trago el resto y por el rabillo del ojo veo que Piper me observa. Revuelvo el curry con el tenedor: en realidad, es solo salsa, sin verduras.

—¿Qué es? —le pregunto.

—Arroz con curry —dice. Su plato tiene un poco de cada uno de los nuestros: un canelón relleno de carne, un poco de mi curry, una cucharada de estofado y una patata.

Cojo otra cucharada, me la acerco a la nariz y la huelo.

—Cómetelo antes de que Yahiko lo coja.

—¿Qué ponía en la etiqueta?

—Curry.

Piper empieza a masticar un bocado de comida. Su mandíbula sube y baja y gira levemente a los lados, como las vacas o los camellos. No se lo traga, sigue moviendo la mandíbula. Cierra los ojos. Los músculos se le marcan en las mejillas mientras trabajan. Todos la estamos mirando.

—¿Qué coño está haciendo? —pregunta Yahiko.

—Está masticando —dice Rachel—. Piper, ¿estás bien?

Como un poco de arroz mientras la observo, se oyen los crujidos de su mandíbula.

—No le puede quedar comida en la boca a estas alturas —dice Yahiko.

Piper abre los ojos y traga.

—Me he acordado de un artículo que leí en internet hace la tira —dice—. Si masticas la comida cien veces obtienes un diez por ciento más de calorías, creo. O igual era un veinte.

—No sé cómo puedes hacer eso —dice Rachel, y todos intentamos hacerlo.

Consigo masticar unas cuantas veces antes de tragar, pero mi estómago me exige la comida y me resulta imposible mantenerla en la boca mucho rato. Además, estoy segura de que es solo salsa. Echo un vistazo al resto de los platos para averiguar quién puede tener mis verduras.

Leon inicia una conversación sobre aprender a conducir. Es una táctica de distracción para que dejemos de pensar en que falta comida, para comer despacio y que nos dure más. La sensación de tener el plato vacío y calcular las horas que faltan hasta la siguiente comida es la peor. Pero sé que Leon lo hace también por mí, para que nadie me pregunte cuándo voy a salir a buscar más. Su intento de distracción funciona. Rachel y Yahiko dicen que nunca han tomado clases de conducir, Piper ha suspendido dos veces y Leon dice que sabe conducir, pero nunca se ha presentado al examen. Yo aprendí en cuanto pude y me saqué el carnet a los diecisiete. Leon traslada la discusión a los tatuajes. Todos tenemos uno excepto Piper. Yahiko tiene un pez koi azul gigante nadando por el muslo; para enseñárnoslo tiene que bajarse los vaqueros. Leon tiene una mariposa en el hombro. Rachel señala que el nombre de una novia anterior está entretejido en las alas. Ella tiene un pequeño cohete en el tobillo que despega hacia un cúmulo de estrellas. Nos cuenta que su padre tiene uno igual. Yo les enseño el pequeño amonites que tengo en la espalda, con los tentáculos del animal curvándose en su concha.

Seguimos comiendo y volvemos a hablar de comida, si para hacer un asado queda mejor la ternera o el cordero, y yo voto por hacer solo el relleno y salsa vegetariana cuando noto en la boca algo fino y puntiagudo. Lo empujo hasta los labios y lo cojo con los dedos. Es tan fino y tan blanco como el bigote de un gato. Es una espina de pescado. Todos dejan de hablar y de comer y se nos quedan mirando a la espina y a mí.

—Lo siento, he quitado todo lo que he podido del abadejo.

Miro mi plato y está vacío. He olvidado dejarle algo a Yahiko. Hay tres o cuatro granos de arroz repartidos por el borde, aplastados por el tenedor. Mi cerebro se agita, pero mi estómago se aferra a la comida; de ninguna manera va a dejar escapar nada.

El abadejo es muy parecido al bacalao, solo que más pequeño y más quisquilloso con la comida. Tiene una mancha en el lomo llamada la huella del diablo. En el acuario había unos cuantos.

—Tienes que comer —me dice Leon.

Se me saltan las lágrimas y sigo mirando el plato. Rachel pone su mano sobre la mía.

—No nos queda comida vegetariana —dice Piper—, no quería decírtelo.

Dejan que me quede sentada mientras recogen la mesa a mi alrededor. Veo que Yahiko junta con los dedos los cuatro granos de arroz de mi plato y se los mete en la boca mientras limpia. Me doy cuenta de que quiere preguntarme «¿Qué, ahora saldrás?», pero es lo suficientemente generoso para guardarse las palabras. Todos se han marchado sigilosamente menos Leon. Le pido un Revisitado.

—No es bueno usar el Revisitado como consuelo, como apoyo cuando las cosas van mal.

—¿Me estás diciendo que tú no lo harías? —le digo en voz baja—. Si te funcionara bien, ¿no te pasarías el día Revisitando a tu madre en lugar de subsistir aquí, sin ella?

Leon sabe que tengo razón.

—Por eso te lo trajiste, ¿no? —Aparta la mirada un momento y vuelve a mirarme sin cambiar la expresión de la cara—. No solo para hacer ajustes, sino para conseguir que funcione bien contigo. —Se pasa la mano por la frente—. ¿Por eso te presentaste voluntario para el ensayo clínico? Así podrías ganar algo de dinero y tendrías tiempo para intentar que te funcionara bien. —No contesta—. No me parece mal.

—Voy a preparar tu Revisitado —dice mientras se levanta.

—Gracias.

Al llegar a la puerta se detiene, dudando.

—El caso es que a veces pienso que Revisitar no es tan diferente de lo que hace Rachel cuando se pasa horas mirando las fotos de su teléfono. Ninguna de las dos cosas es la vida real. Pero vale, lo pillo, la vida real ahora mismo no es nada guay. —Da una palmada en la puerta con una sonrisa triste—. Bueno, voy a prepararlo todo. ¿Nos vemos en cinco minutos?

—Vale, en cinco minutos.

En cuanto se va, entro en la cocina. Está tan reluciente como ayer, cuando fui a por hielo para Yahiko. Y como tampoco hay ventanas, igual que en la sala de personal, enciendo la luz y me tomo mi tiempo para echar un vistazo. Está llena de módulos de metal plateado: un microondas de tamaño industrial, el carro para repartir la comida, estanterías abiertas con cajas de cartón que contienen servilletas de papel envueltas en plástico, otras con bolsitas de sal y pimienta. Hay una encimera metálica con una fregadera incorporada, todo tan impecable como debe estar la cocina de un hospital. Se oye el zumbido de la luz, el de la nevera. La abro y veo que está vacía. Abro el congelador y saco una de las comidas envasadas: albóndigas en salsa con puré de patata y zanahorias. Otra: curry de gambas y arroz. Saco otra, y otra más. Piper tenía razón: son todas de carne o de pescado. O me muero de hambre o me como esto. O salgo a por más comida. O me voy, y entonces, ¿qué pasará con los demás? ¿Qué harán cuando se queden sin comida? Cierro la puerta del congelador y con la mano en el interruptor echo un vistazo para asegurarme de que lo dejo todo tal como lo he encontrado. En la pared hay un cuadro eléctrico: un diferencial que puede ser para apagar el microondas, y otro pequeño y negro tapado con tres tiritas. Alguien ha escrito en ellas NO QUITAR con el rotulador de la pizarra. Cojo los extremos de las dos primeras y tiro de ellos. Los controles del aire acondicionado están debajo. Oigo que se abre la puerta de la sala de personal y aparece Piper en el umbral de la puerta de la cocina.

—¿Estás bien? De verdad, siento lo del curry. Siento no habértelo dicho.

—¿Qué es esto? —digo, despegando un poco las tiritas.

—Las pegó Yahiko. Creo que hay algo peligroso en el cableado. No quería que nadie se electrocutara. —Vuelve a pegar las tiritas y me aparta la mano con suavidad.

—Tal vez pueda arreglarlo. —No sé nada de electricidad, pero estoy harta de pasar frío.

—Lo dudo. Yahiko sabe lo que hace. He venido a por hielo. —Abre la puerta del congelador—. ¿Quieres un cubito? Está bien para hacerte creer que estás comiendo. —Saca una cubitera, pone un par de cubitos sobre la encimera y me da uno—. Pruébalo.

Imagínate que es un Murray Mint. ¿Los recuerdas? —Ya se ha metido su cubito en la boca y se lo pasa de un lado a otro, golpeándose los dientes—. Mi padre siempre llevaba un paquete en el coche. Mi madre se quejaba de que eran muy sosos, a ella la volvían loca los *éclairs* de chocolate. ¿Cuál es tu dulce favorito?

Suena sobreexcitada, como si tuviéramos ocho años y nuestros padres nos hubieran dicho que nos hiciéramos amigas. Me doy cuenta de que está hablando de los suyos en pasado por primera vez. Mastico el cubito y me trago los trozos.

—Las gominolas de limón, antes de hacerme vegetariana.

—Vale, pues tómate otra gominola de limón. —Se ríe y vuelve a abrir el congelador—. ¿Vas a hacer otro Revisitado? ¿Quieres llevarle uno a Leon? Si te das prisa, llegará congelado.

Queridísima H:

No lo planeé exactamente, o, al menos, no pensé bien lo que iba a hacer o lo que ocurriría. Fue más bien que me volví un poco loca. La pena, la culpa, la vergüenza, algo. Pasaba los días como una autómata, haciendo las tareas que tenía que hacer, hablando con Margot, evitando a Justin. Una tarde, fui la última en salir del acuario, aparte del tipo de seguridad. En la taquilla me puse la chaqueta, saqué la bolsa y me la colgué al hombro. Vi las fiambreras que siempre olvidaba llevarme a casa, unos cuantos recipientes con cierre hermético. Uno de ellos, al que había tenido que recurrir cuando me di cuenta de que me había dejado el resto de fiambreras en el trabajo, era lo suficientemente grande como para meter un pastel redondo de tamaño considerable. La saqué y me la quedé mirando; después, cerré la taquilla. Volví a tu tanque y abrí el cerrojo. Te acercaste a mí inmediatamente y no me paré a pensar en las consecuencias de lo que estaba haciendo. Todo lo que tenía en la cabeza era que quería salvar a alguien, algo, de una vez. Recogí un poco de agua y te metiste en la fiambrera. Colocaste los brazos dentro con cuidado, como si lo supieras, y yo cerré la tapa y metí la fiambrera en la bolsa, una grande de tela. Charlé un poco con el de seguridad sobre el tiempo y lo que tenía para cenar. Me dirigí al mar y te liberé.

Neffy

Cuando llego a su habitación, Leon está de pie junto a la ventana, mirando fuera. Se da la vuelta.

—¿Estás bien? —me pregunta.

—Toma, una gominola de limón —le contesto.

—A tu madre le dolerá no haberte visto —dijo Justin, cambiando el peso de una pierna a otra en el umbral de la puerta.

«Ay, Justin», pienso. «A mí sí que me duele no verte.» Quiero que se quede quieto, inmóvil, para tener tiempo de moverme por la escena sin que todo se acelere, para volver a ver a mi hermoso Justin desde todos los ángulos.

Tenía los dedos metidos a presión en los bolsillos de los vaqueros y el pelo revuelto, como si lo hubiera pillado durmiendo. Estábamos en Dorset, en el trastero de la casa de Clive. Estaba en la parte de atrás, tal vez en tiempos fuera la despensa o el cuarto de la colada, pero ahora estaba lleno de cosas que no pegaban en esa casa de líneas limpias y espacios minimalistas: una silla negra con ruedas, una torre de CD, una lámpara pasada de moda.

—Te manda besos, y me pidió que te dijera otra vez que espera que todo fuera bien en Paxos. Me habría gustado que me dejaras ir contigo. Joder, qué frío hace aquí. —Llevaba puesta su camiseta de *Regreso al futuro*.

—Lo sé, me llamó desde Copenhague.

Habían pasado ciento veintidós días desde la muerte de Baba y sesenta desde que volví al acuario, robé el pulpo, lo devolví al mar y me despidieron; doce desde que volví a Paxos, donde Margot y yo arrojamos las cenizas de Baba al mar; y un día desde que regresé a Inglaterra. Justin y yo nos habíamos enviado mensajes a menudo y habíamos hablado por teléfono, pero me las había arreglado para mantenerlo a una distancia prudencial. Necesitaba tiempo para pensar las cosas y había vuelto a casa de Mamá y de Clive a recoger la ropa que había dejado allí cuando me despidieron de mi anterior trabajo. Aún no le había contado a Justin lo que había hecho en el acuario. En su último mensaje me comentó que hoy estaría en Londres y pensé que tal vez lo había hecho para prepararme una encerrona. No nos habíamos besado, había logrado escabullirme de sus brazos, aunque lo único que quería era que me abrazara.

—Es un sitio raro para ir en enero —dije. Estábamos hablando de nuestros padres como quien habla del tiempo, era ridículo.

—Papá tenía un encargo grande, ni siquiera me contó de qué se trataba. *Top secret.* Pero creo que se van a quedar allí unos meses.

—¿Meses? Mamá no me dijo nada.

—¿Quieres un té?

—No, estoy bien, gracias.

Me gustaría pegarle una patada en la espinilla a aquella Neffy. ¡Es solo un té! Y es Justin, tómate un té con él, no seas gilipollas. Pero sigo adelante.

Tenía razón, me estaba helando. De rodillas en el suelo de hormigón, el frío me atravesaba los vaqueros. Saqué una maleta con ruedas que me pareció que era de mi madre. Me resultaba muy familiar, pero no estaba segura.

—¿No te invitaron a irte con ellos?

Abrí la cremallera de la maleta y levanté la tapa. En la parte de arriba había unos jerséis con las mangas plegadas hacia atrás. Me di cuenta de que Justin no me había respondido y, cuando levanté la vista para mirarlo, contestó:

—Les dije que no podía ir.

—¿Cómo? —Y entonces caí en la cuenta—. No tenías que quedarte en Inglaterra por mi culpa. Estoy bien, estoy perfectamente. —Me miró—. Solo necesito ropa de abrigo, porque hace un frío que pela, joder. —Seguí rebuscando entre los jerséis.

—Se está mejor en casa.

—Alta eficiencia térmica —dije sarcástica.

—Altísima.

No quería sonar ácida, pero me salió así. Antes de que pudiera disculparme, me preguntó:

—Te quedas esta noche, ¿no?

—Pues es que he pedido un taxi para ir a la estación. Vuelvo a Londres esta noche.

Saqué un jersey que mi yo joven no recordaba tener, uno negro con cuello redondo. «Vuelve a meterlo en la maleta y ve a tomar un té con Justin.»

—¿No tienes que trabajar? —Oí que arrastraba los pies por el suelo de cemento.

—El trabajo se acabó.

—¿Se acabó? ¿Qué quieres decir?

—Me han despedido.

—Qué putada, Neffy. ¿Qué ha pasado?

—Robé uno de los pulpos y lo liberé en el mar.

—¿Qué estás diciendo?

—Que robé uno de los…

—Ya te he oído, pero ¿por qué? ¿Cómo se te ocurre hacer eso?

—Porque tenía que ser libre.

—Pero era tu trabajo.

—De todas formas, no me gustaba.

—¿Cuándo ha pasado todo esto?

—Hace dos meses. Un pelín menos.

—¿Y no me lo has contado? ¡Joder, Neffy! ¿Y qué has hecho para conseguir dinero?

—Pareces mi madre. Bueno, en realidad no te pareces en nada. A ella nunca le ha importado el dinero.

—Porque siempre ha tenido a un hombre que se lo ha pagado todo.

Eché la cabeza hacia atrás.

—Ostras.

—Lo siento, lo siento. No quería decir eso. Pero es que no te entiendo. ¿Por qué no me lo has contado? —Entornó los ojos de esa forma que lo hacía parecer encantadoramente miope—. Menuda mierda, joder.

Me senté bien y me lo quedé mirando, y el hormigón me entumeció el trasero al instante. Sabía que no se refería a la ropa de la maleta.

—No sé por qué estás haciendo todo esto, pero me parece una puta mierda. Tu padre murió y no estabas con él. Vale, lo pillo. Acabas de arrojar sus cenizas y ha tenido que ser horrible, pero todo esto es una mierda. —Extendió los brazos para abarcarlo todo: a mí, sentada en el suelo; la maleta, las cosas que iba descartando y todo lo que estaba haciendo.

Negué con la cabeza tratando de disipar las lágrimas que empezaban a llenarme los ojos.

—Déjame ayudarte —dijo con dulzura, y se agachó despacio en el umbral de la puerta, aún a cierta distancia de mí, como si fuera una criatura que se asusta fácilmente—. Quédate aquí, conmigo.

—¿Y ser como mi madre? —Se me estaba cerrando la garganta por el esfuerzo para no llorar.

—No debería haber dicho eso. Me preocupas. ¿Dónde vas a vivir?

—Me quedaré con una amiga.

—¿Qué amiga?

—No la conoces.

—¿Por dónde? —Le habían salido unas manchas rojas en las mejillas, le pasaba siempre cuando se ponía nervioso o se enfadaba.

Le tomaba el pelo diciéndole que parecía un granjero, el Viejo Justin.

—En el sur, al sur de Londres. Sí, al sur. Peckham. —Cogí el jersey negro y me lo acerqué. Olía a frío.

—No me lo creo.

—Créete lo que te dé la gana. Es cierto.

Lo único cierto era que una amiga de una amiga había accedido, en principio, a dejarme dormir un par de noches en su sofá hasta que encontrara algo.

—¿Pensabas contármelo? ¿O me estás haciendo un *ghosting* cutre? Uno en el que solo contestas a mis mensajes a veces y solo apareces por casa cuando piensas que no estoy.

Le lancé una mirada asesina. O sea, que era una encerrona. Me lo podría haber dicho yo misma al principio de este Revisitado.

—Pues claro que te lo iba a contar. —Estaba tiritando con mi chaqueta de verano y, aunque era muy fina y holgada, la simple idea de quitármela para ponerme un jersey se me hizo insoportable.

—¿Cuándo?

Me abracé las rodillas y apoyé en ellas la cabeza. Noté el olor de los vaqueros sin lavar.

—No puedo seguir con esto. —Me salió una voz chillona, rota.

Cuando volví a levantar la mirada, Justin había recorrido a cuatro patas los metros que nos separaban y estaba en cuclillas frente a mí. Me cubrí la cara con las manos.

—Neffy, por favor. —Me cogió de las muñecas y me retiró las manos suavemente de la cara—. Por favor, mírame. —Miré alrededor, a todo lo que había sacado de la maleta y estaba esparcido por el suelo. Tenía las mejillas mojadas. Tenía las manos mojadas—. No lo hagas —me pidió. Negué con la cabeza—. Te quiero. —Se arrodilló y apoyó mi cabeza contra su hombro. No podía soportar su olor, había demasiado consuelo en él. Me acarició la nuca y abrí mucho la boca, pero no salió nada, ni gritos ni llanto. Noté bajo su mano los enredos donde no me había cepillado el pelo—. Todo irá bien.

Me aparté de él y me froté los ojos.

—No. No puedo volver a verte, lo siento. —Lo dije con el tono de voz más duro que fui capaz de encontrar.

Se sentó y me miró en silencio. Estaba segura de que él también lo estaba recordando: aquella habitación, aquella cama en Cow Hollow, San Francisco. Recordé lo que sentí cuando estaba dentro de mí. Recordé los sonidos que hicimos. Nunca llegué a enviar el mensaje a Baba para decirle que cultivaría un riñón para él. De todas formas, habría sido tarde, pero ni siquiera lo supo. ¿Y qué decir del placer? Sentir tanto placer y tanta alegría mientras se moría mi padre era algo muy serio.

—No es eso —dije, aunque Justin aún no había hablado. Negué con convicción—. Es solo que… Es solo que no es posible. Tú y yo. No deberíamos estar juntos.

—Claro que deberíamos.

«Claro que deberíamos», repito dentro de mi cabeza.

Justin y yo entramos en casa y se puso a preparar el té mientras me sentaba en una silla y no en el sofá. La casa estaba a una temperatura perfecta, pero yo seguía helada. Me quité la chaqueta y me metí por la cabeza el jersey negro que había traído. Era holgado y tenía pelos de perro en las mangas.

—¿Qué te parece todo lo que está pasando en Sudamérica? —gritó Justin desde la cocina mientras abría los armarios para sacar el té y los tazones.

—¿Qué está pasando?

—Un virus. Parece que causa inflamación en los seres humanos. Están hablando de una epidemia, una pandemia, o algo así.

—No he visto las noticias últimamente.

—Probablemente no será nada.

Cruzó la habitación con las dos tazas.

—Creo que te has equivocado de maleta. —Miré el jersey que me había puesto y vi que tenía por delante un pingüino con un gorro navideño. Nunca había visto este jersey. Le faltaban algunas lentejuelas—. Estoy seguro de que era de mi madre. Papá tiene una foto suya donde lo llevaba. No sabía que todavía quedaban cosas suyas aquí. Se supone que las donamos a una organización benéfica hace años.

Ya me había hablado de su madre. Había muerto de cáncer cuando él tenía cuatro años. Tenía un negocio de pastelería, diseñaba y cocinaba tartas para cumpleaños, bodas y aniversarios. Justin me contó una vez que el último pastel que hizo fue para ella, sabía que sería su último cumpleaños. Y aunque era para ella, lo decoró con un futbolista en miniatura pegando una patada a un balón. Justin se quiso comer al pequeño futbolista que se parecía a él. Su madre le dijo que no le iba a gustar, que el mazapán era para los mayores, pero él insistió, le mordió la cabeza y la escupió. Se acordaba del enfado de su madre y del sabor horrible, pero no se acordaba bien de ella. Le dije que era normal, era natural acordarse solo de algunas cosas y no de otras. En otra ocasión me había enseñado una foto y pensé que se parecía mucho a mi madre, pero no lo dije. Ya era todo demasiado raro sin que viniera yo a añadir nada.

Justin se acercó para besarme y tuve que reunir toda mi fuerza de voluntad para apartar la cabeza. Y ahora me odio por haberla apartado. «Aprenderé de esto», me digo. A partir de ahora haré lo correcto: siempre besaré al hombre que quiero; saldré al exterior. Había albergado la esperanza de que la silla fuera lo suficientemente pequeña, lo suficientemente estrecha con sus brazos de madera estilo *mid-century* para que no pudiera colarse en ella a mi lado, pero como un viejo perro labrador que piensa que aún es un cachorro que cabe en el regazo, Justin se sentó encima de mí y me apretujó contra la silla, con una rodilla en mi ingle y el pecho pegado a mi cara.

—Así es el duelo, Neffy —dijo—. Es espantoso, terrible, y nunca termina de desaparecer. Pero aprenderás a vivir con él, tienes que dejarme que te ayude.

Y me abrazó mientras rompía a llorar.

Queridísima H:

En la reunión disciplinaria me dijeron que tenía que devolver al acuario lo que le debía por la pérdida de un pulpo. Me dijeron que era el coste de comprar un nuevo pulpón y transportarlo desde Turquía, a pesar de que tú eras una pulpo blanco que podía encontrarse en el Reino Unido. O lo aceptaba o llamarían a la policía.

Mi jefe se quedó con mi tarjeta de acceso y me escoltaron fuera del edificio a través de la tienda de regalos, por delante de los padres que me miraban boquiabiertos junto a sus hijos. El tío de seguridad me dio una caja de cartón para que vaciara mi taquilla, como hacen en las películas americanas cuando despiden a alguien. Mientras me vigilaba, recogí un libro de bolsillo con las páginas arrugadas y la media docena de fiambreras vacías en las que se agitaban las migas secas. Faltaba una. Supongo que me la dejaría en las rocas junto al mar cuando llegó el equipo de psiquiatría. Alguien los debió de llamar al ver a una mujer metida en el agua hasta las rodillas. Me llevaron a casa y me dijeron que pidiera cita con mi médico de cabecera. Nunca lo hice.

Neffy

DÍA DOCE

La habitación de Rachel está ordenada, la cama está hecha. Desde la última vez que estuve aquí, ha cambiado de sitio los muebles y ahora el escritorio con todos sus cosméticos está delante de la ventana. Hay unos treinta o cuarenta tubos y botes, y un espejo redondo. Margot tenía uno igual, de esos que se giran y tienen por detrás un espejo de aumento. Yo solo tengo una barra de labios y un rímel; me los traje, aunque no me acuerdo de cuándo fue la última vez que me los puse. Lo que sí sé es que no los he usado desde que llegué al centro.

Rachel sale del baño con unas tijeras en la mano. Lleva puestos sus vaqueros de siempre, la sudadera con capucha y el albornoz, pero tiene las mejillas sonrosadas de la ducha y la cara limpia de maquillaje, literalmente recién lavada. Lleva una toalla enrollada en el pelo; al anudar los extremos en la parte alta la ha apretado tanto que tira de sus ojos, lo que la hace, si cabe, todavía más guapa.

—Feliz cumpleaños de nuevo —le digo.

Rachel levanta la mano y hace sonar las tijeras en el aire, y doy un paso atrás. Me sigue pareciendo inestable e imprevisible. A Mamá le habría encantado, habría dicho que es «efervescente».

—¡Vaya cara has puesto! —Rachel se echa a reír y se sienta en el escritorio—. Me he cortado el pelo para la fiesta.

Se desenrolla la toalla de la cabeza y se revuelve el pelo, ahora un *bob* desigual con el flequillo desfilado que parece cortado en una peluquería cara. El aroma a madreselva del champú flota un instante en la habitación antes de que lo disperse el aire acondicionado o mi pobre olfato. Rachel coge el espejo y lo sujeta a la altura de la cara.

—¿Qué opinas?

Lo mueve hasta que nuestros ojos se encuentran. El reflejo de su cara es exactamente igual que su cara real. La mayor parte de la gente cuando se mira al espejo ve un reflejo ligeramente distinto, con los ojos algo empequeñecidos, la sonrisa un poco torcida, un gemelo malvado, pero el de Rachel es perfecto. Simétrico.

—¿Te corto el tuyo? —dice, blandiendo de nuevo las tijeras. Hacen un sonido agradable, metal que se desliza sobre metal. Rachel se echa a reír—. Vale, quizá solo un poquito de maquillaje.

Se levanta de un salto y me hace sentar en su lugar mientras arrastra otra silla hasta allí. Me coge de la barbilla y me gira la cabeza hacia ella para examinarme. Me siento expuesta y trato de apartarme, consciente de mi piel grasa, de mi cara redonda y sosa y de que soy mucho mayor que ella. Me suelta y rebusca entre el maquillaje del escritorio para decidirse por un tubo a medio usar.

—¿Has cenado bien? —me pregunta mientras se pone un poco de base de maquillaje en el dorso de la mano.

Todos estuvieron de acuerdo en que tomara dos boles de avena. Nadie preguntó qué iba a comer mañana o pasado mañana, y nadie mencionó que me estaba comiendo sus desayunos. Rachel está intentando averiguar cuáles son mis planes, incluso puede que Yahiko le haya pedido que me pregunte, y sé que tengo que salir al exterior, pero sigo aplazándolo. No les puedo pedir a ninguno de ellos que me acompañen, porque la mera idea de arriesgar sus vidas además de la mía me da pánico. He tratado de no pensar en ello porque imaginarme en la calle me hace sentir débil, mareada, como si de pronto fuera a quedarme sin cuerpo, como si alguien fuera a quitarme toda esta ropa que llevo, capa por capa, para descubrir que no queda nada de mí. Ya me he autodiagnosticado ansiedad, un incipiente ataque de pánico, quizá incluso agorafobia, así que he dejado de pensar en ello. Mañana veré qué hago.

—Sí, no te preocupes. Me las apaño.

Rachel me inclina la cabeza.

—Tendré que ser rápida, esta luz es una mierda. —Me pone unos puntos de maquillaje debajo de los ojos y en las mejillas y empieza a extenderlo.

—Te he traído un regalo.

—¿De verdad? —Se detiene, emocionada como una niña.

—Bueno, en realidad es algo que me habían regalado. Y pensé que lo podríamos compartir.

—¡Un regalo! —Se pone a aplaudir.

—Y para envolverlo no he encontrado nada más que papel higiénico. —Lo saco del bolsillo del albornoz y se lo entrego, mirándola mientras desenrolla el papel. Rachel lo acerca a la ventana, donde la luz natural se está desvaneciendo. Lo agita.

—Es un Matchmaker —le digo—, dos mitades de un Matchmaker.

—Ya sé lo que es. Yahiko me contó que te lo dio. Era el último que quedaba. No me lo puedes dar a mí, Yahiko me dijo que lo estabas guardando para alguien.

—Mejor nos lo comemos ahora.

—No, guárdatelo. —Me lo devuelve—. Para quien sea.

Desenrosco la tapa y huelo, y ahí está, el embriagador aliento del azúcar, chocolate y menta que Yahiko describió.

—Justin. Se llama, se llamaba, Justin. Iba en un avión hacia Dinamarca, pero lo desviaron a Suecia y allí no dejaron bajar a ninguno de los pasajeros. Me mandó un vídeo y no volví a saber de él. —Mientras hablo siento en las tripas que hemos sido desconectados, cercenados, y que por mucho que intente contactar con él buscando a ciegas una respuesta, nunca llegará.

—Ay, Neffy. —Abre los brazos y nos abrazamos. Es natural, fácil; quizá sea por cómo tranquilicé a Yahiko ayer, o porque comí pescado por error, o por lo que sea que esté pasando con su padre, o, lo más probable, por todo a la vez. Huele a jabón caro y me pregunto si Yahiko habrá repartido más de lo que se llevó de la habitación de Jade.

Cuando nos separamos, digo:

—Era mi hermanastro.

—¿Y qué?

Tuerzo la comisura de los labios.

—Eso significa que no sois parientes, ¿no?

La miro con el ceño fruncido, confundida por un momento.

—Él y tú, no pasa nada.

—Gracias.

Me echo a reír, cojo los trozos de Matchmakers y se los ofrezco en la palma de la mano. Rachel coge uno. Se lo mete entero en la boca, yo también me meto el mío entero y las dos abrimos mucho los ojos al sentir su sabor, el placer, la idea de que no se puede guardar todo.

Rachel sigue maquillándome, me dibuja la raya del ojo y me pone rímel.

—¿Cómo van los Revisitados? —Me llegan a la cara ráfagas de su aliento a menta y chocolate—. ¿Qué se siente? Me alegro de que conmigo no funcionara, suena deprimente.

—¿De verdad? ¿No te gustaría volver a ver a tus amigos? ¿A tu padre?

Habla igual que Piper y me pregunto si su insistencia en que no quieren que les funcione es solo para ocultar su decepción.

—¡Ni de coña! Estoy intentando olvidarme de todo. —Se echa a reír.

—Es muy intenso.

—Espero que Leon no te deje hacerlo demasiado.

—¿Qué quieres decir? —No quiero que venga nadie más a decirme que debería hacerlo menos.

—¿Sabías que suspendieron el proyecto?

—¿Porque no funcionó con suficientes personas?

—Por lo de la demanda.

Me alejo de su mano y la miro fijamente.

—Leon no quería contármelo —dice mientras sigue con el maquillaje—, pero parece ser que hubo gente, los testeadores, o como se llamen, que se volvió adicta a Revisitar y cuando no les permitieron hacerlo más perdieron la cabeza. Parece ser que les jodieron la salud mental. Y demandaron a la empresa, la empresa de Leon, total, que los inversores tuvieron que pagarles, o el seguro, o alguien. Creo que no llegaron a ir a juicio, pero les cortaron el grifo de sopetón. —Agitó el aplicador del rímel en el aire—. Tal vez por eso Leon se presentó voluntario, creo, por las deudas.

No le cuento cuál creo que es la razón, prácticamente confirmada por él.

—¿Y tú? ¿Por qué te presentaste voluntaria? —Ahora me siento cómoda para preguntarle.

—En realidad es una estupidez. Me da vergüenza decirlo.

—Va, venga, cuéntalo.

—Pues fue porque mi padre estaba en la cárcel. Si yo no hubiera salido con ese idiota, el entrenador de natación, mi padre no habría tenido que romperle la nariz a nadie, ¿sabes? No lo habrían detenido, no lo habrían condenado y no estaría encerrado. Así que pensé que yo también merecía estar encerrada. Solo un poquito. ¿Es una estupidez?

—Para nada.

—Bueno, asegúrate de no Revisitar demasiado —dice mientras vuelve a cerrar el rímel.

—Te aseguro que no. En serio. No pasa nada. —No le señalo la ironía de la cantidad de horas que pasa mirando mensajes y fotos en el móvil, porque yo hice lo mismo los primeros días después de despertar.

Elige una barra de labios y me la aplica, después mueve sus labios y los frota entre sí para que la imite y el carmín se extienda.

—Te acuerdas de que te dije que si te ibas quería irme contigo, ¿verdad? —Se echa un poco hacia atrás para comprobar cómo ha quedado—. Bueno, pues no tienes que llevarme. Ya no. Creo que me quedaré con Yahiko y los demás. No te lo tomes a mal, pero creo que Yahiko está bastante desesperado por el tema de la comida, ¿sabes?

—Ya lo sé. —Quiero prometerle que saldré y encontraré algo, pero no me salen las palabras.

—Tal vez venga el ejército, después de todo. —Parece que intentara animarme, buscarme excusas.

—A por Piper.

—Buah, nos dejarán a todos aquí y solo se la llevarán a ella —dice entre risas.

—He estado pensando… ¿Cómo va a saber el ejército que estamos aquí, si no podemos encender la luz ni mover las persianas ni poner carteles en las ventanas?

—Porque saben lo del ensayo clínico. Saben que estamos aquí. Somos famosos. Salimos en el telediario, una amiga me etiquetó cuando lo posteó. Alguien de los de arriba tendrá la dirección.

Parece que Rachel se ha dejado convencer por Piper y su forma de pensar, y me pregunto si es por aferrarse a algo. Cierra la barra de labios y la pone junto a las otras con el nombre del tono hacia arriba.

—Si te marcharas, ¿dónde irías? —le pregunto.

—No lo sé. Tal vez podríamos buscar un sitio nuevo, empezar de cero. Piper quiere volver a casa para ver a sus padres. Para ser sincera, Leon y yo estamos bastante seguros de lo que se va a encontrar, pero supongo que habrá que comprobarlo. —Rachel coge un cepillito y me peina las cejas hacia arriba.

—¿Y tu padre?

—No. Creo que igual que tu Justin, si hubiera salido, si hubiera podido venir, habría averiguado dónde estamos y ya estaría aquí. Yo no voy a ir a ver. No quiero volver a ver ese lugar. Los muros, los reflectores —se estremece—, solo de pensar cómo ha debido de ser todo ahí dentro...

—¿Y crees que Yahiko soportaría salir del centro?

—Uf, estoy muy preocupada por él. Definitivamente se le está yendo la cabeza. Ayer lo hiciste estupendo con él, tan calmada.

—Tal vez tenía que haber seguido con la carrera de Medicina.

—No sabía que habías estudiado Medicina. —Me limpia la comisura de los labios con la punta del dedo—. Ya está.

—Lo dejé. Me di cuenta de que lo de ayudar a la gente no era lo mío.

Rachel me acerca el espejo a la cara, pero está demasiado oscuro para ver algo.

—Pues claro que es lo tuyo. Te apuntaste a este ensayo.

—Por dinero.

—No, ninguno de nosotros se apuntó solo por dinero. Siempre hay formas más fáciles de ganar algo de pasta. Yo he trabajado como *cam-girl* hasta el confinamiento, y había demasiadas chicas que estaban en las mismas. Te aseguro que se te da muy bien lo de salvar gente, Neffy. —Me mira de arriba abajo—. Y como *cam-girl* tampoco te iría mal ahora que te he maquillado.

Las dos nos echamos a reír y, mientras se pone rímel a tientas y se ahueca el pelo recién cortado, vuelvo a pensar en Justin y en que siempre trataba de salvarme: económicamente, del dolor, de la pena por la muerte de Baba..., y me pregunto si Rachel tiene razón. Tal vez no me apunté solo por dinero, sino para intentar devolver tanta generosidad dejando que me administraran la vacuna y el virus. Si conseguía salvarme, podría salvarlo también a él.

—Venga —dice Rachel—, que nos vamos de fiesta.

En la recepción, oímos voces que vienen de la sala de personal y cuando entramos la luz brilla y alguien ha hecho una guirnalda de papel higiénico y la ha pegado al techo con tiritas. Sigo notando el tufillo del conducto de la basura, pero nadie hace ningún comentario al respecto. Han puesto la mesa bajo la pizarra y hay cinco tazas y una botella. Piper no lleva su gorro y por primera vez le veo el pelo: rapado a los lados y peinado hacia arriba en la parte superior. Casi no la reconozco, salvo porque lleva puestas sus zapatillas.

—¡Feliz cumpleaños! —le dice a Rachel.

Habíamos visto a Rachel esta mañana en el desayuno y en la cena, pero acordamos celebrarlo por la noche. Todos comentan su corte de pelo y mi maquillaje, Yahiko nos hace girar a un lado y a otro. Leon ha hecho una tarjeta para Rachel —reconozco el papel del cuaderno que cogió de mi habitación— y Piper le da una cadena de grullas de origami hechas con páginas arrancadas de una novela, que Rachel mira embobada mientras se la cuelga del cuello. Piper, al parecer, se pasa el día haciendo mil grullas de papel para atraer la buena salud o la buena suerte. Yahiko le da una funda para el móvil con la parte de atrás decorada con dónuts. Todos admiramos lo realista que es, cada dónut parece real y elegimos cuál nos comeríamos. Yahiko y Rachel dan unos grititos y chocan los cinco cuando eligen el mismo. Intento no pensar en la persona que se la dejó aquí.

—Mira, Yahiko tenía más alcohol —dice Leon, y va a por la botella.

Yahiko estira el brazo y la coge antes de que Leon pueda siquiera tocarla.

—Déjame a mí —le dice.

Con mucha pompa, exagera los gestos para desenroscar el tapón y se acerca mucho a las tazas para ver bien mientras vierte un poco en cada una. Piper dice que no quiere, pero Yahiko insiste. Reparte las bebidas y nos ponemos en círculo para brindar.

—¡Feliz cumpleaños, Rachel! ¡*Kanpai*! —dice, y todos lo repetimos y bebemos.

Es agua.

Leon ni siquiera hace una pausa antes de decir:

—¡Está buenísimo! ¿Qué es?

Yahiko levanta la botella: el mismo vodka que se acabaron Rachel y Leon o, al menos, de la misma marca. Por un momento me pregunto si solo me han dado agua a mí y han servido vodka a todos los demás, pero Rachel dice:

—No puedo creer que guardaras algo de vodka para mi cumpleaños.

A Rachel, que siempre me ha parecido la más cándida del grupo, le cuesta un montón seguir la broma.

—Salud —digo, y doy un buen trago. Exhalo como si me quemara la garganta.

Rachel se ríe y Piper se nos queda mirando de uno en uno, preocupada, igual que yo, por si le están gastando a ella la broma.

—¡Finge hasta que lo consigas!³ —le dice Rachel.

Piper sigue confusa. Me acerco a ella y le digo en voz baja:

—Como uno de esos juegos que hacen en Recursos Humanos con distintos roles.

—¡Ah! —Por fin lo entiende y sonríe—. No bebo casi nunca. —Da un sorbo—. Pero esto está bueno.

Rachel nos hace juntar las cabezas y hace media docena de fotos con el móvil y luego las pasa de una en una. Yahiko le insiste para que deje el teléfono, le coge la mano y la levanta para hacerla girar. Los dos bailan al ritmo de la trompeta ahogada de Leon, que está haciendo una versión de *My Baby Just Cares For Me* de Nina Simone: nariz con nariz, espalda con espalda, los cuerpos de Yahiko y Rachel se mueven libres, ágiles, hipnóticos. Piper nos rellena las copas y se bebe la suya de un trago. Tiene la cara sonrojada y de pie, junto a la mesa, se mece al ritmo de la música. Rachel la coge de la

---

3. *Fake it till you make it:* aforismo popularizado por el psicólogo social Fritz Strack que hace referencia a que nuestras acciones físicas pueden influir en la percepción que tenemos de nosotros mismos y en los resultados que obtenemos, sobre todo ante una dificultad.

mano y tira de ella para sacarla a bailar. Piper se resiste y después, riéndose, se une a ella. Yo me acabo la bebida y bailo con Yahiko, que empieza a rebotar a lo loco contra la mesa y las paredes a medida que el ritmo se acelera. Y ahí estamos, bailando juntos y riéndonos. Me siento incluso un poco más mareada que antes, aturdida y feliz. Vuelven a rellenar las tazas y Rachel salta para agarrar el papel higiénico del techo; Piper la ayuda a enrollárselo alrededor de la cabeza, como si fuera una corona. Todo nos hace gracia.

—Es mi mejor cumpleaños —dice Rachel sin aliento.

Cuando me vuelvo a la mesa la botella está llena, y otra vez se vacía. Leon tiene hipo y eso también nos parece divertidísimo.

—Basta, basta —dice Piper poniendo la mano sobre la taza cuando Yahiko trata de rellenarla.

Leon empieza de nuevo con la música y vemos a Yahiko y Rachel tambaleándose por la habitación, fingiendo estar borrachos y desplomándose uno encima del otro. Piper sigue el ritmo golpeando con la mano en las taquillas. Me siento en el suelo, apoyo la espalda en un armario, estiro las piernas y los veo bailar. Un poco después, todos estamos sentados en el suelo, Rachel está tumbada y apoya la cabeza en el regazo de Piper, con la corona de papel mojada y pegada en el pelo. Piper le arranca algunos trocitos y los deposita sobre las mejillas de Rachel como si fueran unas diminutas lágrimas pálidas.

—¡Por la hermosa y triste cumpleañera! —dice Yahiko, y levanta su taza. Es el único que sigue bebiendo.

Rachel se levanta del regazo de Piper con dificultad y se le caen de la cara todas las lágrimas de papel excepto una.

—¡Por mí! —dice agitando las manos en el aire—. ¡Y por Neffy! La última superviviente. —Alza su taza imaginaria.

Bajo la cabeza en señal de agradecimiento.

—¡Y por Piper! —digo—. Por su eterno optimismo.

Piper junta las palmas de las manos y se inclina sobre ellas.

—¡Por Leon! Por su música. —Piper también alza una copa imaginaria.

Leon hace una pedorreta.

—¡Por Yahiko! Por el vodka —dice, y le manda un beso.

—¡Viva! —Piper aplaude.

Leon se queda callado, inmóvil. Vuelve a levantar la taza.

—Por los amigos ausentes —dice, y Rachel rompe a llorar.

Queridísima H:

Intento meterme dentro de la mente de un pulpo. Un cerebro con forma de dónut con los intestinos viajando a través del agujero central, un ser que entiende el mundo con los brazos y las ventosas tanto como con la cabeza. ¿Qué diferencia habría con lo que soy ahora? ¿Y qué querría? ¿Quieren los pulpos? Si es así, quizá sería la oportunidad de aparearse, de jugar, de cazar, de elegir la libertad.

Neffy

Estoy completamente despierta en la penumbra de la habitación de Leon, tumbada en su cama con las manos abiertas, esperando. La fiesta de Rachel se vino abajo cuando se echó a llorar, estábamos todos demasiado sobrios para juntarnos en un gran abrazo lloroso y autocompasivo. Y ahora, mientras Leon prepara el Revisitador, pienso en algunos de mis amigos ausentes: Justin, Nicos, Margot. Me pregunto cómo habrá sido la pandemia en una isla como Paxos. ¿Se habrá propagado el virus entre los cerca de dos mil residentes y habrá diezmado la población, o los habrá mantenido a salvo su relativo aislamiento?

Margot decidió quedarse en el apartamento sin mi padre, dijo que su vida y sus amigos estaban en la isla aunque su madre se quedara en California. No podía plantearse empezar de nuevo; no quería vivir en un lugar más grande con la esperanza de conocer a alguien nuevo. Su mayor tristeza, decía a menudo durante los días que pasé en Paxos para el funeral de Baba, era no haber podido tener un hijo con él. Nos llamábamos de vez en cuando, pero me perdí su última llamada una semana o así antes de entrar en el centro y nunca se la devolví, le respondí solo mandándole una foto mía con la pinza en la nariz. En aquella última llamada me dejó un mensaje: «He pensado que tal vez Oliver muriera a propósito antes de que volvieras a la clínica, ya sabes que a veces la gente muere cuando llega a un momento determinado en el que siente que todo ha acabado. Sé que no quería que lo hicieras, lo del riñón, así que tal vez quiso asegurarse de que todo hubiera acabado antes de que regresaras. Se me acaba de ocurrir, por eso te llamaba. De todos modos, espero que te vaya muy bien la vida. Te quiero».

—¿Estás preparada? —me pregunta Leon.

Me pone los guijarros en las manos y yo las cierro y pienso en Margot en Paxos. Como siempre, me lleva a otro lugar.

El bajo del vestido de mi madre estaba mojado, pesado por el agua del mar y la arena, cuando se puso en cuclillas junto a la piscina de rocas. Me arrodillé a su lado. «¿Todo guay ahí dentro?» Dio unos golpecitos con el dedo en las gafas en las que había escupido y me había ajustado sobre la cara, y me encajó el tubo en la boca. Este, mi primer conjunto de tubo y gafas, era rosa chillón y me encantaba. «¡Guay!», le dije. La palabra pareció brotar del final del tubo de esnórquel.

El calor excepcional del sol de aquel agosto inglés vuelve ahora a mí, a mi yo mayor; Mamá se ha vuelto a olvidar la crema de protección solar y me acuerdo de que al día siguiente los hombros de mi yo de siete años tendrán unas ampollas que me escocerán tanto que tendré que dormir bocabajo. En unos días las ampollas se secarán, me sentaré a leer en las caravanas que Mamá se encarga de limpiar y, distraídamente, me pasaré la mano por el hombro para quitarme las pieles, que saldrán en largas tiras.

En la playa, Mamá me agarró por detrás los tirantes del bañador y los sujetó con una mano. El tejido se estiró sobre mi pecho y se me clavó en la parte delantera de los hombros.

—¿Estás lista? —me preguntó.

Habíamos estado viniendo todos los días a la piscina de rocas al bajar la marea, cuando terminaba de trabajar. Hasta entonces solo me había limitado a sacar a las criaturas marinas con mi cubo transparente, y había examinado de cerca a un cangrejo ermitaño, una babosa crestada y una gamba común, que identifiqué gracias a un folleto que habíamos cogido en la oficina de turismo. Mamá había cobrado un rato antes en dinero contante y sonante, y vimos el equipo de esnórquel en un escaparate de camino al supermercado. «Quién necesita comida», dijo mientras pagaba.

—¡Lista! —dije.

Me agarré a los dos lados de la roca en la que estaba de rodillas. Mamá me sujetaba de los tirantes del bañador por detrás y bajé la cara hasta meterla en el agua.

Y miré hacia abajo, hacia otro mundo.

Montañas y valles, abismos y desprendimientos, campos de hierba meciéndose. La luz era cetrina, del color del té verde de Mamá, y el sonido era como de pequeños arañazos, burbujas y mi propia respiración. Mi pelo flotaba en los bordes de mi campo de visión, una maleza frondosa, rubia en las puntas donde la había decolorado el sol. Vi un langostino con su abdomen a la vista retroceder hacia una mata de algas turbias, moviendo las patas en un galope infinito, como el caballito de un tiovivo. Un cangrejo parduzco con manchas blancas en los ojos se arrastró de lado hasta un espacio oscuro y, de repente, salió despedido como si algo lo hubiera escupido. Observé el saliente donde había estado el cangrejo. Aguanté mirando hasta que algo naranja con ventosas, más pequeño que mi dedo meñique, se abrió paso hacia delante.

Contuve la respiración y, bruscamente, algo tiró de mí hacia atrás, hacia la tierra de los humanos y el ruido y la luz y el sonido.

—¡Pensé que se te había olvidado respirar! —dijo Mamá riéndose. Me quitó el tubo de esnórquel de la boca y las gafas de la cara, y me abrazó sin importarle que le mojara el vestido.

—¡He visto un tentáculo! —le dije—. Un tentáculo pequeñito que se estaba desenroscando desde la oscuridad.

—¿Estaba cubierto de ventosas, incluso en la parte de arriba?

—Creo que sí.

—Entonces era un pulpo y lo que has visto era un brazo, no un tentáculo.

Nos cogimos de la mano y volvimos balanceando los brazos hasta llegar a la caravana donde nos alojábamos, y Mamá me habló de un pulpo del que se enamoró a los dieciocho.

—Lo conocí en Grecia —dijo.

Mi yo mayor recuerda el pulpo —ahora me doy cuenta de que era el segundo pulpo que conocía— del que me enamoré a los doce.

—¿Donde vive Papi?

—Eso es. De hecho, en la misma playa a la que vas cada verano.

—¿En la playa? ¿No fue en el mar?

—Bueno, en las rocas. Cerca de una piscina de rocas como en la que acabas de mirar.

—¿Los pulpos pueden salir del agua?

—Claro que pueden.

—¿Le viste los brazos y las ventosas? ¿Era naranja?

Soltó una carcajada.

—Le vi las ventosas después. Era un pulpo macho y de una belleza excepcional. Le gustaba cantar ópera. Lo quise mucho y creo que durante un tiempo él también me quiso. Pero no podíamos estar juntos, no por mucho tiempo: vivíamos en lugares diferentes, comíamos comida diferente y queríamos cosas diferentes.

—¿Qué quiere un pulpo?

—Pues no lo sé. Libertad, tal vez. ¿A otro pulpo?

—¿Y entonces qué?

—¿Entonces qué?

Íbamos caminando por una de las áreas de hierba en el aparcamiento de caravanas, estaba cortada muy baja. Mamá se agachó y se llevó las manos a la cabeza, los codos le sobresalían, giraba las muñecas y agitaba los dedos como haciendo cosquillas: un pulpo. Yo grité mientras ella exclamaba:

—¡Entonces qué! Hicimos una preciosa bebé pulpo.

Leon no me pregunta nada después de esta sesión, quizá tiene suficientes respuestas. Sé que necesito dejar de Revisitar: la alegría de estar de nuevo con mis seres queridos, tan llenos de vida, ha empezado a verse eclipsada por el dolor que siento al volver a la realidad. No le cuento nada a Leon acerca de cómo ha ido este Revisitado, pero le veo en la cara que cree que esta debe ser la última vez. Tal vez esté pensando en la demanda y en las personas que se volvieron adictas. La gente de la que me habló Rachel me había parecido anónima al principio, pero ahora me pregunto si ellos también habrían perdido a alguien. ¿Soy adicta a Revisitar? Solo quiero irme a mi cama y llorar por mi madre, por la persona que era entonces y por la que fue después. Leon y yo nos damos las buenas noches, ambos abatidos.

Por la noche trato de imaginarme saliendo al exterior, esta vez como es debido: no solo quedándome en la puerta, como hice con Boo, sino saliendo a la calle, caminando por ella, entrando a otro edificio. Es aterrador. Pero no podemos quedarnos aquí sin comida y no puedo seguir Revisitando. Pienso en las calles vacías, en la muerte, en el virus que está por todas partes, en si lograré siquiera encontrar un supermercado con comida. Me acurruco de lado, temblando. ¿Y si vuelven las jaurías de perros o me encuentra una de las hordas de hombres? ¿Y si los supermercados han sido saqueados, como me dijo Rachel, o tengo que recorrer kilómetros hasta encontrar uno? Intento reproducir el trayecto hasta el centro que hice sentada en el asiento de atrás del coche, mirando las calles de Londres. Iba contando la gente, no presté atención a los edificios por los que pasábamos. ¿Pasamos por algún colmado o por alguna tienda de comestibles? Ni siquiera me acuerdo de cuando doblamos la esquina de la calle donde está el centro. Estiro las piernas y me tumbo boca arriba. Pero hay una forma de ver por dónde pasamos. Puedo Revisitar el trayecto, observar las tiendas esta vez, encontrar un supermercado. Pero ningún Revisitado me ha llevado nunca donde y cuando yo estaba pensando, y tendría que convencer a Leon para que me dejara hacerlo por última vez, la definitiva. ¿Me dejaría, aunque fuera para este propósito? Dudo que creyera que estoy siendo honesta, seguro que pensaría que es una treta para volver a ver a Baba o a Justin.

Pasa otra media hora y no encuentro una alternativa. Salgo de la cama, me pongo el albornoz y recorro el pasillo hasta llegar a la habitación de Leon. El centro está en silencio y poco iluminado. Llamo suavemente a la puerta y, como no me responde, la abro y entro. Está durmiendo, su respiración es lenta y pesada, el brillo de la luna entra por la ventana. Voy hasta los pies de la cama y deslizo el estuche plateado hasta sacarlo de debajo. Leon no se despierta.

De vuelta en mi habitación, lo abro y saco el equipo. Una pieza va en la frente, otra en el pecho. Saco los guijarros de sus compartimentos y los sujeto en las palmas de las manos. Todo se conecta de forma inalámbrica con una pantalla que hay en la tapa de la caja. Lo enciendo como he visto hacer tantas veces a Leon. Tengo una buena razón para hacer este Revisitado, pienso; es razonable, me digo a mí misma. Me tiendo en la cama pensando en el trayecto que hice para ir al centro y cómo miraba por la ventana contando peatones, intentando recordar si vi un supermercado. Cierro los ojos.

Me sumerjo en el azul como siempre, entre zumbidos y murmullos, pero no estoy en el coche. Estoy tendida en la cama del centro, donde estoy ahora.

Las paredes eran demasiado blancas, demasiado brillantes, y sentí mis pupilas contraerse hasta convertirse en una rendija, saltando incontrolables hacia los rincones más oscuros de la habitación. No quiero estar aquí de nuevo, enferma en la cama, con el virus abriéndose paso en mi interior. ¡Otra vez no! Lucho contra este Revisitado, pongo toda mi voluntad en salir de aquí.

Oigo cómo se cierra despacio una puerta, el sonido neumático al acabar de cerrarse. Debajo del edredón estaba temblando, pero al minuto siguiente tenía mucho calor y de una patada arrastré las sábanas a los pies de la cama.

Me pusieron unas pastillas en la boca.

—Traga, Neffy —me dijo Boo con suavidad, sujetándome la nuca con la mano fría y sin guantes.

El tacto de un ser humano. Mi cabeza se alzó sobre las olas para tomar una bocanada de aire. El mar me mecía, primero a un lado y luego al otro, alguien tiró de la sábana bajera, que apestaba, la arrancó de debajo de mí y la cambió por otra. Boo bajó la persiana interior como se cierran las cortinas alrededor de la cama de un muerto.

—Tengo que marcharme, Neffy. Lo siento —me susurró al oído. Yo también, pienso. Yo también—. Tómate estas, pero no demasiadas. Cómete esto cuando puedas. Bebe. —Los ojos marrones sobre una boca de tela azul.

Cuando volví a salir a la superficie, podrían haber pasado dos horas o dos días, se había hecho el silencio, por dentro y por fuera. Y entonces llamaron a la puerta. Volví la cabeza hacia allí, por qué no entraban de una vez, pero no había nadie golpeando la puerta, los golpes venían desde detrás de mi cabeza. Eran los débiles golpes de unos nudillos al otro lado de la pared, de la chica irlandesa que se reía tanto. Tap, tap, tap; tap, tap. Sin parar, seguían a veces insistentes, a veces leves. Y entonces las voces en el pasillo, murmullos urgentes, el ruido de unos zapatos que chirriaban en el suelo de vinilo. Un único «¡No!» y las voces se alejaron. El golpeteo continuó y yo me volví a hundir en mi sueño febril.

Queridísima H:

La mayoría de los pulpos viven entre uno y dos años, aunque algunas especies sobreviven solo durante seis meses y el pulpo gigante de California puede vivir hasta cinco años. Siempre me he preguntado por qué tenéis vidas tan cortas cuando estáis sumamente evolucionados. ¿Para qué tanta fuerza e inteligencia? Pero tal vez percibáis el tiempo, que de todas formas no es más que un constructo, de forma diferente. A pesar de eso, detesto pensar que viviste el equivalente a unos cincuenta años en aquel tanque. Un pulpo blanco puede vivir hasta tres años, lo que quiere decir que tú solo tuviste unos meses más en aguas abiertas. ¿Habría sido mejor dejarte envejecer y morir en cautividad?

Neffy

DÍA TRECE

—¡Eh! ¡Se ha ido la luz! Asciendo rápido de mi Revisitado con burbujas en el torrente sanguíneo, subo conmocionada de vuelta al centro, como cuando un timbre te despierta en medio de la noche y te das cuenta de que lo has soñado. Entonces me acuerdo de que debería haberme puesto una alarma, tal como dijo Leon. Espero a que griten de nuevo mientras intento averiguar qué ha ocurrido en mi Revisitado. ¿Qué fue lo que oí?

Hay un silencio extraño en mi habitación. Escucho para ver qué es lo que falta y me doy cuenta de que no se oye el zumbido del aire acondicionado ni se nota la brisa. La falta de ese ruido es otro ruido. Pero a cambio hay olores: un tufo que quizá sea de mis calcetines y zapatillas; la peste del conducto de residuos, que invade todo el edificio; el olor a lima del desodorante que uso; mi propio olor en la cama.

—¡Eh! ¡Que no hay luz! —Vuelve a sonar fuera de mi habitación. Creo que es Rachel.

Salto de la cama y voy a la recepción, tratando de ajustar los ojos a una luz mucho más tenue que de costumbre. La temperatura es bastante más cálida, se nota. Piper y Rachel están junto a Yahiko, que gime y se ha llevado la mano al corazón.

—Le está dando un ataque de pánico —dice Rachel—, y las luces no se encienden. No hay electricidad.

—Voy a vomitar —dice Yahiko con voz débil.

—Ve a por un cuenco —ordeno a Leon, que se ha unido a nosotros—, uno de esos de cartón que había en el consultorio. Rápido. Y deja abierta la puerta de mi habitación para que entre algo de luz. —Llevo a Yahiko al sofá—. Ven, vamos a sentarnos.

—Está pálido y suda mucho. Rachel se sienta a su lado y le acaricia la espalda en suaves círculos.

Piper se queda de pie, con las manos juntas como si estuviera rezando.

—¡Ostras, no! —dice, y noto el terror en su voz. Creía que era por Yahiko, pero continúa—: La comida del congelador. Aún faltan días para que llegue el ejército.

Yahiko gime, se rodea la cabeza con los brazos y empieza a mecerse.

—Respira —le digo, y vuelvo a tener esa sensación de control y autoridad. Me pongo en cuclillas frente a él e intento que me mire—. Coge aire despacio, suéltalo despacio. —Rachel respira conmigo.

—No podremos hervir el agua. —Piper se da golpecitos con el dedo en los labios.

—Tal vez los controles del aire acondicionado de la cocina hayan hecho saltar algo. —Me la quedo mirando—. ¿No dijiste que los cables estaban sueltos?

Me mira aterrorizada.

—Hostia. El aire. —No la había oído decir tacos antes.

Leon vuelve con el recipiente de cartón, aprovechando que va en calcetines para deslizarse el último medio metro.

—No es eso.

—¿Cómo lo sabes? —Cojo el recipiente y se lo paso a Rachel, que sigue sentada con Yahiko.

—El aire acondicionado no está roto —dice Leon.

—Pero no funciona.

—Joder, joder —dice Piper y empieza a pasearse.

—¿No me dijiste que se quedó atascado cuando Yahiko trató de arreglarlo? Si no, ¿por qué están esas tiritas pegadas en el cuadro eléctrico?

—Respira —le dice Rachel a Yahiko.

—Confía en mí —dice Leon—, no es eso.

De nuevo siento que hay algo más bajo la superficie.

—Y entonces, ¿qué es? —Cuando nadie me mira ni me contesta, digo—: ¿Habéis comprobado si el generador se ha parado? No sé, ¿quizá escuchando por el conducto de los residuos?

Leon me sigue hacia la sala de personal y se queda en la puerta mirando. Abro el conducto; el olor que sube es horrible, pero toda la habitación apesta. Estamos los dos en silencio, escuchando. No se oye ningún ruido.

—Tal vez hayan saltado los fusibles —dice Rachel cuando volvemos a la recepción—. Donde yo vivía saltaban todo el rato. Encendías una luz y se disparaban. Teníamos que votar para ver quién bajaba al sótano a subir el diferencial. ¿Sabemos si hay un diferencial en este sitio?

—En el cuarto de contadores —dice Yahiko con la voz ahogada. Le quita el recipiente de cartón a Rachel y se lo pone en las rodillas, bajo la cara.

—Perfecto —digo—, ¿y eso dónde está? ¿En el sótano?

—¿Al lado del generador? —dice Rachel.

Piper se lleva las manos a la cara, tiene las mejillas rojas.

—Vale, pues bajemos a ver —digo. Estoy sorprendentemente tranquila, resolutiva. Creo que puedo arreglar esto: calmar a Yahiko, conseguir que el generador vuelva a funcionar.

—Estará cerrado —dice Leon.

—Yahiko y tú entrasteis. ¿No bajasteis a comprobarlo todo justo después del Día Cero? Seguramente necesitaremos la tarjeta de acceso de Piper. De todas formas, las puertas tendrán algún mecanismo manual; si no, ¿cómo se saldría de aquí en caso de emergencia?

—Puede ser —dice Leon.

—¿Y qué pasa con la comida? —pregunta Rachel—. ¿Cuánto aguantará congelada?

—Tal vez no nos interese que esté congelada —les digo—. No podemos descongelarla, no hay microondas.

—Pero el aire acondicionado... —gimotea Piper.

—Bajas al sótano conmigo, ¿verdad? —pregunto a Leon, porque se ha sentado en el sofá y parece que tiene intención de quedarse. Se levanta a regañadientes. No entiendo su reticencia.

Piper se saca la tarjeta de acceso del jersey y hay un momento extraño en el que duda de a quién dársela, a Leon o a mí, y finalmente me la entrega. Su calidez al tacto me resulta chocante y me la meto en el bolsillo del albornoz. Yahiko se ha tumbado de costado en el asiento, con las rodillas junto al pecho, y parece algo más calmado. Dejamos a Piper dando vueltas y Leon y yo empujamos para abrir la puerta de emergencia que hay junto al ascensor. Las escaleras son de hormigón con una barandilla metálica; mientras que en el interior del centro todas las superficies son elegantes y están lujosamente iluminadas, detrás del escenario no se han gastado ni un céntimo. Es como salir de un decorado y encontrarte entre bambalinas. Aquí está el lado oculto, sin pulir, el revelador reverso de la escenografía. Las partes deslucidas, estropeadas, que hacen que la farsa parezca real. No hay ventanas y solo la luz que llega desde la zona de recepción ilumina la mitad de los tramos superiores —hasta la puerta de la azotea, dice Leon— y un par de escalones del tramo que baja. El resto está demasiado oscuro para distinguirlo: el último escalón podría acabar en un desnivel infinito por el que caeríamos sin alcanzar nunca el final.

—¿Tienes batería en el móvil? —Me detengo en el umbral de la puerta.

—No, ¿por?

—Por la linterna. Yo tampoco tengo. —Noto vergüenza y culpa en mi voz: he olvidado que alguien podría llamar o que yo podría llamar a alguien, algún día—. Rachel, seguro que el tuyo está cargado —le digo. Está justo detrás de nosotros.

—¿El mío?

—Siempre tienes batería —le dice Leon.

—Pero, si utilizáis la linterna, no le durará mucho.

—Ve a por el puto teléfono —espeta Piper, y todos nos quedamos en silencio mientras Rachel va a buscarlo.

Cuando vuelve, enciende la linterna y se lo entrega a Leon de mala gana.

—No deberíais entrar en el sótano.

—¿Cómo? —dice Leon.

Rachel se pone las manos sobre la cabeza y hace un gesto como si fueran arañas.

—No bajéis al sótano —dice con voz fantasmal. Veo que Piper cierra los ojos detrás de ella cuando Rachel suelta una risa algo histérica.

Le decimos a Piper que se quede sujetando la puerta para que entre toda la luz posible mientras Leon y yo empezamos a bajar. Él va delante sujetando el teléfono en alto, y la linterna ilumina los escalones que tenemos justo delante. Dobla un recodo y baja el siguiente tramo. La conversación entre Piper y Rachel y los lamentos de Yahiko se desvanecen. Leon pasa de largo la primera puerta y sigue bajando otro tramo más, y yo me quedo atrás a oscuras.

—Espera —le digo, y él se da la vuelta y dirige la luz hacia mí; entonces veo que esta puerta, marcada con un 1, está entreabierta. La empujo despacio con las puntas de los dedos y se abre lentamente—. Han debido de saltar los mecanismos de cierre al irse la electricidad.

Algo de la luz de recepción entra por las ventanas de las oficinas.

—Venga —dice Leon—, es al sótano donde debemos ir.

Volveré, pienso. A ver si hay algo útil. Bajo las escaleras asiéndome a la barandilla, tanteando cada escalón con el pie, intentando seguir a Leon. La puerta que da al vestíbulo de la entrada también está entreabierta y la empujo para abrirla al pasar. Nos ofrece un estallido de luz que se desvanece cuando giramos otro recodo de la escalera para seguir bajando al sótano. Hay otra puerta como las que hemos visto, lisa con una barra curvada que hay que empujar para abrir, pero esta no se abre cuando la empujo. Leon ilumina el lector de tarjetas y acerco la que nos ha dado Piper, la muevo arriba y abajo, la alejo y la vuelvo a acercar, pero no se enciende la luz verde. La aprieto contra el lector, pero sigue sin encenderse.

—No se va a abrir —dice Leon—, debe de tener un sistema de seguridad diferente al de las otras puertas para cuando se va la luz. Probablemente es el mismo que el de la puerta de la azotea.

—Pero Yahiko y tú conseguisteis entrar con la tarjeta. —Golpeo la puerta con la palma de la mano, pero ni siquiera tiembla.

—No, Yahiko y yo nunca entramos en el sótano.

—Pero visteis el generador. ¿No era de última generación? Eso es lo que dijo Yahiko.

Leon me ilumina con la linterna.

—Ni siquiera llegamos a la puerta del sótano.

Entorno los ojos y levanto la mano para tapar el destello.

—No lo pillo. —Quiero verle la cara, entender lo que me está diciendo.

—De camino al sótano, utilizamos la tarjeta para entrar en el primer piso, solo para ver lo que había. Comida, agua, ya sabes. La gente se marchó corriendo, pero había algo más que bolsos olvidados y sillas volcadas.

—¿Una bandada de periquitos? —Me aparto de la luz—. ¿O eran cuervos?

—Cuervos —dice, y baja la luz—. Unas cuantas personas debían de estar demasiado enfermas para marcharse, pero abrieron la ventana. Los vimos en la sala de juntas a través de la cristalera, algunos seguían sentados en las sillas. Yahiko se acercó al cristal y lo golpeó, y allí estaban los pájaros, agitando las alas y graznando. Dándose un festín. Salimos de ahí todo lo rápido que pudimos.

—Qué horror.

Me acuerdo de Lawrence Barret con su traje verde y la corbata a juego, y espero que estuviera en casa cuando lo entrevistaron en la tele, que hiciera la entrevista en el cuarto de sus hijos y no en su despacho. Y no puedo evitar imaginarme esa planta que está justo debajo de la nuestra. ¿El virus se extendió tan rápido que ni siquiera pudieron salir de la reunión, o los que estaban contagiados se pusieron de acuerdo para meterse en la sala de juntas y aislarse de sus compañeros? ¿Tal vez alguien los encerró?

—Y ninguno de los dos pudimos soportar la idea de seguir bajando —continúa Leon—. Nos sentamos en las escaleras y esperamos hasta que nos pareció que había pasado el tiempo suficiente.

Tiene la cara en penumbra, pero su tono de voz es de culpa, de arrepentimiento, de vergüenza. Alargo la mano y cuando me topo con su brazo lo aprieto.

Está claro que es la hora de las confesiones.

—Estaba Revisitando cuando se ha ido la luz. Volví a cuando estaba enferma, ya sabes, en mi habitación con fiebre.

—¿Cómo que estabas Revisitando? —Leon parece confuso.

—Esto… Sí, lo siento, entré en tu habitación y cogí el estuche. Pero escucha, fue extraño, oí…

—¿Te pusiste una alarma?

—Me despertaron los gritos de Rachel.

—No deberías haberlo cogido.

—Lo sé, pero…

—La de anoche en mi habitación iba a ser la última vez.

—Lo siento.

—Eres una adicta, Neffy. —Su voz es seria, incluso enfadada.

—No lo soy, de verdad. —Lucho por encontrar las palabras para justificarme por haber cogido el Revisitador—. Solo quería volver a hacer el trayecto que me trajo aquí, puedo ponerme límites…

—¿Y lo hiciste?

—¿Si hice qué?

—El trayecto que hizo el conductor.

—No, yo…

—No, claro que no. Era solo una excusa. Te has vuelto adicta, Neffy, y tienes que dejarlo.

—Lo haré, te lo prometo.

—En todo caso, ahora vamos a tener que salir —dice con autoridad—. Tenemos que marcharnos. No hay luz, ni agua potable, y la comida se está descongelando.

—Iré yo. —Las palabras salen de mi boca antes de pensarlas—. Conseguiré agua embotellada y comida. Ninguno de vosotros debería entrar a ningún sitio. Aún no. Como todos decís, probablemente soy inmune. Y después, podremos marcharnos juntos.

Miro al exterior a través de la puerta de cristal donde estuve con Boo hace solo tres días. Sus zapatos siguen tirados en la acera, junto a la pequeña colección de basura y hojas que baila con el viento bajo la marquesina del edificio. Mi estómago me dice que es la hora del desayuno, pero ninguno de nosotros nos hemos parado a comer. De todas formas, solo tenemos avena seca. Cuando pulso el botón para abrir la puerta no ocurre nada. Entonces me acuerdo de que la corriente eléctrica está cortada y esa es la razón por la que estoy saliendo del centro con una mochila vacía que Leon fue a buscar a la habitación de Yahiko. Empujo la puerta y se abre.

Fuera huele a otoño en el campo aún más que antes. A lecho de hojas y a hogueras. Tengo la sensación de que algo está empezando, los mismos nervios que tenía cuando era pequeña al volver al cole en septiembre, esos primeros días tan despreocupados en los que pensaba que si abría la boca el viento se llevaría mi aliento, mis palabras.

Primero camino a la derecha, paso de largo el coche, el autobús y la ambulancia sin mirarlos, y cuando estoy lo suficientemente lejos del edificio me doy la vuelta y busco la ventana de la habitación de Rachel. He dejado a Piper sentada al lado de Yahiko, que dormía, pero tanto Rachel como Leon están en la ventana. Me saludan y yo levanto las tijeras y sonrío en lo que espero que parezca un gesto de optimismo y valor. No me siento ni valiente ni optimista y no me imagino utilizando las tijeras si no es para abrir un paquete de tiritas. Los dos querían venir conmigo. Leon me dijo que me esperaría en la calle y cuando le dije que no podía, dijo que esperaría en el vestíbulo y me vería a través de la cristalera para asegurarse de que estoy bien. Le dije que tampoco podía hacer eso y casi discutimos. Me entregó las tijeras afiladas, no estoy segura si como arma o como herramienta, junto con una mascarilla y unos guantes que metí en la mochila. Les dije que podían verme desde la ventana de Rachel.

En este extremo de la calle solo hay unas cuantas tiendas antes de que la callejuela acabe en una verja y lo que parece un bloque de pisos. No tengo ninguna intención de entrar donde viva alguien. Recuerdo que me contaron que antes de que todo se colapsara habían dado instrucciones a la gente para que se quedara en casa, se encerrara y no abriera la puerta a nadie. Los paquetes de comida que iban a repartir nunca llegaron.

Dos cajas de cartón casi deshechas yacen en medio de la calle junto a algunas prendas de ropa desperdigadas, entre ellas un pantalón de pana naranja que se ha quedado tirado con una pernera doblada, como si estuviera corriendo.

Camino hacia el otro extremo por la acera de enfrente, paso la tienda de teléfonos móviles con el escaparate hecho añicos y las tres tiendas cerradas con persianas: Charlie's Casual Wear, Miz Nails y Easy Carpets & Flooring. En un desagüe obstruido está brotando la hierba.

Llego al final de nuestro edificio y veo la callejuela a la que da mi habitación, con el bolardo al final y el edificio de Sophia enfrente. Sigo caminando. El silencio y el vacío son antinaturales, y miro hacia atrás tanto como hacia delante. Echo un vistazo por encima de las tiendas: el piso de arriba de lo que una vez debieron de ser casas, que ahora son apartamentos o trasteros, todo un poco descuidado con desconchones en la pintura y visillos mugrientos. Paso por London Travel, que parece haber cerrado hace tiempo, por High Power Sunbeds y por Rayz Barber. Hay una bicicleta tendida en la calzada con una rueda aplastada y la otra girando suavemente con la brisa. Rachel dijo que creía recordar que al llegar pasó por un colmado asiático o polaco un poco más arriba, pero no estaba segura.

Al otro lado de la carretera hay un Chicken Bites; no tiene las persianas bajadas, los cristales no están rotos, la puerta está cerrada. Miro a los dos lados antes de cruzar. Agarro fuerte las tijeras en el bolsillo, calentándolas. Tengo miedo, pero no sé de qué. No hay cadáveres en la calle, o aún no he visto ninguno. Tal vez se los hayan llevado los perros, o los zorros y los gatos. No creo que sean los muertos lo que me asusta: no creo en fantasmas ni en nada que nos pase después de la muerte. Soy científica, me digo, como si eso ayudara. Observar, registrar, cuestionar. ¿De verdad soy inmune? Si lo fui en algún momento, ¿lo seguiré siendo? Desde el borde de la acera miro hacia arriba, a la ventana con visillos que hay sobre la tienda de pollo. No, ya sé de lo que tengo miedo: de los vivos. ¿Se ha movido la cortina? Por supuesto que no. Miro a través del cristal del Chicken Bites haciendo visera con la mano y veo que al fondo hay un mostrador pequeño y alto, una zona de cajas y una nevera para bebidas vacía. Lo que necesito en realidad es agua embotellada, pero puede que haya comida en la parte de atrás. Que no sea pollo, obviamente, o al menos eso espero. Tal vez tengan botellas de agua o latas de Coca-Cola. En un puesto de pollo para llevar, ¿puede haber algo de comida que no se haya estropeado? Kétchup. Me pregunto si la parte de atrás estará conectada con el piso de arriba. Decido que este sitio no merece la pena. Necesito encontrar el colmado con estanterías llenas de verduras en conserva y botes de frutos secos con sal. Aun así, empujo la puerta. Me sorprende descubrir que no está cerrada y se me acelera el corazón. Doy un paso adentro. Solo un paso y el olor me golpea. No es pollo. Me doy la vuelta entre náuseas y cierro bien la puerta.

Ahora sí me doy prisa. Paso por un Pizza GoGo y una casa de apuestas William Hill, freno un poco en el Cosy Home Café, pero luego lo descarto para buscar un supermercado donde la comida esté en latas, en tarros y en paquetes. La mochila vacía me golpea la espalda y la sujeto por las correas. Aquí hay mucha más basura y desperdicios que en las otras calles: un cochecito de niño volcado, ropa, libros, una cama para perros empapada y con todo el relleno fuera. Veo el supermercado a lo lejos: el toldo azul y el letrero medio borrado. Cuando me acerco lo leo, All Day Mini Market, y un número de teléfono que aún empieza por 0171. La persiana está medio subida y doblada: alguien ha estado aquí antes que yo. La puerta tras la persiana está abierta. Espero un poco a cierta distancia —tal vez acaban de forzarla, tal vez quien lo hizo sigue dentro—, pero después de unos minutos no se oye ningún sonido, no se siente ningún movimiento en el interior.

Me agacho y entro arrastrándome para que la mochila no se enganche con la persiana. Dentro está oscuro, ojalá hubiera traído el móvil de Rachel. Saco las tijeras del bolsillo y las empuño hacia delante. La tienda huele a fruta demasiado madura, a hortalizas blandas que están germinando, nada peor. La han saqueado, pero tal vez no se lo hayan llevado todo. Rachel me dio una lista de comida que creía que a Yahiko le gustaría, como si fuera a pasearme con una cesta colgada del brazo comprobando los valores nutricionales de cada alimento antes de decidir si me lo llevo. Cogí la lista solo cuando me dijo que el abuelo japonés de Yahiko había muerto de hambre después de la Segunda Guerra Mundial. Me dijo que no conocía los detalles.

Debería ser sensata y buscar primero el agua, pero detrás de la caja registradora veo la vitrina del tabaco. Los cigarrillos y el alcohol han desaparecido, pero hay mecheros y cerillas, y me quito la mochila para meterlos dentro. Al caer hacen ruido, y a la vez me parece oír un sonido que viene de la trastienda. Me detengo, me quedo agachada en una postura incomodísima y escucho. Silencio. Aquí no hay nadie, me digo.

—¿Hay alguien ahí? —grito, y mi voz suena muerta.

Nadie contesta, no se oye nada. Me meto por el primer pasillo y acerco el mechero a las etiquetas de las estanterías. «Arroz y pasta», pone, pero los estantes están vacíos. Los refrigeradores también están vacíos, pero hay una lata solitaria en el suelo; la cojo y la acerco al mechero. Tomates pera. Con una anilla para abrirla. Me siento en el suelo y abro la lata; me meto un tomate entero en la boca. Está sabroso, carnoso, tiene una acidez que me hace apretar los ojos. Lo aplasto con la lengua contra el paladar y me lo trago, me limpio la boca con la manga y bebo de la lata. Cuando me estoy comiendo el resto, veo que apretadas al fondo de la estantería de abajo hay más latas, me pongo de rodillas y las saco. No miro las etiquetas, las meto en la mochila con la esperanza de que no sea comida para perros, de que alguna sea de verdura o de fruta. Recorro la tienda llenando la mochila con paquetes y latas de las estanterías de abajo, pero no encuentro agua. Estoy a punto de meter a presión en el bolsillo lateral un tarro de algo que parecen judías cuando oigo un ruido. Esta vez sí que es un ruido. Me detengo una vez más y escucho. Otra vez estoy agachada y los músculos me arden. Vuelvo a oír el ruido, un crujido. Y veo la rata. Y otra rata y muchas más, por las estanterías, corriendo por el suelo. ¿Cómo he podido no verlas? Dejo caer el tarro y, al estallar, las alubias blancas, el líquido y las esquirlas de cristal salen despedidos. Agarro la mochila y corro.

Una vez fuera sigo corriendo, y la mochila me golpea dolorosamente las piernas hasta que me la cuelgo en los hombros. Me oigo gemir. Paso por tres o cuatro tiendas antes de bajar el ritmo y finalmente me paro en un portal sin aliento. Me llevo la mano al corazón y noto que late con fuerza, aún no se ha recuperado del todo del virus. Cuando me obligo a mirar atrás, no hay ratas, no hay movimiento en la calle ni en ninguna de las ventanas. Me detengo fuera de una agencia inmobiliaria con el escaparate lleno de casas y pisos de alquiler. Estoy a punto de emprender el camino de vuelta al centro cuando, detrás de las fotos, al fondo de la oficina, veo un dispensador de agua con una de esas bombonas que parecen un barril en lo alto. Desde aquí es difícil decir cuánta agua queda y, cuando tiro de la puerta, está cerrada. Miró calle arriba y calle abajo. No ha cambiado nada. Me quito la mochila, la apoyo contra el escaparate y saco una lata. Son garbanzos. Retrocedo un poco y lanzo la lata a la puerta, el borde de la lata golpea el cristal y lo raja. Hace un ruido tremendo, reverbera hacia mí. Si hay alguien en el piso de arriba, se habrá asomado a mirar, si no lo estaba haciendo antes. Tardo un rato en cubrirme la mano con la manga de la sudadera, protegerme los ojos y golpear el cristal con la lata hasta que puedo colarme dentro. En un lateral del dispensador de agua hay pegada una pila de vasos de plástico y bebo y bebo, sentada en una silla giratoria detrás de un escritorio, como si estuviera esperando para alquilar una casa o un piso. Abro los cajones y encuentro chicles y un paquete casi lleno de Marlboro Light, que meto en el bolsillo de la sudadera. Para sacar del dispensador la bombona de agua, que está a medias, tengo que empujar el aparato entero, y entonces descubro en la parte de atrás otras dos bombonas llenas, que llevo rodando hasta la entrada. No las puedo pasar por el marco de la puerta por mucho que intento empujar y tirar, hasta que descubro debajo de otro escritorio un reposapiés que utilizo como rampa. Cuando estoy de nuevo en la calle con la mochila y las tres bombonas me doy cuenta de que no hay manera de llevarlo todo al centro de una vez. Me siento sobre una de ellas para descansar y, ahora que me he parado, no quiero volver a levantarme. De todas formas, ¿cómo vamos a llevarnos las bombonas de agua con nosotros?

Suponía que saldríamos del centro andando, pero ahora me doy cuenta de que, en ese caso, estas bombonas no pueden venir con nosotros. Es imposible. Me quedo sentada unos diez minutos sin saber qué hacer. Al final cojo solo la mochila. Tal vez vuelva a por las bombonas. Y entonces, cuando ya me he subido la mochila a la espalda y he caminado un poco, me preocupa que alguien —¿quién?— venga y se las lleve. Cuando miro hacia atrás, pienso que las tenía que haber disimulado un poco, cojo una chaqueta y se la pongo por encima.

Cuando llego a la callejuela, a mi callejuela, miro hacia arriba, a mi ventana. Está alta y en un ángulo que no me permite ver el interior. Enfrente, apenas distingo la respuesta que Sophia me escribió aún pegada en su ventana, con letras grandes y negras, y recuerdo la radio que vi en el alféizar una de las primeras veces que miré hacia su apartamento. ¿Seguía allí cuando miré después? Me acuerdo de su aspecto, era una de esas radios *vintage* que aparentan ser antiguas, con un gran dial y una rejilla frontal. ¿De verdad necesitamos una radio? ¿De verdad nos resultaría útil? Alguien podría estar informando sobre una vacuna que funciona, sobre un punto de encuentro fuera de la ciudad, sobre otros países como Suecia o Dinamarca. Decido llamar al timbre de Sophia, solo para probar. Hay tres pulsadores en su edificio, y estoy decidiendo por cuál empezar cuando me doy cuenta de que la puerta no está cerrada.

La empujo despacio con la punta de los dedos e, igual que las puertas de la escalera del centro, se abre lentamente. Dentro hay una escalera ancha y moderna, con una bici de carretera atada a ella con candado, una hilera de buzones y un cartel escrito a mano en el que se pide a los residentes que tiren la propaganda. Podría ser la entrada normal de un bloque de pisos normal en un Londres normal. Salvo que la puerta no está cerrada y Londres no es normal. Recuerdo lo que me contaron Yahiko, o Piper, o quizá todos en algún momento, sobre la gente que podía vernos desde fuera, sobre no bajar la persiana ni encender la luz. No me había parado a pensar en lo que significaba realmente, a quién habían visto y qué habían visto, parecía ser otra de esas decisiones que el grupo había tomado sin mí, pero ahora me pregunto si alguno de ellos habrá visto que alguien llamaba al timbre de Sophia y, por algún motivo, le abrían. Seguro que se ha ido, pienso vacilante en el portal. Puedo coger la radio y marcharme, sin más. Subo las escaleras.

Hay un apartamento en cada planta y el de Sophia debe de estar en la segunda, para que sus ventanas queden a la altura de las mías. Cuando llego, la puerta también está entreabierta, sin cerrar. Llamo. Me parece lo correcto. Soy consciente de los latidos de mi corazón, de que todo el músculo está trabajando, de mi boca seca. Empujo esta puerta y también se abre.

—¿Hola?

Frente a mí hay un pasillo corto con suelo de parqué y una percha con chaquetas y abrigos colgados a mi izquierda. Debajo hay un banco con zapatos en la parte inferior, todos alineados, con los tacones hacia arriba. Espero, escucho y huelo. No noto ningún mal olor, solo huele a cerrado, a aire viciado y restos de perfume.

—¿Sophia? —llamo, y me sonrojo por mi error, aunque tengo la sensación de que el piso está vacío. No hay nadie. Ni vivo ni muerto.

Me quito la mochila, la apoyo en la pared y entro en el apartamento. Paso junto a un cuarto de baño a la derecha, y a la izquierda el pasillo da a una hermosa sala con el techo muy alto. Me resulta curioso estar dentro de este espacio que veía desde el otro lado tan a menudo. El suelo sigue siendo de parqué de madera antigua pulida bajo los dos sofás azul celeste y la gran alfombra, el aparador de los años cincuenta y las lámparas. La hilera de ventanas Crittall que veía al otro lado de la callejuela tiene un alféizar blanco y muy ancho salpicado de cojines. Está decorado con buen gusto, minuciosamente ordenado y limpio, pero no hay ninguna radio. Más allá, la cocina tiene la encimera de granito pulido y electrodomésticos caros, pero tampoco hay radio. Me muevo por el apartamento en silencio sin tocar nada. Todo es perfecto. No hay desorden, no han revuelto nada, y aunque eso debería aliviarme, no lo hace. Hay una puerta más que también da al recibidor. La abro con cuidado, es el dormitorio, y aquí está la carnicería: el edredón arrastrado por el suelo, las almohadas tiradas, la mesilla de noche volcada, cristales rotos y vajilla estrellada contra la alfombra, un helecho con la tierra desparramada de la maceta, sangre en las sábanas. Incluso cuando la mayoría de la gente intentaba mantenerse apartada de los demás por el virus, algunos se aprovecharon de una puerta abierta o de un portero automático al que contestaron.

Cierro los ojos. Soy incapaz de buscar la radio en esta habitación y vuelvo al hermoso salón con las ventanas por las que se ve mi habitación del centro, salvo que el mensaje que me escribió Sophia me la tapa. La luz brilla a través de las hojas y veo las letras. Las palabras están al revés, pero sé lo que dice: SÍ, ESTOY AQÍ.

Pero ella no está aquí, aquí no hay nadie. Y me aterroriza estar sola en este edificio, en Londres, en el mundo. No quiero ser la última superviviente de Rachel, el último ser humano. Quiero estar con los demás, de vuelta con Rachel, Leon, Piper y Yahiko. Me acerco a las ventanas, aprieto la cara caliente contra el cristal y miro mi propia habitación al otro lado de la callejuela. La luz cae de tal forma que me permite mirar dentro y veo las sillas y la cama, y también la puerta que da al pasillo y la persiana interior. Me imagino viéndome a mí misma levantarme de la cama, caminar por la habitación y sentarme en la mesa a escribir. Miro la habitación de Orla, con nuestras camas separadas solo por la pared, y pienso en mi último Revisitado, los golpes y los susurros en el pasillo. Recorro las ventanas de Sophia hasta el extremo de la derecha y miro el interior de la habitación de Orla, la única en la que no he entrado porque estaba cerrada. Miro fijamente, me quedo mirando hasta que me lloran los ojos, y entonces me lanzo a la cocina de Sophia, me estiro por encima de la fregadera y abro la ventana. La habitación inutilizada con las cañerías estropeadas es la siguiente a la de Orla, lo que hace que la habitación de Stephan quede demasiado a la derecha para verla desde aquí. Pero la habitación vacía de Orla está ahora justo enfrente. Puedo ver las sillas, la puerta, la persiana, la cama. Su cama, que ahora estoy segura de que no está vacía. No está vacía. No está vacía en absoluto.

Me siento en uno de los sofás azul celeste. Tengo la cabeza llena de cosas que he visto y que me han contado y trato de ordenarlo todo para que cobre sentido: el aire acondicionado siempre puesto, las tiritas sobre los controles, las puertas cerradas, Rachel llorando por los amigos ausentes, los golpes. Me tumbo en el sofá y me vuelvo a sentar, apoyo la cabeza contra las rodillas. Voy al baño, me mojo la cara y la salpico con agua fría para que arrastre también el horror de Piper cuando se dio cuenta de que el aire acondicionado no funcionaba, para que arrastre los siete días que estuve encerrada en mi habitación, pero los golpes de Orla siguen y siguen. Orla no se marchó como me contó Yahiko, y probablemente Stephan tampoco lo hizo. Estaba demasiado enferma para salir de la cama y mover la persiana, demasiado enferma para llamar o demasiado asustada de la gente que la había encerrado. El olor de la unidad esta mañana vuelve intensamente a mí y me dan arcadas en el lavabo. «Hostia», me digo frente al espejo de Sophia. «Hostia.» Pienso en que le prometí a Leon que encontraría comida y agua y me marcharía con ellos. Quería salvar a alguien, pero no sé si esta gente tiene salvación.

En el recibidor de Sophia vuelvo a colgarme la mochila en la espalda, haciendo tintinear las latas y los tarros, y corro escaleras abajo. En la callejuela miro hacia el centro, pero nadie me está mirando desde mi habitación. Hago una pausa antes de salir a la carretera principal. Las tres bombonas de agua están donde las dejé y solo ahora pienso en mis opciones. Las necesitaré, y también la comida que llevo en la espalda, para sobrevivir yo sola. A la derecha está la puerta principal del centro y más allá el accidente de la esquina con el coche, el autobús y la ambulancia. Cruzo corriendo bajo la marquesina y compruebo que no haya nadie en el vestíbulo antes de pasar por delante. Cuando alcanzo la esquina del edificio me detengo de nuevo. Si Leon y Rachel están mirando desde su ventana esperando a que vuelva, me verán, pero quizá se han rendido y, de todas formas, no esperarían verme desde esa ventana. Habíamos quedado en que saldríamos a pie con la idea de encontrar un vehículo por el camino, tras descartar los tres que podíamos ver desde el centro: aunque tuviera la llave en el contacto, el capó del coche está demasiado arrugado; nadie quiere subir al autobús, y Piper, que nos dijo que le gustaba ver esas series de médicos y urgencias, dijo que dejar la llave en el contacto de una ambulancia era causa de despido y que nadie lo haría. Respiro profundamente y corro para alejarme del centro, me cuelo entre los vehículos y me detengo detrás del autobús de dos pisos. Me adelanto de nuevo y miro hacia la habitación de Rachel. No están ahí. Me pongo de puntillas y miro por la ventanilla del conductor.

Tras el volante hay un panel con botones e interruptores que parece complicado y casi me alivia no ver la llave. Antes de perder el ímpetu y la confianza del todo, salgo de la seguridad del autobús y me escabullo bajo el peso de la mochila hasta la parte trasera de la ambulancia. Las puertas de atrás siguen abiertas, pero la del conductor está cerrada. Miro por la ventanilla del conductor y la llave está puesta en el contacto. Recuerdo lo que dijo Rachel sobre los enfermeros con la cara hinchada, que no se acordaban de lo que tenían que hacer. Intento abrir la puerta y se abre, me quito la mochila y la lanzo por delante de mí al asiento del copiloto. No pienso, solo actúo. Cuando estoy sentada en el asiento del conductor cierro la puerta, compruebo el freno de mano y que el cambio de marchas esté en punto muerto. Retrovisores en su sitio. Como te enseñan en la autoescuela. Pongo las manos en el volante y miro al frente. Dorset está en esa dirección, probablemente. La casa vacía. La casa vacía de Clive y Mamá y Justin. Sé que no estarán allí. Dos de ellos están en algún lugar de Dinamarca y el otro está muerto en un avión aparcado en Suecia. Vuelvo a comprobar el cambio de marchas y el freno de mano. Me inclino hacia el asiento del copiloto para mirar por la ventanilla hacia la ventana de Rachel, pero el ángulo es demasiado cerrado. Giro la llave y el motor arranca a la primera. Compruebo los retrovisores, pongo el intermitente, piso el embrague y meto primera. La ambulancia salta hacia delante y meto segunda. Hace tanto ruido que habría dado igual que me pusiera a gritar: «¡Sí, estoy aquí!». Pero se mueve, y cuando llego adonde están las bombonas de agua freno demasiado rápido y me choco contra el volante. «¡El cinturón, el cinturón!», grito. Apago el motor y ahora el silencio es ensordecedor. Cuando salgo del coche, veo que las dos puertas de atrás siguen abiertas.

He cargado una de las bombonas de agua cuando Leon sale violentamente por la puerta principal del centro.

—¡Neffy! —me llama.

Viene hacia mí y se detiene a cierta distancia.

—¿Qué pasa? ¿Dónde vas?

Piper es la siguiente en salir, seguida por Rachel. Y Yahiko da unos pasos con mascarilla, guantes y un delantal, pero se queda junto a la puerta con una mano apoyada en el cristal, como si el *shock* del exterior fuera demasiado fuerte.

—Sé lo que habéis hecho —grito.

—¿A qué te refieres? —pregunta Leon.

—A Orla y probablemente también a Stephan. —Piper está ahora a su lado—. Los dejasteis morir. Enfermaron y los encerrasteis. —La bombona de agua es pesada y voluminosa, pero me agarro a ella.

—No tuvimos elección —dice Piper acaloradamente, negando con la cabeza.

Se acerca y Rachel y Leon la siguen. Yahiko sigue cerca de la puerta de la unidad, se mueve muy despacio.

—Igual que me encerrasteis a mí, joder.

—¡Erais contagiosos! —grita Yahiko. Se ha bajado la mascarilla. Los otros se dan la vuelta para mirarlo y después me miran a mí de nuevo.

—¡Y me mentisteis! —les grito—. Me dijisteis que se habían marchado. Me dijisteis que el aire acondicionado se había estropeado.

—Pues claro que tuvimos que encerraros —dice Piper. Está lo suficientemente cerca para no tener que gritar, pero a pesar de su agresividad se ve que está a la defensiva—. Y, de todas formas, pensábamos que estabais muertos.

—No tuvimos elección. —Rachel se atraganta con sus palabras.

—Sí que tuvimos elección —dice Leon. Se adelanta y se queda parado justo delante de Piper—. Siempre tenemos elección.

—No estaban muertos —les digo—. ¡Oí a Orla!

—No —dice Piper.

—Daba golpes a la pared detrás de mi cama. La oí.

Rachel rompe a llorar y se limpia los ojos.

—Y también te escuché a ti —digo.

—No —contesta Piper, tajante.

—Estabas en el pasillo, hablando en voz baja con Yahiko o con quien fuera, en la puerta de Orla. Escuchasteis los golpes y la dejasteis morir.

—¿Y qué querías que hiciéramos? Era contagiosa. Orla, Stephan y tú erais contagiosos —dice Piper como un terrier que enseña los dientes.

—Podíais haberles dejado agua y comida a ellos también. Podíais haberos esforzado más para buscar un traje de protección, joder. Probablemente estén en el puto sótano.

Yahiko niega con la cabeza.

—No —dice.

—Lo más importante era mantenernos sanos y salvos —dice Piper.

—¿Para qué? ¿Para poder empezar una nueva superraza? —resoplo—. Leon me contó tu plan estrella. —Me duelen los brazos del peso de la bombona de agua.

—Leon votó a favor de entrar en vuestras habitaciones —dice Rachel. Se cubre los ojos con las manos, trata de controlar los sollozos— y comprobar cómo estabais tú, Orla y Stephan.

Leon le toca el brazo para que pare.

—¿Hicisteis una puta votación?

—Decidimos mantener las puertas cerradas por dos votos a uno —grita Yahiko—. Vi lo que había pasado en la oficina de abajo.

Rachel se lo queda mirando sin entender.

—Cuatro días de aislamiento —dice.

—Y al final —dice Piper—, Rachel se abstuvo.

—Me abstuve —confirma Rachel en voz baja, culpable.

—¿Cuatro días de aislamiento? —les grito—. Eso es lo que dijeron en la tele, ¿no? Cuatro días. ¿Y cuándo oísteis a Orla? Porque la oísteis, ¿verdad?

Leon se pasa las manos por la cara, como si quisiera limpiarse algo.

—El quinto día —dice Rachel.

—Sois unos monstruos. —Estoy temblando y siento como el agua en la bombona tiembla conmigo—. No sé dónde está vuestra humanidad. ¡Los dejasteis morir! ¿Quiénes sois vosotros para elegir quién debe salvarse? Quizá Orla y Stephan eran los que debían salvarse, quizá ellos habrían sido inmunes. Durante toda esta semana he estado intentando averiguar qué estaba pasando entre vosotros, qué era lo que no me estabais contando, pero nunca imaginé que sus putos cadáveres estuvieran en las habitaciones por las que paso cada día. —Las palabras salen de mi boca a borbotones y los demás se quedan quietos y me miran, sin interrumpir—. Pensé que me iba a morir. Pensaba que estaba sola en centro y que me iba a morir sola. ¿Os podéis imaginar lo que se siente? ¿Eh? ¿Podéis? ¿Y sabéis cómo lo he averiguado? Hace un momento he entrado en el apartamento que veo por la ventana, al otro lado de la callejuela, para conseguirnos una puta radio, que de todas formas no estaba ahí. He mirado por la ventana de la cocina y he visto la habitación de Orla. ¡La he visto! Sois unos putos monstruos. —Tiro la bombona de agua, pero es muy pesada y tengo los brazos débiles, y cae en tierra de nadie, aterriza entre nosotros y se aleja rodando, torcida.

Rachel deja que le caigan las lágrimas y Piper dice:

—¿Y qué más has visto en ese apartamento? ¿Has visto lo que la mujer que vivía ahí puso en la ventana a la vista de todo el mundo? ¿Quién es responsable de eso? ¿Quién debe asumir la responsabilidad de invitar a esos hombres donde ella vivía para que la arrastraran gritando a la calle? ¿A quién estaba respondiendo?

Hay un silencio largo que solo rompe el arrullo de una paloma en un tejado cercano.

Espero en el asiento del conductor de la ambulancia mientras los otros se colocan en la parte de atrás y Leon cierra de un portazo las puertas traseras. Pongo las manos en la parte superior del volante y apoyo la frente en ellas, pienso en Sophia y en lo que me respondió con su falta de ortografía, y si eso quiere decir que ya estaba olvidando. ¿Puede ser que no fuera muy consciente de lo que le estaba pasando cuando se la llevaron aquellos hombres? Sé que solo estoy intentando aplacar mi sentimiento de culpa. Y pienso en estas cuatro personas que he accedido a llevar a Dorset conmigo, en lo que hicieron, si es algo reprobable, incluso perdonable. Cuando se han acabado los gritos y los lloros, nos hemos sentado juntos, en silencio, exhaustos en mitad de la carretera. Quizá todos somos tan malos como los demás, o quizá no; solo sé que no quiero estar sola mientras lo averiguo.

Van apretujados ahí atrás: las cinco mochilas, las maletas, una más con comida, las bombonas de agua y tres personas. Oigo que Rachel sugiere que nos llevemos la comida que ha empezado a descongelarse, aunque nos la tendremos que comer primero y ninguno de nosotros sabe cómo la cocinaremos. Intento recordar el horno de casa de Clive. ¿Era de gas o eléctrico? ¿Eso importa? ¿Y no había una barbacoa junto a la piscina natural? Tal vez tengamos que hacer una hoguera en el jardín. Yahiko quiere traer algunas cosas que recogió de las otras habitaciones, pero al final lo convencemos para que deje la mayor parte.

Me estiro sobre el asiento del copiloto para abrirle la puerta a Leon.

—Primero vamos a casa de los padres de Piper, ¿vale? —dice—. Solo para asegurarnos.

Coloca el estuche plateado bajo sus pies y muevo el cambio de marchas, compruebo que el freno de mano no está echado y arranco la ambulancia.

DÍA SEISCIENTOS OCHENTA Y CINCO

Asciendo lentamente, atravesando la zona de un azul intenso y turquesa hasta una luz desvaída, dejando atrás la ambulancia y la vista de la carretera que salía de Londres, aunque la tos que expulsa el motor se repite, como si el vehículo se hubiera calado y estuviera forzando la llave para intentar arrancar una y otra vez. La luz se aclara y tomo una bocanada de aire, saliendo a la superficie del mundo real.

«¡Mmmmmm! ¡Mmmmmm!» Oigo el sonido que se ha infiltrado en mi Revisitado. Coloco los guijarros, como todavía los llamo, en la mesilla; miro el despertador, uno de esos antiguos mecánicos de cuerda y veo que la alarma que puse no sonará hasta dentro de veinte minutos.

El sol de julio entra por las ventanas, hace bailar las sombras de las hojas de abedul en las paredes de mi dormitorio. El cántico repetitivo cambia al murmullo de un balbuceo ininteligible y me pregunto si tendré la suerte de poder quedarme cinco minutos más en la cama. Me sorprende que el Revisitado me haya llevado de vuelta a la ambulancia. Para empezar, soy estricta con la frecuencia con la que me permito Revisitar. Una o dos veces a la semana como mucho, y si empieza a asustarme, cojo el estuche y lo encierro en el trastero con la maleta de la madre de Justin. Y, para seguir, ahora se me da mejor controlar dónde voy y lo que veo, y salto al tiempo y al lugar donde los recuerdos me producen alegría: Revisito la piscina natural con Justin en los primeros días de nuestra relación, cuando nuestros padres no estaban; o cuando comía helado con Baba de pequeña y le daba la punta del cucurucho. Y una a la que vuelvo repetidamente: en cuclillas al lado de Mamá en aquella costa inglesa cuando tenía siete años y sumergí la cabeza en un nuevo mundo.

Primero conduje la ambulancia con todos nosotros dentro a casa de Piper, donde tan pronto como abrimos la puerta principal supe que sus padres habían muerto. Nos quedamos en la carretera y Yahiko y Leon la sujetaron fuerte en un doble abrazo mientras ella lloraba y luchaba para liberarse y entrar. Para llegar a Dorset nos vimos obligados a evitar la autopista y las filas inmóviles y silenciosas de ataúdes metálicos que se extendían a lo largo de kilómetros, así que tuvimos que coger carreteras secundarias, conducir por caminos de tierra y dar rodeos por los campos cuando no nos quedaba otra opción. Rachel nos sorprendió con su conocimiento de cómo sacar gasolina de los depósitos haciendo sifón.

«¡Mmmmmm! ¡Mmmamam!», ha empezado de nuevo, junto con un tintineo. Las puertas que conectan mi dormitorio con el baño compartido y el dormitorio que antes era de Justin están abiertas. Recuperé mi antigua habitación en cuanto llegamos a la casa, que por supuesto estaba vacía. Yahiko escogió el dormitorio de Clive y Mamá, Piper se quedó con la habitación libre del fondo y Rachel y Leon se quedaron en la de Justin. Al principio no les dejé cambiar nada, la ropa de Justin estaba en los cajones, en su armario, y Rachel lo tenía todo en la maleta. Lo mismo con el resto de las habitaciones. Les dejaba coger los libros de Clive de la estantería para leer, pero los tenían que dejar en el mismo lugar. En aquellos primeros días, a veces soñaba con que

Justin, Clive y Mamá llegaban a casa y abrían la puerta principal para encontrarse con sus pertenencias apiladas y extraños en sus camas. Siempre se enfadaban conmigo por no tener las cosas en su sitio.

Al día siguiente de nuestra llegada en la ambulancia, conduje sola al pub del pueblo y volví con botellas de cerveza, agua y licores, patatas fritas, cacahuetes y una radio. En el pub, sorprendentemente, no había cadáveres, o al menos no en la planta de abajo, pero olía a muerte por dondequiera que iba: a diferencia de Londres, donde las calles se habían mantenido relativamente limpias, aquí, en los pueblos, los cadáveres estaban tendidos en el suelo fuera de las casas, en las ventanas, sentados dentro de los coches; habían perdido tan rápidamente la memoria que habían olvidado cómo llegar a casa. Maniobraba con la ambulancia para rodearlos sin detenerme.

Leon pasó la mayor parte de las dos semanas siguientes moviendo el dial de la radio, y la casa se llenó con el susurro del ruido blanco. Un par de emisiones todavía estaban en marcha, una seguía repitiendo el mismo mensaje, que decía que la gente tenía que quedarse en casa y que repartirían comida. La otra nos pareció que emitía en árabe, también un mensaje repetido una y otra vez, aunque nunca descubrimos lo que estaba diciendo.

Piper decretó que las comidas que nos habíamos llevado del centro tenían un alto riesgo de intoxicarnos, así que sobrevivimos unos cuantos días con las latas y los botes que encontré en Londres, que no eran comida para perros, y lo que Clive y Mamá tenían en casa. Cuando se acabó, me subí a la ambulancia de nuevo y fui al pueblo de al lado, donde había una tienda. Se me revolvió el estómago de lo mal que olía dentro, a pesar de que me había subido la sudadera para taparme la nariz y la boca, y salí de allí en menos de diez minutos. Con el tiempo fui descubriendo cuáles eran las mejores tiendas de la zona, las que no tenían cadáveres y estaban llenas de comida. Pasó un mes antes de que me arriesgara a entrar en un supermercado de las afueras y en una óptica para intentar encontrarle unas gafas a Yahiko. Cocinábamos en la barbacoa, que arrastramos sobre las ruedas desde la piscina natural, y saqueé un garaje del pueblo en busca de más bombonas de gas. Llevé a casa paquetes de semillas y equipamiento de jardín preparado para la primavera. Estas incursiones me mantenían fuera de casa la mayor parte del día y lo agradecía mucho. Asumir lo que habían hecho, lo que yo misma había hecho, supuso un largo proceso de aceptación por mi parte. La casa es cálida e incluso en invierno resultaba acogedora. Probablemente sería por toda aquella lana de oveja o lo que fuera con lo que Clive la aisló. Y hay electricidad. Al poco de llegar, encontré un generador en la granja donde Mamá y Clive habían ido a aquel concierto. Tenía ruedas, pero aun así me llevó horas empujarlo hasta la casa. Lo utilizamos para cocinar, para el calentador del agua caliente y para el radiador eléctrico cuando hace mucho frío en invierno. Pero para encenderlo tengo que salir a buscar gasolina. Cualquier cosa supone un gran esfuerzo.

El Día 21 llegó y se fue sin ninguna señal del ejército o del Gobierno, aunque habíamos dejado un aviso en la puerta principal del centro con nuestra dirección en Dorset. Estuve de acuerdo en que, si alguien ponía tal empeño en buscarnos, probablemente no había peligro en que nos encontrara.

Vuelvo a guardar los guijarros y el resto del equipo en el estuche plateado, lo dejo cargándose frente a la ventana y cruzo el baño hasta la habitación de Rachel y Leon. El bebé se ha levantado agarrándose a los barrotes de la cuna con sus manos regordetas, tambaleándose sobre las piernas dobladas. Me sonríe, orgullosa de su éxito y de la alegría que le produce, y entonces se suelta y se sienta de golpe con sorpresa en el colchón. Su cara se arruga, pero antes de que pueda empezar a aullar la cojo en brazos.

—Vamos —la arrullo mientras la apoyo en mi cadera.

Hay muchas cosas que me sorprenden del bebé: su peso, su solidez y que a los diez meses ya tenga su propia personalidad, con sus gustos y sus manías; pero sobre todo me sorprende el abrumador amor que siento por este nuevo ser humano.

—¿Qué pasa, eh? ¿Qué pasa?

Tiro de su pijama y miró dentro, olfateo. No se ha hecho caca, pero tiene el pañal abultado. La tumbo en el cambiador que está sobre los cajones y para entretenerla le doy un juguete que se lleva directo a la boca.

Durante siete meses fui muy cuidadosa cada vez que salía. Llevaba guantes y mascarilla, dejaba los zapatos fuera en la puerta principal, me duchaba antes de estar con los demás y limpiaba las cosas que había llevado conmigo. Todo esto a pesar de que empezábamos a pensar que Leon, Rachel, Piper y Yahiko quizá se habían librado del virus, puesto que en todo ese tiempo yo no había visto ninguna otra persona viva en mis viajes, y, por tanto, pensamos que tal vez no quedaba nadie donde el virus pudiera sobrevivir.

Rachel cazó un conejo en el jardín. Era uno de esos hermosos días de abril con el cielo azul brillante y cálido. La primera insinuación del verano. Al parecer, se lanzó a por él en el césped y le debió de romper el cuello cuando le cayó encima. O eso me dijeron, yo estaba fuera con la ambulancia, consiguiendo provisiones. Cada vez tenía que conducir más lejos para encontrar la lista de cosas que necesitábamos. Fue Piper quien despellejó el conejo y lo destripó, y Yahiko quien lo guisó en una olla con hierbas y una lata de judías verdes. Lo hicieron antes de que yo volviera, así que no tuve que verlo. Leon probó una cucharada y dijo que le revolvía el estómago. Los otros se lo acabaron. Descubrimos de la manera más cruel que el virus aún vivía entre los animales.

Piper fue la primera en ponerse enferma. Y, aunque tratamos de aislarla —y cuando empezó a perder la memoria, qué ironía, la encerramos en su habitación—, en un par de días se lo había contagiado a Yahiko y después a Rachel. Leon fue el último. Todos estaban muertos en menos de dos semanas.

Yo también me habría muerto si hubiera podido. Cada día cuando lavo a la niña o le cambio el pañal, compruebo si tiene las extremidades inflamadas, el vientre distendido, hematomas o los ojos hinchados propios del virus. Hasta ahora no he notado nada. Pero ¿cómo compruebas si un bebé de diez meses está perdiendo la memoria?

No fui buena enfermera. Impaciente y, sí, a veces brusca. Había sido más fácil negar el sufrimiento que hacer frente a la realidad; decirles a los enfermos —al menos a Yahiko, que estaba tan angustiado— que pronto se recuperarían. Esas dos semanas fueron implacables, brutales, devastadoras. Sabía que habría sido una doctora horrible, pero nunca se me habría ocurrido que tendría que ser enfermera, enterradora, plañidera y comadrona.

Cada día, cuando miro a la niña me maravillo y echo en falta a alguien con quien compartir el entusiasmo, alguien a quien señalar cada avance diminuto, a quien enseñar mis imaginarias e infinitas fotos del bebé. Le desabrocho el pijama y le cambio el pañal con rapidez y eficacia, ya soy una experta, y la visto con un *body* de punto. Le tira en los pies y sé que pronto tendré que conducir hasta la ciudad a por más ropa y artículos de bebé que no se consiguen saqueando de vez en cuando una tienda de pueblo.

La siento en la sillita que está fijada a la isla de la cocina y, mientras pongo agua a hervir en la tetera para prepararme un té, le voy metiendo cucharadas de puré de verduras en la boca; la mayor parte se cae fuera, lo recojo de sus mejillas y se lo vuelvo a meter. Unto biscotes con Marmite y me los como de pie en la cocina, en el mismo lugar donde aquella vez estuvo Mamá. Mientras la niña está distraída con su cuchara, cojo mi cuaderno y leo lo que empecé a escribir hace un rato. Todavía tengo que terminarlo.

Queridísima H:

Veo humo al otro lado del valle. Viene de la chimenea de una cabaña en la colina de enfrente, y ayer, cuando estaba fuera en el huerto y el viento soplaba en mi dirección, me pareció oír voces de niños. ¿Debería ir a ver? A mi mente le gusta recrear el peligro, pensar en el virus y en cómo murieron los otros. Intento decirme que podría ser una familia, gente normal, amistosa, que nos recibirá bien, pero a veces, por la noche, mi mente vuelve en espiral a los otros hablándome de los hombres que se llevaron a Sophia. La semana pasada mi Revisitado me llevó al momento en el que te liberé en el mar, y volví a ver el instante en que te detuviste en el bajío durante un segundo, como si estuvieras saboreando algo que recordabas de hace mucho tiempo, y desapareciste en un golpe de agua, sin pararte a decir adiós. Como debe ser. Pero sabía los peligros que te acechaban, aunque tú no los conocías: los depredadores, la pesca indiscriminada, la destrucción del hábitat, la contaminación. ¿La libertad gana a la contención, pese a todos sus riesgos, incluida la muerte? Ahora, de nuevo, tengo que tener en cuenta la vida de otra persona,

Se me da fatal seguir una rutina. Si la niña está contenta la dejo que se quede despierta aunque sea tarde, y si tenemos hambre comemos, da igual la hora que sea. Cuando era adolescente, pensaba que la forma en que vivíamos Mamá y yo era desordenada y caótica, pero ahora me parece espontánea, flexible, divertida. Me gustaría pedirle perdón por mi enfado cuando nos saltábamos comidas, cuando se olvidaba de venir a las reuniones escolares y por las fiestas de pijamas en las que siempre era la última niña a la que venían a buscar. Y por cómo la comparaba con Margot, al menos en mi cabeza, y siempre salía perdiendo.

Cuando termina la comida, si se le puede llamar así, limpio la cara de la niña con una toallita húmeda —cómo me acuerdo de Mamá haciendo eso mismo— y la saco de la silla. Apoyándola de nuevo en la cadera y con una taza de té en la otra mano me acerco a la puerta corredera de cristal que da al jardín y al valle. Veo el humo que asciende hacia el cielo desde la chimenea de la única cabaña que puedo ver a lo lejos y pienso en las opciones. Rachel me contó lo que pasó en el centro cuando Boo y todos los demás se marcharon, y la votación que Piper les obligó a hacer. Estábamos sentadas una junto a la otra en su cama —Leon estaba en alguna otra parte de la casa—, con unas tazas de té de verdad.

—Fue una pesadilla —dijo Rachel—, literalmente una pesadilla. No era capaz de decidir. No sabía si marcharme o quedarme y no tenía ni idea de lo que se suponía que estábamos decidiendo. Sé que suena a excusa, pero ¡era tan difícil creer lo que estaba pasando! Me quedé en mi habitación todo lo que pude debajo del edredón con la persiana bajada. Pero al final tenía tanta hambre que tuve que salir. Leon y Piper estaban en la sala de personal, creo, o habían ido a por comida al congelador. Todos comíamos mucho al principio, Yahiko se debía de comer cuatro raciones de golpe. No pensábamos en lo que iba a pasar después. Y entonces, Piper empezó a organizarnos y a mí me alegró que alguien se pusiera al frente. Ya sabes, que se asegurara de que la comida duraría, que se ocupara de hervir el agua en el hervidor, todas esas cosas. Y entonces convocó una reunión sobre ti y Orla y Stephan. Sabíamos que os habían inoculado el virus y Yahiko estaba seguro de que ninguno de vosotros os habíais marchado. Vuestras persianas estaban bajadas y las puertas no estaban abiertas, así que Piper nos hizo votar. Si debíamos mantener las puertas cerradas durante cuatro días, eso era lo que estábamos votando. Leon votó por entrar. —Aquí, Rachel empezó a llorar, a sollozar y a mecerse, y cuando al final se calmó, dijo—: En realidad no me abstuve, ni siquiera había oído nunca esa palabra. Simplemente no fui capaz de decidir. Pero, de todas formas, Piper y Yahiko votaron por cerrar las puertas. Es lo único en lo que se han puesto de acuerdo, en eso y en lo de los huevos. —Soltó una carcajada ácida—. Pusieron el aire acondicionado al máximo y todos sabíamos que era para tratar de enmascarar el olor, aunque nunca lo dijeron. Y entonces, al quinto día, Yahiko oyó unos golpes que venían de la habitación de Orla. Leon dijo que iba a entrar porque ya habían pasado los cuatro días de aislamiento, pero la única llave la tenía Piper colgada del cuello y no abrió la puerta. Al final los golpes cesaron. Al día siguiente, Yahiko vio que tu persiana se había movido y Leon insistió a Piper para que le dejara meter algo de comida en una bandeja. Y al día siguiente, entró en tu habitación.

—¿Y por qué no me lo contasteis en cuanto me puse mejor? —pregunté—. Lo habría entendido si me lo hubierais explicado desde el principio.

—¿Qué querías, que te contáramos que Orla estaba llamando y nosotros la ignoramos? —Su voz se llenó de horror—. Yahiko durmió en mi habitación esa noche para no oírla, aunque nunca dijimos que esa fuera la razón. Nunca hablamos sobre ello. Ninguno de nosotros lo mencionó. No te podíamos decir lo que habíamos hecho, ¿sabes?, porque también te lo habíamos hecho a ti.

A veces pienso qué habría votado yo y no estoy segura, aunque a menudo me torturo pensando en lo que le pasó a Sophia y en la responsabilidad que tuve en eso. Creo que tenía el virus —lo digo pensando en la falta de ortografía de su último mensaje—, pero tal vez sin mis preguntas y sus respuestas se habría quedado en su apartamento, sola pero a salvo.

Miro a través de las puertas el humo y le digo a la niña:

—¿Tú qué opinas?

Ella emite un sonido alegre y miro su pelo oscuro y alborotado tan parecido al de su padre y sus cejas despeinadas como las mías. Leon la bautizó como Nina antes de morir, aunque no teníamos ni idea de si iba a ser niña o niño.

Apenas un mes después de nuestra llegada, el plan estrella de Piper empezó a parecernos sensato y práctico a todos. Incluso Rachel estaba feliz con la idea cuando entendió lo que implicaría o, más bien, lo que no implicaría. Creo que también cargaba con cierta culpa por la enorme repercusión de sus dudas sobre vacunarse cuando llegó al centro.

Como Piper quería, calculé cuándo me tocaba ovular, y en uno de mis viajes al supermercado encontré ese utensilio mítico de la inseminación artificial: una de esas jeringas acabadas en una perilla que se usan para cocinar el pavo.[4] Tuvimos éxito sorprendentemente rápido. Leon hablaba a menudo de qué futuro le gustaría para su hija, supongo que las mismas cosas que cualquier padre quiere para su hijo: felicidad, buena salud, que sean queridos y que encuentren alguien a quien querer. Me enseñó a utilizar el Revisitador con moderación, pero nunca dijo si le gustaría que su hija lo utilizara cuando fuera lo suficientemente mayor. Quizá porque pensó que habría tiempo para decidirlo en los años venideros. Todos pensábamos que habría más tiempo.

Nos preparamos muy bien para el parto, leímos libros, conseguimos todo el equipamiento que pudimos, aunque rechacé ir al hospital más cercano para ver si tenían algo que pudiéramos necesitar. Piper iba a ayudarme con el parto y Leon estaría ahí para cortar el cordón. Rachel dijo que le gustaría estar en la habitación, pero Yahiko dijo que él esperaría paseando por el pasillo de fuera y se fumaría un puro cuando todo acabara. Acabé haciéndolo todo yo sola. Hubo dolor y palabrotas, sangre y llanto. Y, al final, una niña.

Le hablo mucho a Nina sobre su padre y los demás, le cuento cómo era Leon y los recuerdos que compartió conmigo. Es muy poco. Soy consciente de los nuevos recuerdos que estoy creando con ella y me aseguro de que nos divirtamos entre tanto trabajo. A veces me doy cuenta de que le estoy hablando de mis propios

4. *Turkey baster* es el nombre del utensilio para cocinar, pero también es el nombre con el que se conoce coloquialmente un método de inseminación artificial en el que se utiliza una jeringa similar al utensilio y que se comercializa en kits para practicarlo en casa.

recuerdos también, no solo para oír una voz adulta en la casa, sino para que ella conozca a la gente que he querido y que sé que ella habría querido también: Nicos, Margot, Clive, Justin y sus abuelos. He guardado las cinco pulseras del hospital en una caja de recuerdos que incluye el teléfono de Rachel con las fotos de su cumpleaños y de Leon. Un día no muy lejano seré imprudente con el generador, lo cargaré y se lo enseñaré.

Miro la cabaña al otro lado del valle, y pregunto:

—¿Vamos a saludar?

Ella alarga una mano y la apoya plana contra la puerta: una pequeña estrella de mar marrón pegada al cristal. Haciendo malabarismos con la niña y el té, abro el cerrojo, deslizo los dos paneles corredizos y salgo.

DÍA DIECINUEVE MIL SETECIENTOS DIEZ

Nina abre las palmas de las manos al son del jazz en la radio, deja que se enfríen los dos sensores con forma de guijarro y su mente asciende a través del azul.

AGRADECIMIENTOS

Muchísimas gracias a Tim Chapman, Indigo Ayling y Henry Ayling. A Úrsula Pitcher y Stephen Fuller y al resto de mi familia por su cariño y apoyo. Gracias a los primeros lectores: Louise Taylor, Judith Heneghan, Amanda Oosthuizen, Rebecca Fletcher y el resto de los Taverners, entre ellos Richard Stillman, Paul Davies, Claire Gradidge y Susmita Bhattacharya.

Gracias a todos en Lutyens & Rubinstein, entre ellos Fran Davies, Lily Evans, Anna Boyce, y en particular a Jane Finigan, que hace que todo sea posible. Gracias también al encantador David Forrer.

Gracias a todo el equipo de Penguin y de Fig Tree (y al resto), entre ellos Jane Gentle, Ella Harold, Ellie Smith, Karen Whitlock, y especialmente a Helen Garnons-Williams por su paciencia, visión y comprensión; es un placer trabajar con ella.

Gracias a mi familia en Tin House, que incluye a Win McCormack, Craig Popelars, Nanci McCloskey, Elizabeth DeMeo, Alyssa Ogi, Beth Steidle, Alice Yang, Becky Kraemer, Jae Nichelle y, sobre todo, a la magnífica y perspicaz Masie Cochran, que me ayudó con otro libro.

Gracias a todos los que me han ayudado con sus investigaciones y consejos: Clare Baranowski, Simon Fraser, James Crowley, Luke McMaster, Jane Hudson, Louise Allcock, Colin Johnson, Stephen Fuller, Indigo Ayling, Henry Ayling y Neal Hoare. Todos los errores e ideas descabelladas son míos.

Esta edición de *La memoria de los animales,* de Claire Fuller,
terminó de imprimirse el día 17 de abril de 2024
en los talleres de la imprenta Kadmos, en Salamanca,
sobre papel Coral Book Ivory de 90 g
y tipografía Adobe Garamond Pro de 11,5 pt.